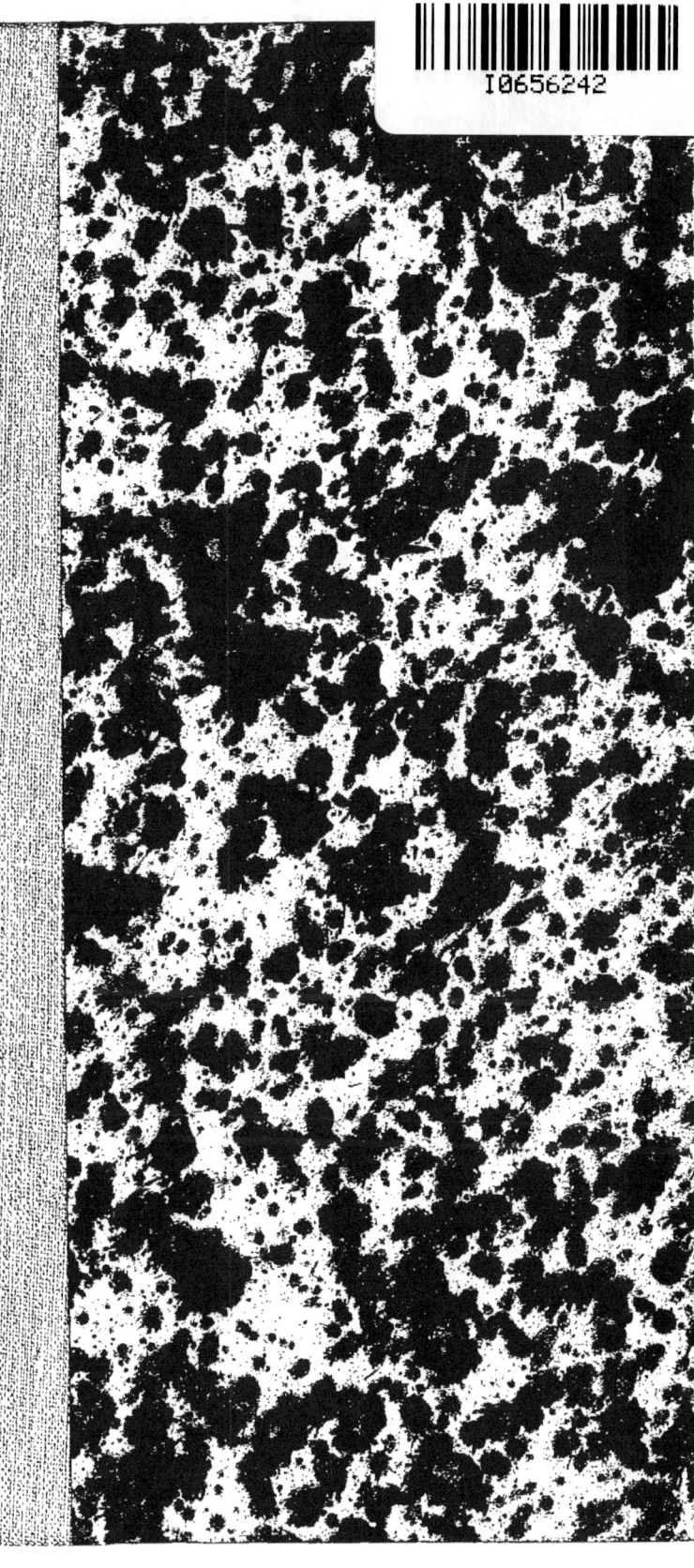

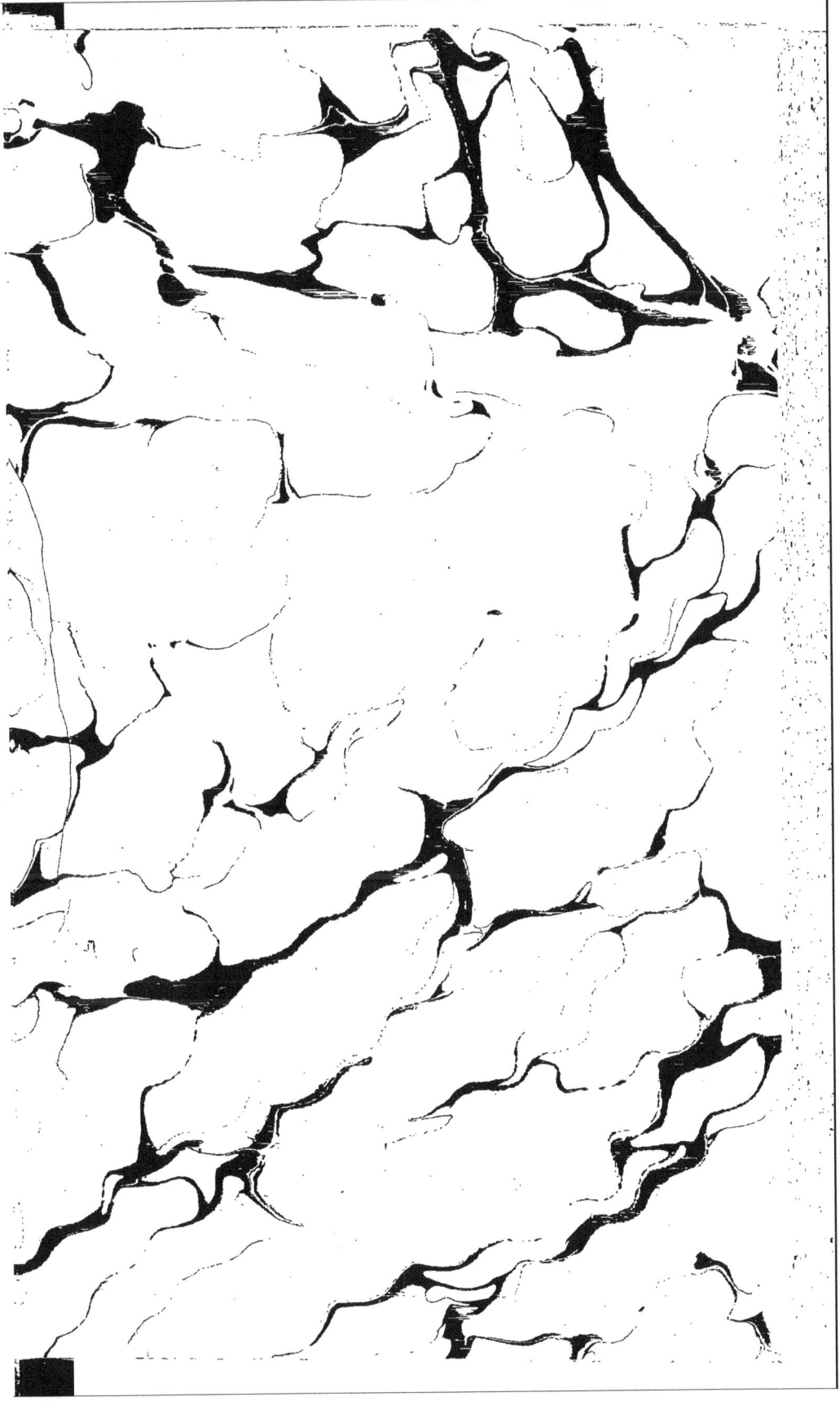

I. BOULANGER

LES DRAMES

DE

LA FORÊT

PAR

ALEXIS BOUVIER

17637

PARIS

JULES ROUFF ET Cᵢₑ, ÉDITEURS

14, CLOITRE SAINT-HONORÉ, 14

LES

DRAMES DE LA FORÊT

DU MÊME AUTEUR

PARIS. — IMP. P. MOUILLOT, 13-15, QUAI VOLTAIRE. — 32628

LES

DRAMES DE LA FORÊT

PAR

ALEXIS BOUVIER

PARIS

JULES ROUFF ET Cⁱᵉ, ÉDITEURS

14, RUE DU CLOITRE-SAINT-HONORÉ, 14

—

1883

LES

DRAMES DE LA FORÊT

PROLOGUE

I

CE QU'UN HOMME VERTUEUX, AIMANT LE LEVER DE L'AURORE,
AURAIT PU VOIR UN MATIN DE PRINTEMPS DANS LES BOIS DE
LA GRANDVILLE.

Un matin d'avril, vers quatre heures... c'est-à-dire à
l'heure où la nature semble s'arracher des brouillards
de l'aube, à l'heure où le gris opaque enveloppe les
basses futaies, tandis que dans l'horizon plus clair poin-
tille la cime chauve des grands arbres... un matin
d'avril, disons-nous, l'homme vertueux assistant au lever
de l'aurore aurait vu, sur la côte qui longe les bois de La
Grandville pour descendre à Neufmanil, le plus beau et
le plus terrible spectacle...

Le plus beau spectacle, c'est le réveil de la nature
farouche, de la grande nature ardennaise... Au plus

1

loin, dans le vallon profond, c'est la nuit grise du matin, et, au-dessus, c'est déjà le pourpre lumineux du soleil naissant... Sur la route, dans le bois, dans le vallon, tou est mort, silencieux, pas une âme... le jour lutte encore contre la nuit!... La terre fume, la brise tombe, et les fauves seuls hument alors l'haleine de la terre qui les fait forts...

Une seule voix trouble ce grand silence, la cloche de l'église d'un village qui chante la demie de quatre heures... C'est le lever du soleil, alors le jour pique faiblement au loin, les plantes et les herbes se vautrent paresseuses dans l'humidité du matin, et de toutes les poussées aromatisées s'échappe un parfum âcre et dur.

Par les sentes sous bois, par les routes, les paysans vont au travail, les paysannes courent au marché, à moitié perdus dans les buées de l'aube.

Oh! si vous saviez comme ils sentent bon les taillis le matin, c'est de la santé qu'on boit à pleine poitrine...

Le terrible spectacle était de l'autre côté de la route, dans le bois même, près de la sente qui le traverse pour aboutir à La Grandville. Deux hommes marchaient, enfonçant leurs lourds souliers de chasse dans les herbes humides, ils portaient tous deux leurs fusils en bandoulière. Celui qui marchait le premier dit à l'autre avec mauvaise humeur :

— Je crois, Caulot, que nous rentrerons sans avoir rien vu !

— Dame ! monsieur, je vous l'ai dit hier, nous aurions dû nous lever tout à fait au matin... la bête sera passée du côté de Rogissart.

— Voilà qui m'ennuie, rentrer encore ayant fait buisson creux. Orphise ne va pas manquer de plaisanter toute la journée.

— Monsieur est au-dessus de ça.

— Au-dessus de ça... Si tu crois qu'il est agréable, à quelqu'un qui prétend être un bon chasseur de s'entendre juger comme une mazette...

— C'est histoire de rire...

— Histoire de rire, c'est possible!... mais tout fatigue en ce monde, et je regrette d'avoir suivi ton conseil en venant dans ce bois, désert comme un guéret...

— Nous ne sommes pas encore au bout..,

— Bah! tu n'as pas seulement relevé une empreinte...

— Nous avons trop d'herbes, et on ne peut rien voir...

— Je sais que tu as raison pour tout... et en tout!...

Celui qui parlait avança en maugréant, tandis que celui qui suivait, fronçant les sourcils et clignant de l'œil, dit entre ses dents :

— Surtout pour toi, tu le verras bientôt...

Nous dirons tout de suite aux lecteurs quels étaient ces deux hommes que nous leur présentons. L'un, Michel-Jean d'Aumoy, était un grand propriétaire ardennais; il habitait à quelques kilomètres de Nouzon; l'autre était son garde, Martial Caulot.

Martial était familier avec son maître, c'est que Martial Caulot était presque de la famille, c'était le frère de lait de Mme Orphise d'Aumoy, et c'est elle qui l'avait placé chez son mari.

M. d'Aumoy maugréait toujours :

— On croirait, ma parole d'honneur, chasser au marais. Ah! tu as de bonnes idées, toi, et si nous revenons d'ici sans un rhume, avoue que ce ne sera pas de ta faute. Une bruine qui vous gèle les moelles, des herbes qui vous mouillent jusqu'aux cuisses...

— Je n'en suis pas cause, fit Caulot en haussant les épaules.

D'Aumoy ne répondit pas, mais ayant vu le mouvement d'épaules du garde, il eut un geste d'impatience et dit :

— Sais-tu bien, Caulot, que tu commences à me fatiguer... Je n'aime pas tes réponses, j'aime encore moins les gestes qui les accompagnent, tu deviens trop libre chez nous, mon garçon, et, dans l'intérêt de tous, il est utile, je crois, que tu nous quittes...

— Parce que vous me payez pour faire mon service, est-ce que, ce service fait, je dois subir votre mauvaise humeur?

— Tu dois subir ce qu'il me plaît de te faire subir, fit sèchement le chasseur... Au reste, une bonne fois, puisque l'occasion s'en présente, je veux te le dire...

— Quoi donc! fit le garde, en jetant un regard inquiet sur son maître.

Mᵐᵉ d'Aumoy est très légère, elle est trop bonne et les familiarités que tu as avec elle, et que peuvent peut-être autoriser ton titre de frère de lait... m'avaient semblé originales, lorsque tu entras chez moi... A la longue cela fatigue...

— Que voulez-vous dire, monsieur?

— Je veux dire que je trouve maintenant que tu es de trop chez nous... Je sais ce que je dois faire pour le frère de lait d'Orphise, mais tu partiras et je te donnerai le nécessaire pour entreprendre ce qu'il te plaira de faire...

Caulot, sombre, baissa la tête... D'Aumoy l'observait; comme il ne répondait pas, il lui dit :

— M'as-tu compris, Martial?

Celui-ci releva lentement les regards et fixant son maître, il lui dit en hochant la tête :

— J'ai compris que vous venez de décider votre mort, monsieur Michel !

— Que dis-tu ? exclama d'Aumoy, qui ne pouvait en croire ses oreilles.

— Je dis qu'on ne me chasse pas comme un laquais, moi ! et en disant ces mots il fit sauter son fusil de son épaule dans ses mains ; je dis que c'est moi qui chasse les autres, monsieur d'Aumoy, et que ceux que je ne puis chasser par la porte, je les chasse par la tombe...

Le garde était de dix ans plus jeune que son maître, mais Michel d'Aumoy n'avait pas encore atteint la quarantaine ; il était donc fort et alerte. En voyant le mouvement de son garde, il l'avait imité, et plus rapide il avait déjà armé les batteries, et son doigt caressait la gâchette de son fusil.

— Pâle, mair l'air décidé, il dit au garde :

— Mauvaise race ne peut mentir... et c'est un assassin que j'ai devant moi. Heureusement j'étais au guet.

Caulot haussa les épaules, et armant négligemment son fusil, inspectant ses cartouches, il dit froidement :

— Monsieur Jean-Michel d'Aumoy, si je suis venu chez vous, si j'ai quitté mon pays de soleil pour votre pays de loup, nos montagnes chaudes pour vos bois humides, c'est que j'aimais quelqu'un... J'ai écrit à celle que j'aimais : « Je veux te voir ! je veux vivre près de toi ! » et Orphise m'a fait venir.

Et, en disant ces mots, Martial Caulot eut un sourire...

— Misérable ! et d'Aumoy, le couchant en joue, dit, en tirant : « Meurs donc, chien enragé, ainsi que tu le mérites, de la main qui t'a nourri... »

Le coup partit, mais Martial resta debout. Étonné,

d'Aumoy tira son second coup, et le misérable... éclata de rire.

— Grand niais, fit-il, tu crois sottement que j'avais laissé du plomb dans tes cartouches...

— Oh ! qu'importe, bandit ! hurla Michel d'Aumoy. Et saisissant son fusil par le canon, il leva la crosse et courut sur le garde.

Mais celui-ci fit feu de ses deux coups... Michel d'Aumoy jeta un cri, leva les bras, cherchant dans le vide un appui, et tomba foudroyé, une main crispée sur son fusil.

Caulot jeta aussitôt son arme et courut dans le bois, aisant le cercle à cent mètres à l'entour, sondant les taillis, fouillant les buissons. Ne voyant rien, certain que Dieu seul avait été le témoin de son crime, il revint vers le cadavre, plaça sa main sur le cœur et, ne sentant plus de battements, il se releva. Alors, croisant les bras et prenant son menton dans ses mains, le front plissé sous le coup d'une pensée tenace, il dit à mi-voix :

— Je pourrais me déclarer en cas de légitime défense; sa main, crispée sur son fusil, déchargé, montre assez ce qu'il faisait lorsqu'il est tombé... Mais j'ai mieux que ça... d'assassin je deviens vengeur, et Orphise peut m'épouser... Le sanglier que je sais être dans le bouquet de bois entre Aiglemont et La Grandville, est venu sur lui à l'improviste; comme un fou qu'il était, il a saisi son fusil par le canon pour le chasser à coups de crosse... les deux coups sont partis et lui ont troué la poitrine... moi j'ai couru sur la bête, étant de l'autre côté, n'ayant pas vu l'accident et je l'ai tuée... car il faut un motif pour avoir déchargé mon arme.

Et, montrant sa satisfaction par un sourire, il tira de sa poche deux sabots de sanglier, se baissa près du cadavre, et avec les deux, un de devant et un d'arrière, il piétina le terrain humide des brumes du matin. Ceci fait, ayant encore bien inspecté les environs, il rechargea son fusil et courut tout d'une traite au petit bois près de La Grandville.

Quelques minutes après, deux coups de feu retentirent, et Caulot traîna sur la route un vieux solitaire, un vieux sanglier aux poils rudes.

Tout à coup, le garde se redressa et tendit l'oreille...

. . . .

On entendait une voix de fillette qui chantait...

— Qui, diable! chante sous bois si matin? dit le garde. Deux yeux de trop, ça.

Il se leva et marcha dans la direction d'où venait la voix.

A cette heure, dans ce matin gai, cette voix d'enfant qui chantait une chanson d'amour apprise à la ville... à vingt pas du lieu du crime, c'était étrange. Caulot, malgré lui, s'arrêta et écouta. La voix chantait :

> Lorsque dans l'aubépine blanche,
>   Le rossignol
> Chante, sautant de branche en branche,
>   Et prend son vol...
> Si mon âme reste rebelle
>   Et mes sens froids,
> C'est que je n'entends, ma belle,
>   Ta douce voix !

Caulot, sombre, pensait :

— D'où vient cette enfant?

Et l'enfant déboucha du bois.

C'était une adorable fillette de treize à quatorze ans, qui portait un panier au bras. De plus loin qu'il la vit,

Caulot regarda les souliers de l'enfant; voyant ses chaussures boueuses, il se rassura en disant :

— Elle vient de loin.

La jeune fille continua, en se dirigeant du côté de Caulot, qui se plaça aussitôt devant l'entrée de la sente où était étendu le cadavre de d'Aumoy :

> Si le soir souvent je m'arrête
> Près de l'étang,
> Miroir liquide qui reflète
> Le firmament...
> A mes pieds, l'onde qui ruisselle
> En longs flots bleus
> N'a pas les reflets, ô ma belle !
> De tes grands yeux !

Caulot regardait l'enfant et pensait :

— Si elle avait vu elle ne chanterait pas...

Et en disant ces mots, sa main dans sa gibecière, caressait son couteau...

L'enfant, sans conscience que sa vie tenait à un fil dans cette minute, passa en chantant :

> La promise qui sous les chênes
> S'en va rêvant ;
> Les amoureux qui dans les plaines
> S'en vont riant...
> Dans l'âme n'ont pas l'étincelle
> Qui chaque jour
> Consume mon cœur, ô ma belle !
> Pour ton amour !

Caulot arrêta la jeune fille et lui dit :

— D'où viens-tu, la belle enfant, si gaie?...

— Moi, monsieur... je viens d'Issancourt, et je vais à Neufmanil.

— C'est un joli chemin.

— C'est pourquoi je suis partie au matin.

— Comment te nomme-t-on?

— Lison, monsieur; et je suis en service à Issancourt, pas servante, je suis près de la demoiselle seulement... et ils m'appellent Fraîchotte... c'est des gens de Paris.

— Ah!... tu chantes bien, ma belle!

— C'est mademoiselle qui m'apprend les chansons qu'elle chante. Adieu, monsieur.

— Adieu, ma belle...

— Faites attention, vous saignez, monsieur, dit l'enfant en s'en allant.

Caulot devint pâle, et vit qu'il avait du sang aux mains.

Le garde, en voyant sa main sanglante, devint blême; il la cacha aussitôt, et son œil ardent chercha la jeune fille. Il avait eu peur, et il voulait lire sur le visage de l'enfant l'intention mise, par elle, dans les mots qui l'avaient bouleversé...

Fraîchotte, tranquille, s'éloignait ; il allait s'élancer sur elle, l'étrangler, car il disait entre ses dents:

— Elle a tout vu... elle sait... et je serais fou de laisser vivre ce témoin...

L'enfant, inconsciente, égayée par ce soleil naissant, par ce printemps embaumant, par cette matinée gaie, fredonnait de nouveau un refrain qu'elle avait entendu chanter par sa jeune maîtresse, mêlant à la symphonie des oiseaux sa note argentine :

> Pourquoi le bon Dieu permet-il qu'on mette
> De si jolis pieds dans de gros sabots.
> Ah! ah! ah! ah! dit la coquette,
> Ridant d'un pied blanc le miroir des eaux,
> Pourquoi le bon Dieu permet-il qu'on mette
> De si jolis pieds blancs dans de gros sabots.
> Ah! ah!...

1.

Et le trille joyeux de la jeune fille s'envola gai dans les airs.

Caulot s'arrêta court en entendant le chant de Fraîchotte, non que la charmante enfant renouvelât la fable d'Orphée, qui jouait si bien de la lyre que les arbres et les rochers quittaient leurs places, les fleuves suspendaient leur cours, et les *bêtes féroces* s'attroupaient autour de lui pour l'entendre. Non ! Caulot n'était pas charmé ; le front plissé, les sourcils bas, il pensait avec assez de logique :

— Si cette enfant avait vu le crime, épouvantée, elle se sauverait... elle ne chanterait pas.

Cette lutte d'une minute avait mouillé son front, et dans l'humidité du matin, ses cheveux, moites de sueur, fumèrent...

Après avoir regardé la route, n'apercevant plus l'enfant que comme un point noir, se voyant seul, absolument seul, il s'assit sur le tronc d'un arbre abattu, et le coude sur le genou, le menton dans la main, il pensa.

Que devait-il faire ?

Devait-il aller lui-même trouver le commissaire de police de Nouzon et lui conter l'histoire qu'il avait forgée... C'était bien audacieux !

D'un autre côté, cependant, il était bien difficile de faire autrement. Il était parti le matin avec son maître ; s'il rentrait seul, comment expliquer les motifs qui l'avaient obligé à quitter Michel d'Aumoy ?...

Caulot reconnait la situation :

— Devant le commissaire, lorsque son œil se fixera sur moi, son œil noir perçant, son sourire méchant qui a toujours l'air de dire : « Je ne crois pas un mot de ce que vous dites, je sais, je sais... » est-ce que je pourrai commander à mon sang ? pourrai-je dissimuler mon trouble?... Je sens encore la fièvre qui me brûle, et j'ai des frissons qui me font tressaillir... Il verra tout ça, lui!... Est-ce que j'aurai assez de calme pour inventer sans me tromper, sans tomber dans ses pièges?... On ne me croira pas, je le sais, mais je me moque de leur pensée!... Ce que je veux, c'est l'impunité, c'est l'absence de preuves contre moi, l'impossibilité d'une mise en accusation... Je vais être soupçonné par lui... Tout le monde à Nouzon sait bien ce qu'est Orphise ; il n'y avait que cet...

La pensée du cadavre roide arrêta l'injure sur les lèvres du misérable qui reprit :

— Le commissaire va se servir de ça... on me soupçonnera, on m'accusera peut-être... Aurai-je le courage...

Caulot croisa les bras, et, l'œil fixe, sans voir, ou plutôt évoquant le tableau des lieux dont il parlait, continua :

— Je pourrais courir bien vite par les bois, arriver chez nous sans être vu, rentrer par la petite porte... Je monte me coucher, et je dis qu'il est parti seul, qu'il n'a pas voulu être accompagné... La chose n'étonnerait personne ; cela lui arrivait souvent...

Et il ajouta en aparté, avec un mauvais sourire :

— Car il me haïssait sans rien savoir, d'instinct... Mais cette maudite fillette, qui passe ici... Elle ne manquera pas de raconter qu'elle m'a vu, qu'elle a entendu les coups de feu...

Tout à coup, se frappant le front et battant du pied les feuilles mortes, il s'écria :

— Triple brute ! imbécile !... mais je suis bête !... Cette enfant a entendu les coups de feu, elle passe, elle me voit, et je ne lui crie pas de courir au village chercher du secours!... J'ai perdu cette voie... je ne peux plus déclarer que j'ai vu l'accident, le malheur, comme ils vont dire... le crime peut-être, fit-il plus sourdement. Non, je n'étais pas là... Mais que faire? que dire?

Et, s'accoudant des deux bras, le front dans la paume de ses mains, étrillant ses cheveux de ses ongles durs et bleus, il égratigna son crâne comme pour en faire jaillir une idée nouvelle.

Martial Caulot resta longtemps ainsi.

Quand il se redressa, le soleil était tout à fait levé, il illuminait de sa radieuse clarté les grandes forêts sombres, faisant scintiller sur l'écorce des chênes et des bouleaux les petits bourgeons verts tout perlés de rosée; il éclairait dans la plaine et dans le vallon les seigles verts, et donnait un ton de garance aux haies d'osiers sans feuilles.

Martial Caulot ne regarda pas autour de lui, il était habitué à ces splendeurs, ou pour parler plus juste il n'avait jamais vu ces splendeurs; la forêt n'était pour lui que le garde-manger, le repaire des bêtes qu'il aimait tuer, le magasin de bois pour l'hiver; il ne voyait à terre que les passées des animaux qu'il chassait, il ne jugeait les voûtes feuillues que par la valeur des bois que donnerait la coupe.

Il se leva, et, de la main faisant une visière, il regarda au plus loin sur la route... il vit déboucher du bois une voiture de paysan. Calme, il se dirigea de ce côté; lorsqu'il pensa devoir être vu, il se plaça sur le milieu de la route, il s'agita vivement faisant des signes de détresse.

La voiture s'arrêta aussitôt.

Caulot pensa tout haut.

— Bon! ils croient que je leur signale un danger et ils n'osent plus avancer... Ils descendent!... Par ici, donc,

tenez, tenez. Ah! ils comprennent, ils remontent; ah!
les voilà... attention...

En effet, la voiture arrivait au grand galop du cheval.
Martial l'attendait anxieux; quand il jugea qu'elle était
assez près de lui pour être entendu de ceux qui était
dedans, il cria :

— Au secours! au secours!

En entendant ces cris, les paysans pressèrent le cheval; quelques minutes après ils mettaient pied à terre,
et entourant le misérable ils demandaient :

— Qu'est-ce qui est arrivé?

Caulot répondit comme un homme affolé par ce qu'il
vient de voir...

·— Il s'est tué... là, dans le bois... sur le sanglier...

— Qui? où? demandèrent à la fois les paysans
effrayés.

— Oh! mon Dieu! mon Dieu Seigneur!... C'est affreux,
gémit Càulot, il s'est tué là... la pauvre femme!... Et
lui, si bon, si loyal, si honnête... je deviens fou... Venez,
venez.

Les paysans se regardaient les uns les autres sans
comprendre, craignant d'avoir affaire à un véritable fou.

Ils étaient quatre, deux hommes, une femme et un
enfant; on obligea ce dernier à garder la voiture... La
femme, naturellement curieuse, entraîna les paysans
indécis, en leur disant :

— Allons toujours voir !

Ils suivirent le garde sous bois, celui-ci les fit passer
d'abord devant le sanglier qu'il avait tué; la femme eut
un geste de frayeur, et Caulot dit :

— C'est cette sale bête qui est la cause du malheur!

Ils continuèrent à marcher et arrivèrent bientôt devant
le cadavre du malheureux.

En le voyant étendu, comme endormi sur l'herbe nouvelle et les feuilles sèches, l'œil mi-clos, la bouche béante, on crut que Michel d'Aumoy était endormi ; la blessure qui l'avait tué avait mouillé de sang la chemise et le gilet : mais chaudement vêtu pour la chasse matinale, le sang n'avait point traversé les vêtements et la cause de la mort était invisible...

Les rayons du soleil naissant tamisés à travers les branches, comme à travers les vitraux d'église, l'éclairaient singulièrement.

Les paysans se signèrent, et la femme, plus courageuse, s'approcha du corps, s'agenouilla, plaça sa main sur le front et, saisie par la moiteur froide de la mort, la retira aussitôt... elle pria.

— Pauvre homme ! dit un des paysans, il est mort...

— Oui !... il s'est tué du coup.

Les yeux mouillés de larmes, Caulot se baissa sur le corps, et écartant le paletot, montrant le gilet humide, il dit d'une voix entrecoupée :

— Voyez, tenez... les deux coups dans la poitrine... pauvre brave homme... J'étais à l'affût là-bas... J'entends les deux coups qui n'en ont fait qu'un... j'attends, le doigt sur la détente, me disant : s'il l'a manqué, je vais l'avoir... Alors, je vois la bête déboucher du bois... pan... pan... je l'étends à mes pieds... j'accours content pour lui dire... Ça y est... et je le trouve se tordant sur l'herbe...

— Comment a-t-il pu se tuer ?... demanda le paysan.

— Vous ne voyez pas, fit vivement Caulot... Faut dire d'abord qu'il n'était jamais sérieux à l'affût... un chasseur parisien, vous savez... il était du pays, mais il avait vécu là-bas... des bottes vernies, des gants, des vêtements et des armes à brevet d'invention, comme les Parisiens, là... C'était pas un vrai chasseur, il lisait un journal à l'affût, ou il fumait... bref, je crois qu'il était occupé à autre chose... Tenez, voilà un cigare qu'il a jeté, et le garde montra un cigare que le malheureux avait effectivement jeté pour saisir son fusil...

Il continua :

— Il fumait probablement assis sur ce tronc d'arbre... son arme entre les jambes... désarmée... le sanglier aura débouché de là... saisi... n'ayant pas le temps d'armer... sans réfléchir! — pauvre homme, je dois bien le dire, il n'avait pas de tête — il aura saisi son fusil par les canons, aura tapé à coups de crosse sur la bête... De la secousse ou d'un choc, pan... pan! et en pleine poitrine... mon pauvre maître...

Et en disant ces mots, les larmes coulaient abondantes sur les joues du garde, l'émotion coupait sa voix, et les sanglots hocquetaient dans sa gorge; sa douleur était si naturelle, que la femme, se relevant, sa prière achevée, le consola en lui disant :

— Voyons, monsieur, on est tous mortels en ce monde, il ne faut pas se faire du mal comme ça... C'est sa faute après tout... là!

— Pauvre maître, fit Caulot, laissant retomber sa tête comme accablé par la douleur.

— Voyons, dit un des paysans, c'est pas tant ce que vous ferez... c'est pas en vous désolant là... en vous faisant du mal, qu'on lui rendra la vie... Qu'est-ce que nous pouvons faire?...

— Dame! vous avez une voiture; je voudrais aller au plus tôt à la ville pour faire ma déclaration...

— A Charleville?

—- Non, à Nouzon; nous sommes près de Nouzon.

Les paysans se regardèrent entre eux, semblant contrariés de cette obligation; mais la femme dit :

— On ne peut pas cependant laisser là une créature de Dieu. Voilà tout... nous irons demain à Gernelle; occupons-nous d'abord de ce pauvre homme.

— Eh bien! allons vite alors, répondit celui qui paraissait être le mari de la femme.

— Mais, dit cette dernière, le temps que nous irons à Nouzon et revenir, il va rester seul...

— Ça vaut mieux! répondit le mari.

En disant ces mots, la femme mentait; elle savait bien qu'elle ne pourrait pas traverser Neufmanil sans caqueter, sans raconter ce qu'elle avait vu, et qu'ainsi au retour il y aurait nombre de curieux dans la forêt.

Caulot, suivi des paysans, regagna la route; il prit place avec eux dans la voiture, qui retourna aussitôt vers Nouzon.

Le lecteur se doute de l'odieuse comédie que joua Caulot le long de la route. C'était du reste un fort en la matière, car lorsque, pour reposer un peu le cheval, on s'arrêta à Neufmanil, la femme dit à ceux qui demandaient des détails sur l'accident :

— Tenez, le pauvre homme... ça serait son frère qu'il ne serait pas pis... ça fend l'âme!

Et chacun, ému, disait :

Pauvre homme!

II

Il serait peu intéressant de faire assister le lecteur aux longues démarches qu'il fallut pour lever le corps de Jean-Michel d'Aumoy.

Il suffit de savoir que vers midi seulement, le procès-verbal étant dressé, Caulot, fatigué des longs et soupçonneux interrogatoires qu'on lui avait fait subir, demanda la permission aux gens qui dirigeaient la charrette dans laquelle était étendue la malheureuse victime, de les précéder à la demeure de d'Aumoy, afin de préparer la jeune femme au coup qui la frappait.

La demande était trop juste pour qu'on n'y obtempérât pas; gendarmes et paysans acceptèrent, assez satisfaits du reste qu'un autre qu'eux préparât la funèbre réception.

Caulot, triste, sombre, partit devant. Après un grand quart d'heure de marche rapide, il se retourna : le cortège n'était plus en vue... sa physionomie changea aussitôt, et vif, alerte, il se jeta sous bois, afin de couper au court par une sente familière aux boquillons.

Les rayons du soleil printanier jouaient dans les arbres bourgeonnés, et quand parfois ils illuminaient le visage de l'assassin, ils jetaient sur lui comme une lueur fantastique...

Martial Caulot était un grand et solide garçon. Il était né au pied des Alpilles, dans la grande Provence, dans le pays du soleil. Bien fait, gracieusement et vigoureusement bâti, l'habit de garde lui seyait très bien.

Sa jambe aux attaches élégantes était forte, sous la culotte de velours et dans la guêtre de cuir fauve ; le buste était large et robuste, les bras nerveux ; les mouvements étaient souples, agiles.

Martial était beau... Le visage, d'un ovale un peu long, était bien encadré par des cheveux bruns qui retombaient en boucles lourdes sur son front. Il portait la barbiche fendue, et ses lèvres, admirablement dessinées, mais un peu grosses, étaient couvertes d'une moustache rousse qui rapetissait la bouche ; le nez était droit et fin ; les yeux, fendus en amande, bordés de longs cils, étaient peut-être un peu trop enfoncés, mais ils avaient un regard étrange semblable à une lueur... un regard de fauve que les cils seulement adoucissaient ; le teint était un peu bruni. Il était rare que les fillettes du pays ne dissent pas en le voyant :

— Il est beau !...

Nous devons dire qu'elles ajoutaient plus bas :

— Cependant, il ne me plairait pas.

Et l'Ardennaise, on le sait, juge bien ; elle est difficile, jouissant elle-même en général d'une réelle beauté...

Martial était enfin un fort beau gars et un fort bel homme ; mais on sentait en lui un côté farouche, indomptable ; on lisait sur ses traits, même aux heures de gaieté, à l'heure où le bûcquillon, lui ouvrant sa hutte, disait dans son patois français, flamand et wallon :

— *V'là d'Martio, dispécho-vo à mette li taufc; appréto
li brire...*

Même alors, dans son sourire, un pli soucieux restait
sur son front.

Ce qu'était Martial Caulot, une seule femme dans le
pays le savait, la malheureuse qu'il avait faite veuve,
Orphise, sa sœur de lait... Orphise était Ardennaise :
d'une nature délicate dans sa jeunesse, on l'avait élevée
dans le Midi; une robuste fille-mère d'Arles avait été sa
nourrice, la mère de Martial Caulot... Elle avait quitté
la Provence à dix ans; à dix-sept ans elle y était retour-
née, avait retrouvé son frère Martial; il disait être bou-
vier dans la Camargue. Mais véritablement il était
bandit et contrebandier; la mère Caulot en mourait, et
c'est pour l'arracher à cette vie qu'Orphise avait fait de
Martial le soit disant garde de son mari...

Nous ne devons présenter en ce moment que Caulot
à nos lecteurs, les événements présenteront les autres.

Après une grande demi-heure de course, le garde se
trouva sur la route qui va de Neufmanil à Nouzon —
une des plus mal entretenues que j'aie vues. — Cette
route domine une vallée que sillonne deux ruisseaux
venant de la Grandville et de Gespunsart; c'est un des
plus charmants points de vue du pays à la sortie des
grands bois.

C'est dans le fond de cette vallée, devant le ruisseau
et presqu'au flanc de la côte que se trouvait le petit
château habité par Michel d'Aumoy.

Sans prendre route ou sentier, Caulot traversa la
prairie. Arrivé devant le château, il ouvrit la porte qui
se trouvait sur le côté de la grille, et, voyant le jardinier,
il lui dit d'un air effaré :

— Cadet, où est madame?...

— Oh! seigneur Dieu! là!... qu'est-ce que c'est donc?... Madame est là!... Mais qu'est-ce qu'il y a donc là, monsieur Martial?... vous êtes tout bouleversé...

Caulot, tout à son rôle, respira bruyamment, et se passant la main sur le front pour essuyer la sueur qui y perlait, répondit :

— Un grand malheur... mon pauvre Cadet.

— Un malheur que vous dites là...

— Oui... oh! c'est affreux!...

— Mais à qui, là?...

— A lui... monsieur...

— Bon Dieu, seigneur? qu'est-ce que vous dites... Notre monsieur-la... qu'est-ce qui est arrivé?...

Et le brave homme, se débarrassant de ses outils, ôtait son tablier, prêt à courir au secours de son maître.

— Il faut que je parle à madame!...

— Mais elle est là... elle l'attend pour *mougni l'soupe*... mais qu'est-ce qu'il y a donc là?

— Ah! mon pauvre Cadet... notre maître... notre monsieur s'est tué.

— Ah! mon Dieu, seigneur! ah! mon Dieu! exclama le pauvre jardinier dont les yeux s'emplirent de larmes... Ah! notre pauvre madame!

Caulot se secoua comme s'il faisait un effort suprême, en disant :

— Allons, il faut cependant que je lui dise... puisqu'il vont venir.

— Ah! pauvre brave homme... mort! mort!... gémissait Cadet.

Martial traversa le jardin et monta les cinq marches qui aboutissaient au vestibule de l'habitation : il se dirigeait vers la salle à manger, mais une bonne l'arrêta...

— Monsieur Martial, dit-elle, madame a commandé qu'on la laisse seule... elle attend monsieur.

Caulot fronça les sourcils.

— Il faut absolument que je lui parle...

— Madame a défendu... elle est indisposée...

— Cette défense n'est pas pour moi...

— Pour vous comme pour tous...

Caulot haussa les épaules, écarta la bonne, et parlant haut, il dit :

— Il faut que je voie tout de suite Mme Orphise... Vous savez bien que cette défense n'est pas pour moi...

La porte s'ouvrit aussitôt, et une femme parut qui dit d'un ton sec :

— C'est surtout pour toi, Martial, que j'ai défendu ma porte...

D'abord étonné, stupéfait, Caulot ne trouva pas un mot à dire, rageant d'entendre rire à mi-voix la bonne qui s'éloignait... Mais, se remettant aussitôt, et se souvenant de la mission qu'il venait remplir, il dit :

— Si je n'ai pas obéi aux ordres que tu as donnés... c'est que je viens pour annoncer un malheur...

— Ciel! fit Orphise d'Aumoy, en reculant épouvantée...

Caulot profita du mouvement pour entrer dans la salle à manger, et pour fermer la porte derrière lui...

La jeune femme avait pâli, elle défaillait, et pour se soutenir elle s'appuyait sur la table pendant que son œil anxieux ne quittait pas le visage du misérable. Celui-ci, au contraire, la porte fermée, et certain d'être seul avec Mme d'Aumoy, avait changé de visage et il dit d'un ton dégagé :

— Bien joué!... je ne comprenais pas d'abord ce refus... mais tu avais deviné, c'est fait...

L'œil hagard, les lèvres tremblantes, la jeune femme faisait de vains efforts pour parler...

— Ah çà! Qu'as-tu? perds-tu la tête? demanda Caulot en s'approchant d'elle.

Elle se recula jusqu'au fond de la chambre, et, retrouvant un peu de force, elle demanda d'une voix sourde :

— Tu as tué... Michel...

— Eh bien?

— Tu l'as assassiné... il est mort...

— Oui, il est mort...

— Ah! et la malheureuse jeta un cri terrible et, cherchant vainement à se retenir, elle tomba sur le parquet râlant...

« Mort! mort! »

Caulot passa la main dans ses cheveux comme pour dégager son cerveau, et dit :

— Ah çà! qu'est-ce que ça veut dire?... Est-ce une comédie?...

Comme il entendit des pas au dehors, il revint à lui, en disant :

— Jouons-la bien d'abord.

En courant vers la porte, il l'ouvrit et cria :

— Vite, vite, du secours... Madame vient de perdre connaissance, le médecin, vite...

Les gens étaient à la porte, Cadet ayant raconté ce qu'il venait d'apprendre; on s'empressa autour de la malheureuse femme, pendant que Martial, qui semblait atterré par tous ces événements, répétait avec des sanglots :

— Oh! mon pauvre maître... mon ami. Oh, mon Dieu! pourquoi cette douleur à de si braves gens...

III

LE CADRE D'UN TRISTE TABLEAU

Pendant que les femmes portaient dans la chambre Mᵐᵉ Orphise d'Aumoy complètement évanouie, les domestiques montaient discrètement dans les appartements le cadavre du maître, dirigés par Caulot qui était descendu en entendant le bruit de la voiture.

Le petit château qu'habitait la famille d'Aumoy était des plus simples... c'était un grand corps de bâtiment ayant au rez-de-chaussée un petit salon, une salle à manger, un billard, un fumoir, — l'office, et les cuisines ; l'escalier qui ascendait au premier étage était large et riche, les marches, de pierres noires, étaient bordées par une rampe de fer poli, une vieille rampe flamande très pure de style... Les appartements du premier étaient très beaux, nous entendons beau au point de vue du goût. Michel d'Aumoy était un pur Ardennais ; mais de dix-sept à trente ans, il avait bohêmé à Paris ; étudiant en droit, il avait étudié... la sculpture. De là un goût pur, une recherche du style, un amour du beau et du simple surtout qui se révélait dans toutes les pièces des appartements particuliers.

L'escalier aboutissait à un large palier sur lequel s'ouvraient trois portes, une à gauche : l'entrée des appartements de madame ; une à droite, ouvrant sur les appartements de monsieur, et une autre dérobée qui donnait sur un escalier conduisant au deuxième et dernier étage où se trouvaient la lingerie et les chambres des domestiques. En entrant à gauche, nous trouvons un petit salon antichambre, indien, c'est-à-dire des tentures en bourre de soie, et des meubles de bambou. La tenture soulevée, une porte s'ouvrait sur un petit pompadour ; les murs sont capitonnés de soie blanche semée de petits bouquets, les meubles sont or et soie comme la tenture, un lustre de l'époque pend au plafond et dans une vitrine toutes les merveilles de porcelaine de Saxe sont exposées.

La chambre s'ouvre sur ce boudoir par une porte à deux battants. La chambre est bleu-ciel, la cheminée de marbre blanc, sculptée, immense, est ornée d'une garniture en bronze doré Louis XV ; trois glaces de Venise à cadres d'or découpé sont placées de façon à refléter ensemble le lit qui occupe le milieu de la pièce, un lit tout capitonné, ayant quatre marches couvertes de peau d'ours blanc ; un lustre flamand pend au milieu de la chambre dont le plafond est couvert de la même soie bleue plissée. Les fenêtres ont des vitraux de couleur qui colorent dans la chambre les rayons du soleil.

D'un côté du lit est une porte donnant sur le cabinet de toilette qui sert en même temps de salle de bain. Une autre pièce se trouve derrière le cabinet de toilette, c'est la chambre de la femme de chambre, et cette pièce permet, par un escalier de service, les communications avec le rez-de-chaussée et avec la lingerie.

De l'autre côté du lit est une autre porte également dérobée qui s'ouvre sur un long couloir aboutissant à

la chambre de Monsieur dont l'appartement est semblable, moins l'ameublement.

L'antichambre de M. d'Aumoy était simplement un
musée ; on pouvait attendre là une grande heure, en ne
s'occupant qu'à admirer les toiles et les sculptures qui
y étaient exposées.

Tous ceux qui portent un nom dans l'art contempo-
rain étaient représentés là dans leur qualité, ce qui annonçait l'artiste. Car avant que la tombe ait enlevé la
malheureuse victime du bois de La Grandville, disons
vite qu'il était artiste dans toute l'acception du mot...
admirant les anciens, mais laissant aux niais de l'art le
soin de les disputer aux musées de *conserves*, où est
absolument leur place ; comprenant bien que la seule
façon d'élever l'art, c'est de le faire vivre et de ne pas
tuer avec les antiques les peintres et les sculpteurs modernes.

Nous l'avons dit, le malheureux d'Aumoy avait vécu à
Paris de la vie de l'artiste, et plus d'une fois il avait vu
dans une vente les prix les plus extravagants payer
l'œuvre peu réussie d'Hobbéma, d'Albert Cuyp ou de
Terbug, d'un illustre mort enfin... Ces prix qui doivent
relever le grand art n'arrivent qu'à grossir la bourse
des marchands ; ils élèvent l'art, mais ils tuent les ar-
tistes... D'Aumoy avait vécu, lui riche, avec les malheureux que le feu sacré consume, qui rêvent la nuit, travaillent le jour, qui ne reculent pas quand la misère
enfonce ses ongles aigus dans leur gorge... les pauvres
petits grands hommes dont la famine déchire les poumons et qui travaillent toujours, toujours... Il pensait,
l'Ardennais, comme Fernand Desnoyer.

Il est des morts qu'il faut qu'on tue !

2

et il s'était bien promis que le jour où la fortune des siens lui reviendrait, il n'achèterait pas d'autres toiles, d'autres marbres que ceux des modernes. De là le petit musée dont nous parlons.

Le salon qui le suivait était un salon mauresque admirable, dans lequel les véritables curiosités s'étalaient. Nous disons « les véritables curiosités, » car là encore il y a un attrape-sot que nous devons signaler :

C'est un peu la manie du brave homme qui a gagné une belle fortune dans les affaires de vouloir cacher cette honnête origine et s'en laver les mains ; ce Ponce-Pilate de l'épicerie n'a qu'un rêve : passer pour un *collectionneur*... un savant !...

De ce jour, son salon est envahi par des tessons de bouteilles, par des ferrailles, par des bahuts boiteux, par des bronzes rococo, par des tapisseries rongées des vers, par des cristaux fêlés... Sitôt qu'il voit gravée sur une cruche une phrase qu'il ne comprend pas — le grec est si discret ! — il se persuade que cette cruche est celle dans laquelle Socrate acheva le demi-setier de ciguë avec lequel il s'empoisonna. Dès qu'il trouve une chaussure plus grande que ses pieds — et c'est rare — il est convaincu qu'elle chaussa Charlemagne. Il étiquette toutes ces horreurs et leur donne des noms fantastiques, les attribue à des gens et à des choses qui n'existèrent jamais... Il écrit sur une montre :

« Montre que Clovis portait à la bataille de Tolbiac — le nom est dans la cuvette. »

Sur un porte-monnaie à fermoir rouillé : « Petit sac dans lequel Périnet Leclerc mit l'argent qu'il reçut pour avoir vendu Paris aux Anglais... »

Il écrirait sur une seringue : « Clarinette moyen âge. » Il a même des preuves et il vous montre un parchemin sur lequel on lit : Juillet 1340... *Moyen âge*. Je soussigné certifie que, etc...

Le salon de Michel d'Aumoy était le musée le plus étonnant et le plus authentique que l'on pût voir...

Il communiquait à sa chambre, une chambre sombre, meublée de vieux chêne, tendue de tapisseries, les hautes fenêtres étaient garnies de vitraux authentiques arrachés, en 1308, au château de Mézières pendant l'incendie.

C'est dans cette chambre, sur le lit de vieux chêne à colonnes torses, que fut déposé le cadavre de Michel d'Aumoy.

Et c'était un tableau singulier ; le corps raide du chasseur était étendu sur le lit ; les serviteurs, tous gens pieux, avaient en un instant transformé la chambre ; les rideaux soulevés, avaient laissé pénétrer la lumière à travers les vitraux de couleurs, et cette lumière fantasque mêlait ses rayons à la lueur de deux hauts cierges placés à la tête du lit... Sur la poitrine du malheureux, ils avaient déposé un crucifix, et sur la deuxième marche au pied du lit, un grand bassin de cuivre, rempli d'eau et de buis, permettait de donner le dernier adieu.

La lumière était une révélation dans cette chambre ; elle découvrait, sur les panneaux des meubles et sur les trumeaux des portes, des armoiries...

C'est que celui qui se faisait appeler Jean-Michel d'Aumoy, et le plus souvent M. Michel, était un vieux et vrai gentilhomme.

Aumoy, sire de Watrincourt, nommé dans un édit de Charles le Chauve en 858, seigneur d'Arches, comte de Lumes. On retrouve un descendant de la famille dans un rescrit de Charles de Gonzague, lorsqu'il fit de la petite ville d'Arches Charles-ville, en 1608... Charles-

Michel d'Aumoy est nommé sire et comte de Lumes, sire et baron de Château-Regnault, prince du Saint-Empire romain, grand bailli d'épée au duché de Rethel, commandeur de l'ordre de Saint-Jean de Jérusalem, de Malte. Le dernier descendant des comtes d'Aumoy, grand.père de Jean-Michel, était colonel sous le premier Empire; il fut tué à Hougomont, le soir de Waterloo, laissant un fils, qui sous la Restauration s'affilia au carbonarisme, et ne porta plus que le nom de son père, Daumoy. C'est Jean-Michel, le dernier, qui restitua l'apostrophe sans toutefois reprendre les titres.

Les armes que le soleil tamisé éclairait au-dessus du lit mortuaire étaient simples : sous une couronne de comte une épée à poignée rayonnante avec cette devise : « *Je brille ou me brise.* »

Les amis de Jean-Michel d'Aumoy (c'est-à-dire tout le pays) traversaient la chambre, jetant sur le corps quelques gouttes d'eau bénite, et sortaient douloureusement impressionnés, non que le visage de la victime fût changé, non que les blessures fussent horribles, mais parce que, agenouillé près du lit, tenant la main froide du mort dans sa main brûlante, le mouillant de ses larmes, le vieil ami de M. Michel, le vieux compagnon de chasse, presque le frère, était là agenouillé, cherchant à contenir les sanglots qui roulaient dans sa gorge.

Et les voisins passaient, n'osant troubler la grande douleur de Martial Caulot. Quand le garde se releva les yeux rouges, quand il baisa le front froid du comte d'Aumoy, les paysans s'écartèrent pour le laisser passer... On le suivait des yeux; il hésita à descendre l'escalier, puis, comme s'il se croyait seul, il dit à mi-voix, se parlant à lui-même :

— Non! j'aurai du courage jusqu'au bout... Je ne puis

la quitter, il faut que je la console, la pauvre sainte femme ! Et il remonta les degrés descendus et se dirigea vers les appartements de Mme Orphise d'Aumoy;

Quand il entra dans la chambre, Mme d'Aumoy était étendue dans un fauteuil; revenue de son évanouissement, sourde aux consolations que les femmes qui l'entouraient lui prodiguaient, elle fondait en larmes...

Martial fit signe aux femmes de s'éloigner, et comme la femme de chambre qu'il avait déjà rencontrée en arrivant semblait hésiter, il lui dit à mi-voix :

— J'ai absolument besoin d'être seule avec madame... il le faut...

La femme de chambre regarda sa maîtresse, mais celle-ci n'avait ni vu ni entendu Martial; n'osant lui parler, et voyant le geste impatient de Martial, elle se retira.

Les femmes sorties, le garde alla aussitôt mettre les verrous aux portes et revint vers le fauteuil où la malheureuse veuve sanglotait. Celle-ci n'ayant pas bougé, Martial regarda autour de lui et dit d'une voix sourde, en lui touchant l'épaule :

— Orphise, c'est moi !...

Comme mue par un choc électrique, la jeune femme se dressa, et, d'un geste fébrile, écartant ses cheveux en désordre, essuyant ses yeux, elle s'écria :

— Toi !... toi ! tu oses revenir !... Va-t'en ! va-t'en ! ou j'appelle au secours...

Martial recula stupéfait, mais se remettant aussitôt, il demanda :

— Ah çà ! tu es folle ! Qu'est-ce que ça veut dire ?...

Sans l'écouter, refusant d'entendre, véritablement folle d'allures, Orphise, lui montrant la porte, cria :

2.

— Va-t'en! va-t'en! assassin!...

Martial jeta un regard rapide autour de lui, et s'élan-
çant sur la jeune femme, il lui dit avec inquiétude :

— Mais tais-toi donc? Est-ce que tu deviens folle?...

— Va-t'en! va-t'en! criait toujours la veuve; tu me
fais horreur!

— Tais-toi ou je t'étrangle!... dit à voix basse le misérable.

— Non, je ne me tairai pas... assassin!... Et en disant
ces mots, le bras tendu, elle se reculait.

Martial haussa les épaules, et, rapide, il se précipita
sur elle et la saisit par le poignet. Elle cria :

— Au secours! il va me tuer aussi!

Mais ce dernier appel ne put être entendu; Caulot
avait appliqué sa main sur la bouche de la malheureuse,
et, au risque de l'étouffer, il la traînait dans l'appartement... dans l'angle du mur, sur les marches d'un prie-
Dieu, il la jeta, et, la prenant à la gorge, il lui dit :

— Tais-toi... Orphise; tais-toi ou je t'étrangle...

La jeune femme se tut, non volontairement, mais
quand la main du misérable se desserra, elle tomba sur
le prie-Dieu, étouffant, cherchant à reprendre haleine.

Voyant qu'elle était sans force, Martial courut aussitôt
aux portes, il les ouvrit et regarda si ses cris n'avaient
pas donné l'éveil; il ne vit personne, on n'avait rien
entendu. Il revint alors vers la malheureuse qui reprenait peu à peu ses sens, il la prit dans ses bras pour la
porter dans le fauteuil, et il sentit en la prenant le
tremblement répulsif que lui donnait son toucher. Aussi
Orphise râla plutôt qu'elle ne dit :

— Que me veux-tu donc encore?

— Je veux que nous nous expliquions un peu, la belle,
parce qu'il me semble qu'il ne suffit pas de dire : « Tue-

le ! » et, l'homme tué, de dire à son complice : « C'est toi qui es l'assassin ! »

— Que dis-tu ?

— N'est-ce pas toi qui m'as dit : « Je le hais... tue-le ! et je t'aimerai... » Ose donc nier cela !

Orphise se tut et baissa la tête.

— Tu es plus calme maintenant... Causons donc un peu.

Et Martial Caulot avança un fauteuil près de celui d'Orphise et s'assit. La jeune femme, la tête baissée, les yeux démesurément ouverts, était anéantie, les poings nerveusement fermés ; et le garde, sur la bouche duquel errait un mauvais sourire, la regarda longuement.

IV

L'AMOUR EST FAIT DE HAINE

Après quelques minutes de silence, et comme s'il était assuré que le magnétisme de son regard avait éteint toute idée de rébellion chez la jeune femme, Caulot lui dit :

— Ah çà ! Orphise, quelle comédie joues-tu avec moi ?... Quelle affection soudaine t'est née pour cet homme ?... N'est-ce pas toi qui as décidé sa mort ?...

— Non, ce n'est pas moi !

— Ce n'est pas toi! exclama le garde. Il y a dix jours, non pas dans cette chambre, mais là-bas, au bout du parc, dans le petit pavillon qui me sert de demeure... tu t'en souviens bien... Michel était allé à Reims, il ne devait revenir que le lendemain... Le soir, tu me dis : « J'ai peur la nuit dans cette grande chambre, j'irai te voir... » Je t'attendis : tu vins vers dix heures... Est-ce que je mens?...

Orphise ne protesta pas, et le garde continua :

— Alors, nous avons parlé du sort douloureux qui nous était réservé : moi t'aimant, t'adorant d'une passion farouche, de vieille date, et obligé de te voir sans cesse au bras de cet homme...

— Cet homme était mon mari...

— Eh! sang du Christ! dit avec emportement Martial, je ne le sais que trop!... Orphise, je t'avais quittée enfant; quand tu revins dans nos montagnes, aux Baux, tu étais jeune fille, la plus adorable jeune fille qu'on pût rencontrer. Tu voulus revoir avec moi les Alpilles où nous courions enfants, les vieilles ruines du château, le Trou-d'Enfer où l'on dit que le Dante s'inspira... Tu te souviens...

Orphise releva la tête et dit, méprisante :

— Je me souviens que, jeune fille, confiante, je croyais en évoquant les souvenirs de ce passé où tu te disais mon frère, je croyais pouvoir m'abandonner tout entière, bien certaine que ta tendresse était toute fraternelle... mais toi, farouche, abusant de ma faiblesse, soufflant avec tes baisers des désirs qui m'étaient inconnus, tu fis le malheur de ma vie...

— Que me dis-tu là! Tu ne m'aimais pas!

— Quand la femme a seize ans, est-ce qu'elle discerne les sentiments qui traversent son cœur, elle aime qui

l'aime... et puis les natures comme la mienne ont des
penchants vicieux que la surveillance d'une mère anéan-
tit, mais qu'un misérable exploite, et c'est ce que tu as
fait... Oui, je t'ai aimé, mais je ne sais si l'amour que
j'avais pour toi ne se composait pas d'autant de haine
et de mépris que de désir... Oh! les mères qui ne gardent pas leurs enfants sont bien coupables ; c'est si doux
à l'oreille ces mots-là, et puis on croit à tant de choses... Ce mois passé dans les Baux ça été le malheur de
ma vie... Oui, je t'aimais, j'étais heureuse près de toi...
comme le buveur qui, tant que les vapeurs du vin lui
montent au cerveau, est heureux, et bénit la nature des
bonheurs qu'elle donne : mais le lendemain, lorsqu'il
s'éveille, le cerveau malade, qu'il a souvenir de ses sot-
tises de la veille, de ces folies... il a honte, et il jure
que jamais il ne sacrifiera au vice qui l'a entraîné... J'ai
été ainsi, moi, tout ce temps, folle, grisée, égarée, par
tes discours, je n'avais plus conscience de la faute commise, et j'étais heureuse, et je bénissais Dieu de m'avoir
donné cette romanesque passion, l'esprit du démon était
en toi... Mais le jour où j'ai quitté ces lieux pour revenir
ici... lorsque je suis rentrée sous le toit paternel et que
j'ai vu, quoique ma mère fût morte depuis cinq ans — le
grand vase doré dans lequel était le bouquet qu'elle portait à sa ceinture le jour de son mariage... Oh! je compris ma honte alors... et tout l'amour que j'avais pour
toi devint de la haine, oui de la haine!

— Ah çà! que me chantes-tu là...

— La vérité...

— Alors pourquoi m'as-tu fait venir?

— Oses-tu me dire cela?... Ne te souviens-tu pas de
quels mensonges tu entourais ta demande?...

— Tu refusas alors...

— Oui, ce fut à ta lettre de menaces que j'obéis.

— Soit ; mais depuis que je suis ici... tu n'as pas toujours été aussi sévère...

— C'est-à-dire que tu as abusé de tout ; tu as en toi, nomme, toutes les coquetteries. A mesure que tu as vu la nature de mon mari, tu t'es appliqué, par ton langage et par tes façons, à faire naître chez moi des passions étranges... Enfin je n'ai pas à revenir sur le passé, la honte que j'en ai le paye assez cher...

Caulot regarda fixement la jeune femme et lui dit :

— Enfin tu ne m'as jamais aimé... tu ne m'aimes pas !

— Si, je t'ai aimé... si, et c'est là mon malheur ; j'ai eu de l'amour comme on a une infirmité... Je t'ai aimé, et je ne me l'explique pas, follement, sans raison, sans retenue... J'ai oublié mes devoirs, j'ai trahi l'homme que tu as assassiné aujourd'hui.

Martial fronça le sourcil et dit violemment :

— A la fin, parlons franchement...

— Je le veux bien, fit aussitôt Orphise, relevant la tête, regardant Caulot en face, et croisant ses regards avec les siens : c'était comme un défi,

— Il y a huit jours, tu vins chez moi.

— C'est vrai !...

— Alors tu m'aimais encore...

— Explique ma nature comme tu voudras, dit bravement la jeune femme, c'est vrai ; je te haïssais seule chez moi, ta pensée m'était odieuse, j'aurais voulu que tu fusses loin d'ici... et près de toi, je ne sais quel entraînement singulier me transformait...

— Je n'ai pas à juger les caprices... ce jour ou plutôt cette nuit, lorsque je te dis que je passais des nuits sans sommeil dévoré par l'immense amour que j'ai pour toi, car je t'aime vraiment... lorsque je te dis que cet homme était la douleur de ma vie... que je croyais que lui seul me séparait de toi; tu me dis : « Est-ce vrai! » Alors j'ajoutai : « Si tu veux, Orphise, je me sens le courage de te débarrasser de cet homme... » Tu me regardas en face... et tu me dis : « Oh! tu ne deviendrais pas assassin pour moi. »

— Oui! je dis cela... je le pensais, et tu ne répondis pas...

— Je ne te répondis pas alors... mais, je t'ai répondu aujourd'hui...

— Et c'est pour cela que je te hais, que je le répète : je ne veux plus te voir; je suis aujourd'hui punie de ma faute, châtiment juste et mérité; je suis forcée de te laisser vivre, de ne pas venger l'homme dont je porte le nom, parce que ma vengeance entraînerait sa honte...

Martial se leva menaçant et dit :

— Tu ne me connais pas, Orphise; tu crois que maintenant que tu es libre, je te laisserai... jamais, entends-tu bien... jamais! J'ai tué Michel pour t'avoir, pour t'avoir à moi toute entière... Dans dix mois je veux, entends-tu, épouser la veuve de Michel...

Orphise se leva à son tour et exclama :

— Tu as cru cela... toi! Tu as pensé qu'une fois en ma vie seulement je consentirais à toucher une main dont tu ne pourras jamais effacer le sang... Eh bien! sache une chose, je suis une criminelle, moi, ce ne sont pas les hommes qui me châtieront, car j'échappe à leur justice, c'est Dieu, entends-tu, c'est Dieu... Si tu ne consens à partir d'ici, je te livre à la justice, bravant le scandale que feront tes aveux...

— Tu me livrerais?

— Oui! Écoute, toute ma vie j'ai désiré une chose, j'ai

demandé une grâce, si je l'avais obtenue j'étais sauvée...
Cette grâce que j'ai demandée au ciel, elle arrive aujourd'hui, et sache jusqu'où peut aller ma haine, tu as
été non seulement mon mari, mais le père de mon enfant.

— Que dis-tu?

— Dans quelques mois, je serai mère.

Caulot fut comme étourdi de cette révélation.

Orphise continua :

— C'est pour cet enfant, entends-tu, que je ne demande pas vengeance. Sans lui, dans une heure, tu serais entre les mains de la justice, et t'ayant livré je me
ferais justice moi-même, je me tuerais... Aujourd'hui
que je vois où la faute commise m'a menée, aujourd'hui
que honte et remords m'envahissent, je n'ai plus qu'une
chance, qu'un espoir, c'est de racheter par une vie nouvelle et mes fautes et ton crime... Tu partiras d'ici demain.

— Jamais! répondit Caulot.

— C'est bien, fit froidement Orphise qui se dirigea
vers la porte.

— Où vas-tu? demanda Caulot inquiet.

— Veiller le malheureux que tu as tué et dire à tous,
devant son corps, que tu as menti et que tu es son assassin.

— Oh! je te tuerai avant!

— Ose-le donc! fit Orphise aussitôt en se plaçant
fièrement devant lui.

Mordant ses lèvres et serrant ses poings, Martial Caulot se tut.

— Martial, dit la jeune veuve solennellement, je veux
que tu partes le jour où Michel sera mis en terre... Par-
tiras-tu?

Orphise avait la main sur la porte ; Caulot ne répondait pas ; elle allait sortir ; le garde l'examina, et voyant dans ses yeux qu'elle était décidée à exécuter sa menace, il dit d'une voix sourde en contenant son dépit et sa rage :

— Je partirai !

— Je vais prier, dit Orphise, qui sortit et se dirigea vers la chambre de son époux.

Martial Caulot seul, montrant le poing, disait :

— Oh ! la partie n'est pas encore gagnée... la belle... quand je risque ma peau, il faut qu'elle me rapporte, tu ne connais pas encore Martial, j'ai vu la fortune de trop près pour partir les mains vides.

. . . .

. . . .

Jusqu'à l'heure où les amis de Michel d'Aumoy vinrent enlever son cercueil, la veuve resta au pied du lit, à genoux et priant ; Orphise n'osa pas toucher le corps : criminelle, elle craignait que son baiser de veuve ne fût un sacrilège.

Quand elle eut placé la dernière fleur sur la tombe de son époux, elle revint et trouva sur le seuil Martial Caulot, elle le regarda fièrement, l'enveloppant d'un souverain mépris.

Le lendemain, le garde quittait le château, et la veuve de Michel d'Aumoy ne gardait autour d'elle que le jardinier et deux femmes ; comme on s'étonnait les premières semaines de ne point voir la veuve à l'église, on apprit qu'elle avait transformé la chambre de son mari ; elle en avait fait une chapelle.

FIN DU PROLOGUE

PREMIÈRE PARTIE

LES LOUPS DES ARDENNES

I

COMMENT ON FAIT LA CONTREBANDE

Rien au monde ne peut donner l'idée des splendides forêts qui servent de frontière à la France, et desquelles les Ardennes tiennent leur nom ; l'étymologie la plus simple est l'expression celte *ard* qui signifiait hauteur, *dean* qui signifiait forêt. Aussi, une vieille abbaye, située sur l'extrémité d'une montagne boisée, se nommait l'abbaye d'Arden. Ardennes voulait donc dire hautes forêts.

Nous avons souvent parcouru l'Allemagne, la Suisse ; nous avons habité les Vosges, le Jura, le Doubs... une seule fois nous avons cru voir un tableau semblable à celui dont nous parlons ; c'était dans la Forêt-Noire, au-dessus de la vallée de la Murgue, et tout l'avantage restait encore à la vieille Ardenne. Non, rien n'a dépassé pour nous le tableau splendide qui s'étale aux yeux, lorsque sortant de Pussemange on se rend à Sugny pour revenir, par un crochet, dans les bois de Saint-Menges.

C'est en ces lieux que nous transportons le lecteur.

Nous sommes en plein été, la forêt verte, les hauts arbres y sont chevelus, la nature est dans toute sa vie, toute sa force ; le soleil tout le jour tord sur les routes les liserons qu'il grille ; la forêt est fraîche et ombreuse... A l'heure où commence ce chapitre, le soleil couchant éteignait ses feux, illuminant de ses derniers reflets cuivrés la vallée profonde. Placé au point culminant comme un serpent, on longe à droite une forêt haute et fangeuse, tandis qu'on borde à gauche et à pic la splendide et verte vallée. C'est, pour les yeux qui quittent le pauvre petit village de Pussemange, et qui n'ont vu tout le long de la route que les grands bois, le plus féerique et le plus gai tableau. On dirait que Dieu s'est plu à mettre au milieu de cette nature mouvementée, imposante, sombre, des Ardennes, ce petit paysage suisse. Ce cadre de bois noirs et de hautes montagnes fait encore plus ressortir la gaieté du tableau. Sur les grandes prairies vertes, dans lesquelles les bestiaux paissent, quelques petites maisons tranchent de leurs murs blancs ; le ruisseau qui alimente la scierie et dont on voit les bouillonnements neigeux, ravit le regard. La vallée est déserte, et cependant on y sent la vie. Après l'ombre de la forêt qui maintient la pensée dans le cerveau, ce jour éclatant et cette nature gaie la font jaillir... Il semble que Dieu fit la forêt pour penser, et la vallée pour écrire.

A l'heure où nous sommes, la nuit venait avec cette

rapidité habituelle des pays de montagnes... et deux
hommes bizarres descendaient la côte, se rendant à Pussemange; l'un disait à l'autre :

— Tu verras ce soir, je ne te dis que ça... en voilà
assez de coups manqués, moi je crois qu'il y en a un
parmi nous qui vend la mèche...

— Cela se pourrait bien, là !

— Toi, t'es du pays, pas vrai... moi, j'en suis pas,
lui il en était... Eh bien. mon petit père, tu verras ce
soir si je le connais mieux que vous, votre patelin... ce
soir il n'y a pas moyen d'être pigé... nous sommes trois
qui savons l'affaire... toi, la mère Coq-Blanc et moi...
et encore je prendrai ma route sans le dire d'avance.

— C'est la chose à faire, là, vois-tu !

— J'en ai assez, moi, de travailler avec un tas de
propres-à-rien qui se font pincer leur marchandise.... et
jamais leur personne... je la connais, celle-là... on n'a
l'air de rien, on prévient un ami, on fait semblant
d'être poursuivi... l'autre tire un ou deux coups de feu...
et on revient trouver les autres les mains vides en disant :
Vite, vite, détalons, ils sont vingt... Comme des serins,
on se sauve; pendant ce temps, le copain du monsieur
ramasse le ballot et va le mettre au magasin...
et c'est pas plus malin que ça... On est deux au lieu
d'être dix à partager... et ils s'appellent les *Loups*...
jamais de la vie... des renards, oui; mais aie pas peur,
je vais leur montrer que lorsqu'on veut on s'arrange...

— C'est vrai tout de même, ce que tu dis-là !

— Toi, mon vieux, j'ai confiance en toi, t'es solide.
les épaules portent ce qu'on veut... tu n'as pas de prétention à autre chose...

— Non là !

— Tu es mon homme... je vais leur donner cette

leçon-là... et si ça n'est pas suffisant, compte sur moi, tu verras que je sais faire mon affaire...

— Tu sais, Marcassin, je suis ton ami... fit l'autre en pressant la main de celui qu'il appelait Marcassin.

— Je le sais, mais dépêchons-nous, ma petite vieille, voilà la nuit tout à fait venue, le temps de manger une bouchée chez Gatin, et de me changer, il sera l'heure.

— Oui, dépêchons!

Les deux hommes traversèrent le village; arrivés à l'extrémité de la rue, ils entrèrent dans une auberge que nous recommanderons au lecteur, tant nous en avons gardé un bon souvenir. D'abord nous avons trouvé là l'agréable surprise d'entrer dans une salle d'auberge, pour être aussitôt transporté dans un cabinet somptueux que Brébant ne désavouerait pas... Ajoutons qu'il en était de même pour le menu...

Les deux individus se firent servir dans la première salle, et celui qui semblait diriger son camarade dit à Gatin :

— Prépare-nous un ballot, nous l'emportons après dîner.

— Pendant que les deux individus dînent nous demanderons au lecteur la permission de les lui présenter plus complètement.

Ainsi qu'il arrive souvent dans les fréquentations suivies, les deux individus étaient tout à fait dissemblables... L'un était grand, l'autre petit, tous les deux étaient maigres cependant.

Le petit était connu sous le nom de Marcassin. A son accent traînard, à sa face livide ,

« ... Jaune comme un vieux sou. »

on reconnaissait le Parisien, le Parisien de l'extrême zone...

Celui-ci était laid, — nous ne voulons pas dire que le compagnon soit beau, on en jugera. — D'une taille un peu au-dessous de la moyenne, il était mince et sec ; pour s'être agréable, il disait qu'il était svelte : cherchant la vérité, nous disons, nous, qu'il était décharné. Sur sa face un peu trop grosse pour son corps, la peau épaisse pendait sur les joues laissant un creux profond au-dessus du coin de la mâchoire ; deux petits yeux verts, vifs, sans cils, étaient enfoncés sous l'arcade sourcilière dont les sourcils étaient hérissés ; le nez, mince en haut, semblait desséché sur le cartillage, qui allait se perdre dans une petite boule ronde, très rouge et couperosée, indiquant le culte de Bacchus... la bouche, qu'on nous permette l'expression, était *canaille*, les lèvres étaient étroites et cependant lippues, surtout au coin, ce qui donnait constamment un air narquois ; disons qu'il y avait un motif à cet affaissement, l'habitude d'une pipe dont le tuyau mesurait au maximum trois centimètres ; sur ces lèvres étaient des moustaches rousses, et sur cette tête, des cheveux châtains ; les cheveux étaient toute la coquetterie de Marcassin ; il les portait longs, et toujours grassement pommadés. Sa toilette était sommaire : une cotte bleue, dont le bas était serré dans des guêtres de toile que les maculations de la boue avaient jaunies, une chemise de flanelle blanchie... anciennement ; un ceinturon de cuir noir lui serrait les flancs et faisait ressortir deux hanches énormes ; il portait son paletot sur le bras, et son chef était couvert d'une petite casquette de soie noire dont la visière grasse collait sur le front.

Dès son entrée dans l'auberge, il s'était placé devant

la glace, avait mouillé ses doigts de salive, en avait
enduit ses moustaches ; de la paume de sa main il avait
lissé ses cheveux, et, satisfait de lui, dodelinant la servante, s'envoyant un sourire, il était venu se replacer
devant son compagnon, qui, en l'attendant, soufflait
dans les verres et les essuyait du coin de son paletot.
C'était l'habitude de Bidard, dit Bois-Sec, sans doute à
cause de sa longue charpente et de sa carnation, à peu
près semblable à celle du bouleau l'hiver. Ce qui le rendait encore plus grand, c'est que Bois-Sec portait un
pantalon de velours trop étroit dans lequel ses longues
jambes paraissaient des antennes ; il était. vêtu d'une
blouse noire, attachée à la ceinture par une ficelle dans
laquelle était passé son mouchoir, grand comme un
drapeau. Ses pieds, très plats, étaient immenses ; en
fermant la main, il cachait une pomme... Il racontait
que, parfois, près de tomber aux mains des douaniers,
ayant arraché un rameau, il était resté immobile, et les
douaniers passaient, l'ayant pris pour un arbre.

— Pour une bûche... disait le Parisien.

La tête était digne de la colonne sur laquelle le Créateur l'avait placée : le nez petit était large, il envahissait
les joues, il n'était pas camard, il était épaté, sous les
narines pendaient deux touffes de poils, étroites, qui
recouvraient le milieu de la bouche, si singulièrement
blondes qu'à dix pas on les prenait pour deux défenses ;
les yeux ronds et à fleur de tête étaient bleus, de ce
bleu vague comme de l'eau de savon. La bouche lippue
avançait en cul de poule, *beubant* à l'extrémité, et le
menton étroit fuyait pour se perdre dans un pli non de
graisse, mais de couenne, tant sa barbe piquait la peau.

Il avait des cheveux rouges ; mais au contraire du Parisien, il méprisait cet ornement qui poussait à son

gré sur son crâne osseux, les jours de fête seulement le peigne étrillait cette perruque... Une joue était creuse, l'autre était ronde, et phénomène bizarre, elles se creusaient et se gonflaient chacune à leur tour et d'heure en heure... Disons le mot de l'énigme, Bois-Sec chiquait...

Nous avons dit en commençant qu'ils étaient laids, on nous rendra cette justice, que nous n'avons trompé personne...

Hélas ! nos lecteurs n'ont vu que le physique... La suite de cette histoire leur montrera que le visage n'était guère au-dessous du moral...

Ceci dit, continuons.

Le garçon du cabaret avait été chercher dans la boutique qui se trouve à côté de la salle un long ballot d'un peu plus d'un mètre de long sur soixante à soixante-dix centimètres environ. Le long colis, couvert de toile contenait quarante-cinq à cinquante kilos de tabac, refoulé à la mécanique. Chacun de ces ballots passant la frontière rapporte au contrebandier trois cent cinquante francs.

— Voilà notre affaire... dit le Parisien.

— Oui, monsieur...

— Combien ?

— Quatre-vingts francs !...

— Éclaire, Bois-Sec, dit le Marcassin... Puis, s'adressant au garçon : Mets ça sous la remise, j'irai le corder tout à l'heure...

— Bon !

— Il y a de la paille fraîche ici...

— Pardieu !

— Apprête-z-en... Allons, Sans-Graisse... finissons le manger, nous ferons nos comptes quand nous aurons fini...

3.

Obéissant, Bois-Sec vint reprendre sa place en disant
à mi-voix :

— On me disait qu'on en a pincé là hier, sais-tu.

— Eh bien ! qu'est-ce que tu veux que ça me fasse ?

— Si le service est doublé...

— Le service ! malheur ! Je la connais l'histoire de
ceux qui se font pincer... Qu'ils y viennent pour poser la
main sur Bibi... ou sur son beau sac... nous verrons
ça...

— Je ne crains rien, pardi !... Parle pas si haut ! je
te préviens ?

— C'est moi qui fais le chemin, aie pas peur, et à la
tienne, ma vieille, et demain matin, tu verras quinze
beaux louis sous notre nez... t'entends ?

— Mais sais-tu que les autres-là, ils ne vont pas être
contents...

— Est-ce qu'ils viennent me demander avis, les autres, est-ce qu'ils s'occupent de nous ? Ah ! mais, en voilà
assez, le Loup dira ce qu'il voudra, moi je ne marchande rien ; sang, peau, santé, sommeil ; je me soucie
bien de tout cela ; quand on a dit : « A telle heure
on marchera ! » à l'heure je suis au poste, vent ou
pluie, neige ou glace, je fais mon devoir, et jamais je
n'ai été pincé par les gabelous... Si c'est chacun pour
soi, j'en suis, et tu verras, ma petite vieille...

— Oui, mais le Loup se fâchera...

— Le Loup... le Loup, répéta le Marcassin en haussant les épaules ; il a beau être fort comme un cric,
beau comme une pièce d'or... ça ne m'épate pas, moi !...
tu vois ça ?...

En disant ces mots, il montrait ses bras.

— Tu vois ça, le Loup dit que c'est des cure-dents...
eh bien ! mon petit père, c'est de l'acier, et tout grand et

tout fort qu'il est, quand il voudra, le Marcassin lui fera voir qu'il ne craint personne et qu'il est solide.

Et le Marcassin avait des airs superbes, des haussements d'épaules dédaigneux, il brandissait ses bras maigres...

Au reste, c'est un peu la manie de ceux que le Créateur fit petits et grêles, ils veulent faire croire à la force factice de nerfs étonnants ; dressés sur leurs talons, ils feignent de prendre pour de la lâcheté la pitié des forts.

Cependant, disons bien vite que Marcassin était courageux.

La lâcheté est de toutes les tailles, et en établissant une généralité, nous ne voulons pas qu'elle attaque personne.

— Est-ce que je marchande ma vie, moi ; est-ce que j'ai manqué une expédition, moi ?... Eh bien ! je ne permets pas aux autres d'en manquer.... ou alors qu'on revienne avec la marchandise...

— Ça, c'est vrai !

— Mais, mon pauvre vieux...

S'interrompant, Marcassin tourna la tête et dit au garçon :

— Une bonne bouteille de vin...

Et il continua :

— Mon pauvre vieux, tu es un naïf, toi ; t'es de ces pays-ci...

— Oui, je suis d'à côté...

— Allons, voyons ! faut pas te fâcher de ça ; tu es dans le vrai en faisant le métier que nous faisons.

— Pourquoi ? fit Bois-Sec en ouvrant de grands yeux étonnés.

— Ma bonne vieille, tu es mon vrai ami, toi ! Si je dis un mot de trop, t'as pas à te fâcher, pas vrai ?

— Non, là !... entre nous...

Et Bois-Sec serrant la main de son compagnon, celui-ci la quitta pour prendre son verre et dit :

— A la tienne !... Toi, tu es du pays et t'en es pas ; ta mère était de Pussemange, ton père de Gespunsart ?...

— Oui.

— Ils n'étaient pas mariés. Donc, vis-à-vis de l'Etat, tu n'hérites ni de l'un ni de l'autre ; mais en même temps, t'es Français et t'es Belge.

— C'est vrai, là, sais-tu ?

— Tu vois que c'est bien ça ; tu dis comme les gens d'ici : « Ah ! mon Dieu, *là !* » et comme les Belges : « *Sais-tu ?...* »

— Oh ! ce Parisien-là, comme il remarque tout...

— Ma vieille, si je remarque, c'est pour te dire que toi tu as peut-être une raison de faire notre truc. Tu es Belge et tu es Français ; par ta mère tu ne peux pas comprendre les douaniers et tu méprises la frontière...

Il faut bien dire que Bois-Sec regardait son ami d'un air absolument abruti ; il ne comprenait pas un mot. Marcassin, tout à ses idées internationales, continua :

— Moi, mon vieux, ce n'est pas la même chose... J'ai beaucoup de raisons pour ne me trouver jamais devant un commissaire de police... et chaque fois que je fais une expédition, je risque quelque chose... Je suis Français... j'ai pas d'excuse...

— Mais moi non plus, là... dit naïvement Bois-Sec.

— C'est drôle que tu ne comprends pas.

— Je comprends que tu ne veux pas te trouver devant un commissaire, là !... eh ben, mais... eh ben, mais... et moi ?...

— C'est pas la même chose, t'es pas Français...

— Si, je suis Français, puisque je suis né à Gespunsart...

— T'es né dans un voyage de ta mère... mais t'es Belge... Es-tu inscrit à Pussemange?

— Oui!

— Alors t'es Belge!

— Mais c'est le père, quand ma mère a accouché, qui m'a fait inscrire aussi à Gespunsart.

— Alors t'es Belge sans l'être et tu es Français aussi... Tu as le bénéfice de la loi belge, mais t'as les punitions de la loi française.

— C'est ça même, là...

Sans s'étendre plus longuement sur le code bizarre qui le régissait, Marcassin reprit :

— Ça ne fait rien, c'est pas la même chose que moi... tu sais, faut pas que tu penses que je crains la police à cause de mauvaises choses, ah! non! jamais!... des choses... politiques, quoi!... qui m'ont obligé à rester de ce côté-ci de la frontière... et tu comprends, ma vieille, que chaque fois que je passe, je risque d'être pincé, et dame, moi, j'ai de la famille à Paris, et je ne voudrais pas leur faire de la peine... Quand je fais une affaire, je me dis : ils me tueront ou je reviendrai : pris, jamais!

— Moi aussi, puisque je suis avec toi?

— Oui, toi aussi... toi t'as un peu la tête dure, c'est pas un défaut pour recevoir des coups dessus, c'en est un pour comprendre...

Bois-Sec regardait toujours son ami; on sentait qu'il faisait des efforts inouïs pour suivre son raisonnement. Marcassin, convaincu qu'être prolixe c'était être clair, continua :

— Donc, voici leur truc, aux autres... Ils connaissent un douanier, ils se font prendre, et au bout d'une heure on les relâche sans marchandise et ils viennent raconter

des histoires, où ils se sont conduits en héros pour se
sauver.

— Eh bien? demanda Bois-Sec dont les yeux brillaient
sous les plis du front semblables à deux points d'interro-
gation.

— Eh bien! tu ne comprends pas, ils font de fade
avec les gabelous et *bernique* pour nous; ils touchent de
moitié, ils ne fatiguent pas, et nous, nous nous bros-
sons...

— Ah ben, mais! C'est Dieu possible, là!

— Mais c'est tout le temps comme ça!... Écoute,
ma vieille, ce soir nous faisons un coup tous les
deux...

— Mais c'est le Loup qui m'a donné l'argent pour
acheter.

— Faut bien avoir l'argent de quelque part.

Cette raison sembla suffire à Bois-Sec, car il dit :

— Évidemment.

— Eh bien, nous faisons le coup, nous livrons à Iges,
nous touchons le bon à Sedan et nous revenons après-
demain, c'est dans trois jours les comptes... Eh bien! tu
me verras, lorsqu'ils arriveront et qu'ils diront : Pincé à
Rogissart, saisi au Bois-de-Condé... je me lève comme
ça, je montre la braise et je dis : — Moi, les Loups, j'ai
touché ça à Sedan; comme je trouve qu'il n'y a que
deux façons de ne pas en apporter autant, la première
de faire des tripotages, la seconde d'être maladroit, et
que je ne veux risquer ma peau ni pour les traîtres ni
pour les imbéciles... je garde tout; que chacun en fasse
autant et nous gagnerons beaucoup d'argent.

— Mais moi? fit aussitôt Bois-Sec.

— Toi, tu es avec moi... tu es bête... nous partageons...

— A la bonne heure !

Les contrevents de l'auberge étaient placés. La demie de dix heures sonna.

Marcassin se leva aussitôt.

— Dix heures et demie... fit-il ; vite, vite, Seccot, en route !... éclaire, je vais ficeler le ballot.

Le Parisien parlait argot : ce qu'il appelait *braise*, c'était l'argent ; ce qu'il appelait *éclairer*, c'était payer.

Bois-Sec paya, et pendant, ce temps, Marcassin, qui s'était dirigé vers la maison, apportait le ballot.

Avec de la paille tordue, il ficela le colis en formant un X qui se terminait sur le devant par deux bretelles. En moins de cinq minutes, le ballot était prêt, et quand Bois-Sec lui dit :

— Est-ce prêt ?

— Oui ; amène ta *bosse*, lui répondit le Marcassin.

Bois-Sec était habitué au langage bizarre de son complice ; il tendit le dos. Une fois chargé, le Marcassin lui dit :

— Es-tu bien.

— Très bien.

Ils sortirent et traversèrent tout le village, remontant la route de Sugny. Arrivés à la dernière maison, Marcassin dit à son compagnon :

— Suis le petit sentier ; je serai à la hutte du bois de Condé, que je vais éclairer... tu viendras au signal.

— Bon... j'entre pas sans entendre ?

— Non, je serai là une demi-heure avant toi. Je vais par les hauteurs.

Bois-Sec, obéissant, s'enfonça dans le bois à droite, tandis que le Marcassin tournait le village et grimpait pour arriver en pleine forêt.

Après une lourde journée d'été, la nuit était venue

pleine d'orage, les éclairs bleus déchiraient le ciel noir, le vent gémissait en effeuillant les arbres, les ronces se tordaient échevelées, les liserons se heurtaient... Bois-Sec, caché dans un fourré, attendait le signal, se disant :

— Un bon temps pour faire ce qu'on voudra cette nuit. Si ces messieurs sortent, c'est qu'ils ont le métier chevillé dans le corps... Avec ce vent-là, j'entendrai jamais le Marcassin! Qué chien de temps... Ça fait du bien au cœur d'entendre les arbres crier comme ça... Du diable, si je vois à trois pas devant moi...

Et philosophiquement, Bois-Sec expectorant, se donna le luxe de changer sa chique. Il mâchait consciencieusement l'immonde poison qui l'enivrait, lorsque, tout à coup, ses yeux luirent comme des braises, sa tête se pencha et ses oreilles frémissantes se tendirent.

— On dirait le sifflet de Marcassin, fit-il.

Il écouta quelques secondes et dit :

— C'est lui!

Il se mit aussitôt en marche... On entendait effective ment un sifflement aigu, qui répétait de minute en minute les mêmes modulations. Après avoir répondu par le cri rauque de la chouette, Bois-Sec marcha sous bois, guidé par le sifflet. Tout à coup, deux cris de chouette se firent entendre, et le sifflet cessa.

Alors Bois-Sec se baissa, et marchant à quatre pattes, rampant, glissant, il s'enfonça dans le bois, s'éloignant de la sente qu'il avait suivie; les orties et les ronces lui mordaient les chairs, mais le contrebandier ne sentait plus rien, le danger le rendait insensible; son œil, habitué à l'ombre, sondait les plus proches taillis. D'un mouvement prompt comme l'éclair, il laissa glisser son ballot dans un fourré de hautes fougères et se colla, les bras en l'air, sur le tronc noueux d'un hêtre, ne bougeant plus; l'œil démesurément ouvert, il cherchait à voir d'où venait le bruit de pas qu'il entendait craquer sur les herbes et les ronces.

Bois-Sec était en sueur, son front ruisselait, ses cheveux fumaient, et le vent d'orage collait sur sa peau ses vêtements glacés; peut-être était-ce la mort; bah! le contrebandier ne bougeait pas... Son regard seul vivait, solide au poste comme s'il était à l'affût, la fièvre lui brûlait le cerveau, sa poitrine haletante se soulevait, son haleine sifflait... il ne sentait rien... Un éclair lui avait montré, dans la sente qu'il venait de quitter, deux douaniers.

Le contrebandier ne s'était pas trompé; c'est que sous bois l'oreille se fait, on distingue chaque bruit, le heurtement des feuillées, les passées de gibier... ou les pas d'hommes, c'est-à-dire l'ennemi.

Le regard de Bois-Sec ne quittait plus les deux hommes, il les voyait dans la nuit, le corps penché, l'oreille tendue, et caressant de la main les batteries armées de leurs carabines... Bois-Sec sentait bien qu'un mouvement était sa condamnation, car il faisait un temps qui ne permettait de poursuivre les contrebandiers qu'avec du plomb.

Rivé à son arbre, il sentit sur sa figure l'haleine chaude de ceux qui le cherchaient, et il entendit crépiter sous les pieds des douaniers la ronce dont les branches lui mordaient les chairs...

D'une voix sourde, l'un des douaniers dit :

— Il a entendu le signal et doit s'être rabattu du côté des Communaux... Nous allons le retrouver à l'équerre, lorsqu'il va sortir... Suis la sente...

— Non! reste là!

— Pourquoi?... Je vais appeler Daubier...

— Daubier ne peut pas nous trouver ici...

— Il lâchera nos chiens... qui nous guideront...

— C'est une idée, nous aurons la piste pour les suivre.

Les deux douaniers regagnèrent la sente, et Bois-Sec entendit aussitôt une étrange modulation, à laquelle répondit un sifflet strident.

Un froid courut les moelles du contrebandier, la sueur se glaça sur lui et ses doigts se crispèrent sur l'écorce du hêtre qui le soutenait...

Bois-Sec était perdu; il sentait bien que les chiens allaient immédiatement le trouver. Le vent hurlait dans les arbres, l'orage se déchaînait plus furieux que jamais : c'était une chance. Les douaniers redescendaient la sente... Impossible de se sauver cependant. Une idée lui vint.

Nous avons dit que Bois-Sec avait pour ceinture une corde; il la déroula rapidement, l'attacha par un bout au ballot qu'il avait jeté dans les fougères et, prenant l'autre extrémité dans ses dents, il grimpa après l'arbre. En moins d'une minute, le contrebandier était à califourchon sur une branche, et avec une aisance qui montrait une force extraordinaire, il hissait et attachait le ballot de tabac.

Il avait à peine fini de serrer la corde, lorsqu'il entendit le grognement des chiens...

Les douaniers les suivaient.

Il les vit se diriger sur l'arbre : cette fois encore, un froid courut dans ses veines; mais arrivés au pied du hêtre, les chiens jappèrent joyeusement; les douaniers se précipitèrent et arrachèrent aux chiens le grand mouchoir du contrebandier.

— Tu vois, il est venu jusqu'ici, dit l'un.

— Maintenant nous le tenons, dit l'autre; ils vont nous mener sur lui... Holà! ajouta-t-il en s'adressant aux chiens, oh! oh! fouinez ça...

Les chiens obéissants se lancèrent sur le chemin suivi par Bois-Sec pour venir...

Après un grand quart d'heure d'immobilité, le contrebandier détacha son ballot, le descendit, descendit à son tour, et s'étant chargé, il imita la chouette. A vingt pas au plus la modulation sifflée se fit entendre... Bois-Sec se dirigea de ce côté... Un homme jaillit des herbes...

— Tu ne les as pas vus? demanda-t-il.

Bois-Sec répondit avec un gros soupir :

— Oh là!... Je l'ai échappé belle... Je n'en ai pas une goutte de sang dans les veines.

— Tout est sauvé, tant mieux... la route est libre, et la mère Coq-Blanc nous attend avec sa voiture sur la route de Bosséval...

— Une voiture!... Mais les gabelous?... demanda Bois-Sec inquiet.

— Que t'es bête! c'est elle qui les a amenés de Saint-Menges... elle a son passe-debout... fit en riant le Marcassin.

— Ah ben!... t'es un vrai, toi!...

Et, plus tranquilles, les deux contrebandiers gagnèrent la route où les attendait la voiture.

Le ballot de tabac fut placé dans un double plancher, les deux gars montèrent dans la voiture et la vieille femme qui tenait les guides et le fouet dit :

— Vous savez, les enfants, qu'il faut que je rentre par Saint-Menges; vous descendrez un peu avant, parce que l'on pourrait avoir des doutes sur vous et fouiller, tandis qu'avec mon passe-debout, étant seule, je vais tout droit à lges.

— Oui! oui! la mère, soyez pas inquiète... répondit le Parisien.

— Vous avez dû les voir de près aujourd'hui, demanda la vieille en fouettant son cheval.

— C'est-à-dire que je ne sais pas comment je me suis tiré de là, dit Bois-Sec.

— Tu vois bien que lorsqu'on veut, on leur passe devant le nez.

— Oh! mais, là! s'il fallait recommencer, je réfléchirais... Tu ne sais pas que les chiens m'ont volé mon mouchoir.

— Qui était de garde aujourd'hui, la mère? demanda Marcassin.

— C'étaient Daubier et Sans-Croc; mais il y avait grand service; assurément ils avaient été prévenus, car j'en ai conduit quatre, deux sont allés dans les bois de Floing, et les femmes étaient sur pied...

— Alors, fit le Marcassin, c'est qu'il y avait un grand coup quelque part, mais ça n'était pas pour nous.

— Ça se pourrait bien... car ils parlaient de mulets...

— Ça doit être une affaire de dentelles...

— Oh! c'est sérieux, reprit la vieille, Daubier m'a dit : « Le Coq-Blanc, faut pas rester longtemps par ici, parce qu'il pourra bientôt y pleuvoir du plomb. »

— Crédié, fit le Parisien, ça met l'eau à la bouche, ce que vous dites là... On voudrait en être... est-ce pas, Bois-Sec?... Oh! qu'est-ce que c'est!

Le cheval avait fait un brusque écart, et la mère Coq-Blanc avait dit à mi-voix :

— Chut! du monde...

Un homme, le fusil sur l'épaule, était au milieu de la route.

— Arrêtez un peu... dit-il d'une voix forte.

Le Parisien disait tout bas à la vieille femme :

— Vas donc, passe-z-y sur le corps ou nous sommes pincés.

Mais celle-ci calme, arrêta son cheval.

— Qu'est-ce qu'il y a donc? demanda-t-elle.

— Mais c'est la Coq-Blanc, fit une voix dans le bois.

— Eh! oui c'est moi.

— Comment es-tu encore ici? demanda le premier qui avait parlé.

— J'ai passé une demi-heure à arranger ma lanterne, et je n'ai jamais pu en venir à bout... et donc sans ma lanterne je suis forcée d'aller doucement.

— Allons, file vite... tu t'exposes en restant si long-temps en route.

— Je ne serai pas longue, allez, car vous me faites peur... Hue là, hue! et, fouettant, la vieille femme pressa le cheval qui partit.

— Nous l'avons échappé belle! dit Bois-Sec.

— Tu vois bien ce que je dis, répéta le Parisien, quand on veut on arrive à tout.

La mère Coq-Blanc était inquiète et elle dit :

— Mes enfants, nous sommes près de Saint-Menges, vous allez descendre et faites bien attention à vous, car il se passe quelque chose de pas naturel.

— Ayez pas peur, la mère, nous sommes des vrais, nous... nous vous retrouverons à Iges.

Et les deux hommes sautèrent de la voiture, et se dirigèrent bras dessus bras dessous du côté de la Meuse.

La mère Coq-Blanc s'arrêta devant le bureau de douane, donna son laissez-passer et continua sa route.

II

LA GRANDE MAISON X... ET Cⁱᵉ

Presqu'à l'extrémité du village de Balan, près Sedan, était une maison de rustique apparence; cette maison était occupée par un loueur de chevaux et de voitures.

Une cour large, mal pavée, pleine de fumier; au fond une grande remise-écurie. La cour était bordée d'un côté par un hangar dans lequel étaient déposées les marchandises qu'on devait expédier, de l'autre par un magasin à fourrages; au fond, sur le côté, se trouvait la porte d'un étroit escalier aboutissant au premier étage au-dessus de la remise. Cette porte semblait être la fermeture d'un grenier; c'était l'entrée d'un logement, logement singulier, habité par un homme plus singulier encore, que nous présenterons tout à l'heure à nos lecteurs.

Pour arriver aux deux pièces qui composaient ce logement, il fallait monter vingt marches, des marches énormes, rudes comme les pas d'une échelle de meunier; ces vingt marches montées on se trouvait alors devant une porte vitrée, les vitres étaient dépolies... Les chambres dans lesquelles ascendait l'escalier avaient dû servir de grenier, éclairées chacune par une fenêtre dont les jointures mal assemblées révélaient la provenance : le

chantier de démolition. Les murs de la première pièce,
sans papier, étaient badigeonnés d'une couleur grise à
la colle, le plafond était zébré de larges solives. Une
grande partie de cette pièce était occupée par un comptoir immense, sur lequel était une paire de balances de
cuivre, au fond était un grand casier portant vingt-quatre
cartons verts sur lesquels on lisait : A, B, C, et ainsi de
suite jusqu'à la dernière lettre de l'alphabet.

Juste en face de la fenêtre se trouvait un bureau,
placé sur le côté de façon à ce que celui qui l'occupait
se trouvât dans l'ombre d'un grand rideau de reps vert.

Ce rideau unique qui voilait la fenêtre était retenu par
une seule embrasse du côté du bureau devant lequel était
placé une chaise-fauteuil. C'est là que le maître de la
maison faisait asseoir le client qui le visitait, l'inondant
ainsi de lumière pendant qu'il restait dans l'ombre.
C'était, en dehors du tabouret du maître du bureau, le
siège unique de la chambre.

Le comptoir, le bureau et les casiers étaient encombrés
de toutes espèces de marchandises, neuves et d'occasion,
depuis les bronzes d'après l'antique de chez Barbedienne
jusqu'aux oiseaux empaillés.

Toute chose a son nom, sa raison sociale ; cette maison
cependant n'avait d'autre enseigne sur la porte vitrée
que ces mots : Entrée.

Nous parlerons peu de la pièce du fond, c'était la
chambre à dormir du locataire, elle était meublée d'un
lit, d'un fauteuil, d'une armoire et d'un grand coucou,
tout cela était vieux, usé ; une seule chose était fraîche
et luxueuse : un grand tapis épais et moelleux qui couvrait toute la chambre.

A l'heure où nous pénétrons dans le logis, le maître
est devant son bureau.

Le maître paraissait avoir cinquante à cinquante-cinq ans ; il était grand, maigre, et avait l'aspect d'un méridional. Jeune, il devait avoir été très beau. Les formes et les attaches avaient encore une certaine élégance, les mains et les pieds étaient extrêmement petits.

Le visage avait un peu le caractère judaïque, l'ovale était long, à peine encadré par des cheveux gris, très rares ; il portait une longue barbiche grise et rousse, le dessus des lèvres était rasé ; la bouche était fine, serrée, le nez, droit et mince, paraissait courbé ; les yeux étaient restés jeunes, fendus en amandes et bordés de longs cils bruns ; ils avaient comme une lueur fauve... Pour un observateur attentif, le visage semblait vieilli, ce que les comédiens nomment : grimé.

La mise était misérable : enveloppé d'une longue lévite de drap usé, on voyait à peine passer le linge d'un blanc douteux ; le crâne était couvert d'une toque en peau de loup, et les pieds étaient toujours chaussés de lourdes galoches.

A l'heure où nous entrons dans la maison, c'est-à-dire le soir, l'homme est accoudé sur le bureau, le menton dans les mains, réfléchissant longuement.

Une lampe à clarté rouge, à bec économique, avare d'huile et surtout de lumière, jetait sur le singulier personnage sa fantasque clarté.

Le heurtement du marteau sur la porte fit lever la tête à l'individu. Aucun bruit n'ayant répondu, un second coup se fit entendre, et l'homme dit, maugréant :

— Cette vieille brute n'est donc pas là ?

L'écho gémit encore une fois dans l'étroit escalier, et la voix glapissante d'une femme exclama :

— Mais, Notre-Seigneur Jésus ! qui est-ce qui peut frapper ainsi à cette heure ?

Bavet! cria l'homme.

La porte s'ouvrit aussitôt, et une vieille femme parut, l'air inquiet.

— Qu'est-ce que vous faites encore? Êtes-vous sourde? Voulez-vous donc qu'on enfonce la porte?

— A cette heure-ci, monsieur Martial, je ne voulais pas aller ouvrir sans votre ordre...

— Allez! et vite.

La vieille femme descendit en maugréant; arrivée dans la cour qu'il fallait traverser pour ouvrir la porte de la rue, elle grommela...

— Allons, bon! voilà la pluie maintenant, en voilà un temps, allez donc vous croire en été; mais maintenant tout est bouleversé... Les choses sont comme les gens... Ça! est-ce qu'on sait ce que c'est, et ça vous parle comme à un chien... Je vous demande un peu si c'est un temps à venir visiter quelqu'un... quelque mauvais gars comme on en voit toujours ici.

Le marteau heurta encore violemment la porte, et l'on entendit une voix :

— Ah çà, ce vieux grigou-là, est-ce qu'il est mort dans sa niche... C'est-y un temps à faire attendre un chrétien... Aïe donc, de la maison!

Et des pieds et des poings, le visiteur frappa sur la porte.

La vieille gémit.

— Mais, bon Dieu Seigneur! on y va... ah çà! où donc qui se croit celui-là.

— Elle ouvrit un guichet et demanda :

— Qu'est-ce qui est là?

Le visiteur, pour éviter de recevoir la pluie, s'était blotti dans l'angle de la porte; en voyant le guichet s'ouvrir, il avança la tête devant le petit grillage. La vieille Bavet

4

éleva sa lanterne et, faisant un réflecteur de sa main, elle projeta la lumière sur le visage de l'inconnu, interrogeant :

— Qui êtes-vous?

— Qu'est-ce que ça vous fait, vous ne me connaissez pas; ouvrez d'abord.

— Qu'est-ce que vous voulez?

— Je viens pour affaire urgente parler au père Martial.

— Le père Martial, grommela la vieille, ça ne vous écorcherait pas la bouche de dire monsieur...

— Ah çà! voulez-vous m'ouvrir, vous, je suis trempé jusqu'aux moelles; il est donc invisible, votre maître?

— Il n'est visible que pour ceux qui ont un nom à lui dire.

— Puisque je vous dis qu'il ne connaît pas mon nom... je suis Jean-Baptiste Aumoy, d'Autry...

— Qu'est-ce que vous faites?

— Je suis cultivateur.

— C'est bon... je vais lui dire.

Et, calme, la vieille toujours *ronchonnant*, ferma le guichet et se dirigea vers le cabinet de son maître, disant :

— Encore quelques mauvais gars de ce côté-là... c'est cultivateur comme moi...

Derrière la porte Jean-Baptiste rageait :

— En voilà une vieille taupe, mais elle veut donc me faire fondre, cette fée-là; vieille sorcière, va, j'ai de l'eau plein mes poches.

Une grande minute après, Jean-Baptiste Aumoy entendit un bruit de fer et de verrou; la porte s'ouvrit, et Bavet lui dit en désignant l'escalier perdu dans la nuit :

— Montez, il est là!

— Où, là? c'est noir comme un four.

— Faut-il pas vous porter aussi... suivez-moi.   .

L'aimable et avenante mademoiselle Bavet passa devant, éclairant avec son falot. Jean-Baptiste la suivit; arrivée au premier, elle se retourna et lui dit :

— Vous n'allez pas entrer comme ça, je pense.

— Eh bien! comment voulez-vous donc que j'entre.

— Mais, Seigneur Jésus! vous êtes dégouttant de pluie, vous allez vous secouer au moins... c'est pas vous qui frottez.

— Vous ne voulez pas que j'entre tout nu...

— Allons, entrez.

Jean-Baptiste entra; sans se gêner, celui qu'il avait appelé le père Martial, prit sa lampe, la leva et faisant de sa main un abat-jour, il regarda dix secondes celui qui entrait chez lui; puis, la replaçant et se rasseyant, il fit signe à son visiteur de prendre un siège.   ˢ

C'était chose difficile et qu'il essaya vainement, car Mˡˡᵉ Bavet enlevait le siège chaque fois que Jean-Baptiste voulait le prendre.

— C'est ça, il ne manque plus que ça, maintenant; pourquoi qu'il ne vide pas des seaux tout de suite sur les chaises... c'est pas assez de mettre de la boue plein la maison.

Baptiste haussa les épaules et resta debout.

— Monsieur, dit le père Martial, le regard fixé sur le nouveau venu et le front plissé, étudiant la physionomie de celui auquel il s'adressait, quel est le motif de votre visite... Je ne vous connais pas.

— Non, monsieur; je ne vous connais pas non plus, ou plutôt si, je vous connais de réputation.

— Ah! de quel pays êtes-vous?

— D'Autry.

— Il y a des Aumoy du côté de Nouzon...

— Oui, c'est de la famille.

— Ah!... Et que me voulez-vous?

— Mon Dieu, monsieur, voilà ce que c'est. On m'a dit que vous étiez très retors en affaires .. Et, dame! j'ai une affaire difficile, et je voulais vous consulter.

— C'est un peu tard.

— Je vais vous dire, monsieur, reprit Jean-Baptiste embarrassé de l'observation et se grattant le front et le nez. Je suis parti bien au matin pourtant, mais les voitures, les chemins de fer... on n'en finit pas; je suis arrivé il n'y a pas une heure, le temps de vous trouver.

— Vous ne comptez pas partir ce soir?

— Dame! monsieur, moi j'ai des bêtes là-bas et faut que je retourne. Je comptais cette nuit aller déjà pas mal loin avec la voiture à Célestin, et j'aurais pris le chemin de fer au matin.

— Nous allons causer alors... Quelle est votre affaire?

— Je dois vous dire d'abord que c'est une affaire... drôle; vous savez... c'est pour un héritage, et c'est des gens qui sont pas morts cependant.

— Ah! vous êtes bien avec votre famille de Nouzon.

— Oh! mais, non. Au contraire, c'est justement contre ceux-là...

Le père Martial plaça sa lampe sur le casier du bureau, baissant l'abat-jour de son côté pour rester dans l'ombre en inondant de lumière son interlocuteur qui, sans y prendre garde, continua :

— Avez-vous entendu parler d'un Michel d'Aumoy, tué en chasse il y a une vingtaine d'années?

A cette question, le père Martial se souleva sur les bras

de son fauteuil, sa tête s'avança pour mieux voir celui qui lui parlait, ses yeux jetèrent une lueur phosphorescente, il mordit ses lèvres ; une minute il resta ainsi, dévisageant celui qui lui parlait. Mais comme celui-ci, de l'air le plus naturel du monde, attendait une réponse, il retomba dans le vieux fauteuil, et du ton le plus calme, il répondit :

— Non, je n'étais pas dans ce pays il y a vingt ans... Un des Aumoy, de Nouzon, a été tué en chasse, dites-vous ?

— Oui, monsieur, c'était notre parent direct.

— Ah !... Vous avez hérité de lui ?

— Non, monsieur, justement ; et c'est pour ça que je viens vous consulter.

— Mais je ne suis pas un avocat, moi...

— Oh ! je sais bien ça, monsieur... Au reste, je ne veux pas y aller par quatre chemins avec vous. Des gens qui vous connaissent et auxquels j'ai compté mon affaire, m'on dit : Il n'y a qu'un homme qui puisse s'occuper de ça et qui peut vous faire avoir quelque chose si on peut en avoir quelque chose, c'est Martial... monsieur Martial, se reprit aussitôt le paysan.

Mais le père Martial n'y prit pas garde. Accoudé sur son fauteuil, absolument perdu dans l'ombre, son regard ne quittait pas celui qui lui parlait.

— Pourquoi diable, fit-il, vous a-t-on adressé à moi plutôt qu'au premier homme d'affaires venu ?

— Ah ! voilà. C'est qu'on m'a dit : C'est l'homme qu'il vous faut si vous lui donnez un intérêt dans la chose... C'est un malin... un vrai malin... On disait même que vous étiez Gascon.

— Bien ! fit sèchement le père Martial. En deux mots, quelle affaire venez-vous me proposer ?

4.

— Eh bien! monsieur, voici la chose, fit en s'accoudant sur le casier du bureau Jean-Baptiste : la famille des Aumoy a deux branches, l'une qui était finie et la mienne, l'une qui était riche et l'autre qui était pauvre...

— La vôtre?

— La mienne, c'est ça!... Or, on ne pouvait pas se sentir...

— Naturellement.

— Comme vous dites, c'est toujours comme ça... Ceux qui ont de quoi ne peuvent jamais sentir ceux qui n'ont rien...

— C'est assez souvent le contraire.

— Ah! fit l'Ardennais embarrassé, c'est vrai; je ne dis pas que nous les aimions, ça non, nous ne pouvions pas les sentir... Des fois là, cependant, quand ils apportaient des petites choses pour les enfants... Voilà donc la chose: notre parent...

— Quel degré?

— Hein?

— A quel degré?

— Comment le degré?

— Je vous demande ce qu'était ce parent...

— C'était un rentier, un riche, quoi! de Nouzon.

— Était-il votre frère, votre cousin...

— Ah! je comprends... C'était notre oncle.

— Bien; achevez.

— Notre oncle Michel, donc, était un brave homme; il avait fait une vie d'enfer à Paris, et il disait de nous : Ils ne valent pas cher, mais enfin, ma mort leur fera du bien.

— Qu'est-ce que cela veut dire?

C'est que j'ose pas vous dire absolument ce qu'il disait, fit Jean-Baptiste embarrassé.

— Dites toujours.

— Il disait : Ces coquins-là, ils ne m'estiment pas plus qu'un *verrat*, je leur ferai du bien après ma mort.

Et le bon neveu éclata de rire.

— Je ne vois pas cette affaire, fit le père Martial impatienté.

— Je vais vous dire. Au fond, il était bon, l'oncle Michel, et, je dois le reconnaître, c'est un homme qui avait de l'intelligence, et s'il ne s'était pas ruiné la santé dans ce Paris, il aurait été quelque chose, allez... Nous n'étions pas bien ensemble, mais je suis juste avant tout... Quand il était garçon, il vivait bien avec nous, on allait le voir; mais le jour où il s'est enmouraché de cette fillette... et qu'il l'a épousée, dame! vous pensez bien qu'on lui a fait la grimace... Voyons, la famille, c'est la famille; il va prendre une pas grand'chose... Vous pensez, tout le monde travaille pour soi.

— Évidemment...

— Chacun pour soi, Dieu...

— Pour personne, fit sardoniquement le père Martial.

— Comment que vous dites? demanda le paysan étonné.

— Je dis ce que vous pensez...

— Au fait! c'est vrai, ça... Nous travaillions tous en nous disant : le jour où il mourra nous sommes sûrs d'être à notre affaire... et ça donnait du courage. Donc comme il avait une mauvaise santé...

— Je ne vois toujours pas l'affaire!

— Ah! c'est vrai! Je vous demande bien pardon, on bavarde, on bavarde là comme des femmes et on ne fait rien... Voici la chose. Quand il a été tué, nous avons été chez un notaire et le notaire nous a dit que la femme de notre oncle était enceinte, qu'il fallait attendre...

— Ce n'est pas vous qui avez été chez le notaire. Vous êtes bien jeune.

— Certainement non, c'est notre père, qu'est mort il y a dix jours...

— Ah! très bien.

— Et c'est lui qui m'a dit en mourant : « Il y a un homme à Balon, le père Martial, partage l'affaire avec lui et vous aurez quelque chose. Lui seul peut faire cette affaire. »

— Il a dit « *Lui* seul! » répéta Martial d'un air sombre.

— Oui, il a même ajouté : « Toi et lui seulement devez savoir ce que je dis... »

— Que vous a-t-il dit? demanda aussitôt en se soulevant encore le père Martial.

— Laissez, laissez venir...

Le père Martial s'accouda, observant toujours son interlocuteur, et celui-ci, avança la tête et plus bas :

— Le fils de M. d'Aumoy va être majeur et va s'occuper des comptes de l'héritage; or, nous voulons, nous, nous opposer à cet héritage qui nous est dû.

Martial écarta aussitôt la lampe, pour voir bien en face le madré coquin qui venait lui proposer ce qu'il appelait une affaire.

— Comment, qui vous est dû?

— Mais oui, nous sommes les héritiers directs de Michel d'Aumoy.

— Mais l'héritier direct de Michel d'Aumoy, c'est son fils...

— Son fils..., et le paysan haussa les épaules... Il est mort sans enfants...

— Ce fils, quoique posthume, est né dans le délai légal, c'est son fils...

— Pardon, monsieur, je dois vous dire une chose : c'est que papa nous a appris à lire dans le Code... Il disait toujours : ça, mes enfants, c'est la grammaire de la vie...

— Je ne vous comprends pas.

— Je veux dire que le Code est pour nous!... nous ne devons qu'une pension à cet enfant.

— Mais, mon ami, vous êtes fou !...

Et Martial, très intéressé par le récit de Jean-Baptiste Aumoy, prit un Code et lut :

— ARTICLE 645. Les enfants ou leurs descendants succèdent à leur père, mère, aïeule, etc., etc., c'est clair.

— Ce n'est pas cet article-là..., voyez 756.

Martial tourna la page et lut :

— Les enfants naturels ne sont pas héritiers; la loi ne leur accorde de droits sur les biens de leur père ou mère décédés que lorsqu'ils ont été légalement reconnus. Elle ne leur accorde, etc., etc... Mais, fit Martial, ce n'est pas un enfant naturel.

— Vous avez raison, dit froidement le paysan, c'est l'article 762 que je voulais dire.

— Assez surpris, le père Martial obéissant, allait lire, lorsque Jean-Baptiste Aumoy répéta, comme une leçon et tout d'une haleine :

— ARTICLE 762. Les dispositions des articles 757 et 758 ne sont pas applicables aux enfants adultérins ou incestueux. — La loi ne leur accorde que des aliments. — ARTICLE 763. Ces aliments seront réglés eu égard aux facultés du père et de la mère, au nombre et à la qualité des héritiers légitimes. — ARTICLE 764. Lorsque le père ou la mère de l'enfant adultérin ou incestueux lui auront fait apprendre un art mécanique ou lorsque l'un d'eux lui aura assuré des aliments de son vivant, l'enfant ne pourra élever aucune réclamation contre leur succession.

Jean-Baptiste respira, il était pourpre. Martial le regardant, étourdi, lui dit :

— Mais ce fils n'est pas un enfant adultérin...

— Nous savons le contraire...

— Que voulez-vous dire, demanda le père Martial.

— Je veux dire qu'il existe un testament fait par notre oncle, dans lequel il affirme, sur la déclaration de docteurs par lui consultés et dont il dit les noms, que, devant mourir sans postérité, il laisse une partie de ses biens à sa famille et l'autre à sa femme.

— Vous avez ce testament, demanda le père Martial sortant de son bureau, et d'une voix si singulière que Jean-Baptiste effrayé se recula.

— Oh ! mon Dieu ! qu'avez-vous ? demanda-t-il.

Le père Martial passa la main sur son front, et, comme sous un effet magnétique, il devint calme immédiatement et dit :

— Mais je n'ai rien, que les jambes engourdies, et je me mets plus à l'aise ; et en disant ces mots il marcha de long en large.

Aumoy le regardait sans parler, attendant qu'il lui adressât la parole.

Au bout de quelques minutes, le père Martial vint se rasseoir dans son fauteuil.

— Je vous demande pardon, dit-il ; il m'arrive parfois des engourdissements qui m'obligent à cette petite gymnastique. Maintenant je suis remis. Si vous voulez continuer votre récit...

— Je suis à votre disposition, monsieur... mais vous m'avez fait peur.

— Excusez-moi.

— Vous êtes tout excusé... Je ne sais plus où j'en étais...

— Vous me parliez d'un testament.

— Ah! c'est vrai, j'y suis...

Le père Martial releva la tête, et d'un geste de la main il pria le paysan de l'écouter.

— Pardon... dans ce que vous m'avez dit, je vois une affaire, et je crois qu'elle est possible à tenter. Seulement il me faut des renseignements que je vous prie de me donner... d'une autre façon.

— Comment cela?

— Tout cela se brouillerait dans ma tête. Voulez-vous me permettre de prendre des notes... et de vous interroger...

— Oh! mais, fit aussitôt le paysan avec joie, j'aime beaucoup mieux ça. Je me perds, moi, en racontant... Je suis à vos ordres.

Le père Martial se recueillit une grande minute; plusieurs fois sa main fiévreuse passa sur son front; on eût pu croire qu'il condensait ses idées. Mais s'il n'eût été dans l'ombre, Jean-Baptiste eût vu qu'il essuyait une sueur qui perlait sur son crâne.

Ayant écarté son col, pour librement respirer, il demanda :

— Vous êtes le neveu de d'Aumoy de Nouzon?

— De feu Michel-Jean d'Aumoy, tué le 12 avril 1831, dans le bois de Neufmanil.

— Ah! fit le père Martial qui, accoudé sur le bureau, laissa tomber sa tête dans ses mains comme pour faire entrer ce qu'on lui disait « dans les tiroirs de sa mémoire » selon l'expression de Rabelais. Après quelques secondes, il releva lentement la tête et reprit :

— Il y a donc un peu plus de vingt ans... Ce Jean-Michel d'Aumoy était marié.

— Oui, monsieur.

— Pour être son héritier, comme vous le prétendez, il était donc marié en séparation de biens?

— Non, monsieur, mais sous le régime dotal.

— Les acquêts restaient à chacune des parties...

— Oui, monsieur!...

— Chacun pouvait librement disposer de ses biens... Vous êtes certain qu'il n'avait pas fait de donation à sa femme?

— Nous savons qu'il y avait un testament.

— Qui lui donnait?...

— Qui lui donnait tout...

— Eh bien? interrogea le père Martial en fixant un regard singulier sur celui qui lui parlait, et en essuyant la sueur persistante qui lui mouillait le front.

— Ce testament était détruit par un testament secret qu'il fit quelques années plus tard...

— Vous êtes certain qu'il existe un autre testament?...

— Oui, monsieur...

— Comment avez-vous eu connaissance de ce second testament... secret?

Jean-Baptiste ne répondit pas.

— Vous vous taisez?

— Dame! monsieur, ça, c'est un secret de famille, et... pas agréable à dire.

— Vous venez me consulter, je n'ai pas été vous chercher... Si vous croyez devoir vous taire, restons-en là... Je ne puis accepter une affaire... et donner des avances dessus qu'en la connaissant à fond.

Jean-Baptiste releva la tête, une phrase avait agréablement sonné à son oreille; il la répéta en répondant :

— Je comprends... que pour faire des avances... il faut bien savoir, et je vais vous dire tout.

Accoudé, le front entre le pouce et l'index formant l'équerre, le vieux roué regardait en dessous celui qui lui parlait.

— Mon Dieu! voici la chose... dame! c'est pas agréable à dire, on n'aime pas à avoir dans sa famille des gens qui ne se conduisent pas comme ils devraient... Pas vrai, là?

Clignant des yeux, rongeant sa lèvre, Martial ne perdait ni un mot, ni un geste de Jean-Baptiste qui continua :

— Notre oncle était garçon, il avait fait une vie infernale à Paris : quand il revint chez nous, le médecin nous dit : « Il n'en a pas pour longtemps! » Nous ne nous voyions guère avant, mais en apprenant ça nous avons été le voir...

— Pour arranger les affaires...

— Oui! fit naïvement le paysan... Ah! et puis pour ne pas laisser un homme seul dans cet état-là...

— C'était votre devoir, dit Martial avec un grincement de dents.

— Certainement, on a du cœur ou on n'en a pas... et, Dieu merci, c'est pas ça qu'on peut reprocher à la famille.

— D'avoir du cœur? fit sardoniquement Martial.

Jean-Baptiste regarda le vieillard; mais, ne voyant sur son visage perdu dans l'ombre aucun air de malice, il continua :

— Donc, on va chez lui, et comme on s'occupait de tout, faut dire la vérité, au lieu de nous en savoir gré — il avait un mauvais caractère, vous savez bien — il nous en a voulu à tous... si bien qu'un jour, dans un accès de

5

fièvre chaude, pour reconnaître le service qu'on lui rendait en venant vivre avec lui... il nous a chassés comme des garçons d'écurie...

— Il était intelligent! fit Martial à mi-voix et se parlant à lui-même.

— Qu'est-ce que vous dites? demanda Aumoy en tendant l'oreille.

— Moi?... rien... répondit l'autre entre ses dents.

Le paysan poursuivit :

— Alors, resté seul, désœuvré, il tomba entre les mains des médecins... On lui dit qu'il lui faudrait la vie tranquille, la vie de famille; savez-vous ce que fit cet imbécile-là?... Comme on lui fourrait dans la tête de se marier et que, dans sa position, il pouvait trouver une jeunesse de bonne famille, qui aurait apporté le double de ce qu'il avait, il s'ingénia de chercher une petite fillette jolie... Naturellement, il tomba sur une jeunesse dont les parents n'avaient pas le sou... des gens de rien, qui menaient grand train pour faire croire qu'ils avaient quelque chose, qui envoyaient leur enfant dans le Midi l'hiver... bref, des gens enfin qu'étaient morts sans le sou, en laissant l'enfant obligée d'aller donner des leçons de piano... car faut dire ça : on avait appris à cette enfant anglais, français, piano, le diable et son train... elle savait broder des pantoufles, mais elle n'aurait pas su mettre un col à une chemise... Eh bien! Monsieur, ça vous peint l'homme... c'est de cette fille-là, qui était orpheline, que notre oncle s'amouracha... Et vous le savez, tout le monde à Nouzon le savait... quand il l'a épousée, dame!... enfin, ça ne fait rien... Vous comprenez que lorsqu'une famille honnête voit des choses comme ça, elle ne peut pas rester inactive.

— Que fîtes-vous? demanda le père Martial, observant

toujours son interlocuteur jusque dans ses moindres gestes.

— Le père se mit à chercher, à chercher... si bien qu'il trouva...

— Quoi ?

— La preuve de ce que valait la tante Orphise.

— Alors ?

— Alors, il ne fit ni une ni deux, là... il partit un matin, alla trouver son oncle et lui dit : « Mon oncle Michel, il se passe ça et ça... » Vous voyez l'affaire d'ici...

— Oui, je vois, dit Martial dont les doigts crispés déchiraient les papiers qui se trouvaient devant lui. Et qu'advint-il ?

— Dame ! on chercha, mais on ne put pas trouver de preuve. C'est alors que mon père décida notre oncle Michel à faire le second testament.

— Et ce testament dit ?

— Je vais vous le lire.

— Vous l'avez ? demanda vivement Martial.

— Non, j'en ai la copie.

Et, en disant ces mots, Jean-Baptiste sortait de dessous son gilet un grand portefeuille crasseux qu'il ouvrit et duquel il tira un papier jauni plié en quatre.

Le père Martial s'était levé, l'œil ardent, contenant avec peine sa main crispée, il demanda :

— C'est le testament, ça ?

— Non, c'est une copie !...

— Mais, c'est l'écriture...

Se mordant les lèvres, il reprit :

— On dirait l'écriture...

— A quoi voyez-vous ça ? demanda le paysan surpris, en relevant la tête.

Martial, assez embarrassé, se remit et répondit :

— Dans une copie, il n'y a pas d'hésitations, pas de ratures...

— Vous avez du nez, vous... vous êtes un malin.

— C'est bien le testament? reprit Martial avec une voix singulière.

— Mais non, je vous dis que c'est une copie... ou plutôt, voici la vérité, c'est le brouillon...

Calmé par cette explication, le père Martial dit froidement :

— Lisez, je vous écoute.

Jean-Baptiste s'approcha de la lampe et lut :

« Faible de santé, mais sain de corps et d'esprit, dans la conviction d'une fin prochaine, j'écris ce testament, qui devra annuler un testament précédent fait en faveur de ma femme, Orphise d'Aumoy, née Lebeau.

« En raison de motifs que je tiens à garder secrets, je modifie ainsi qu'il suit mes volontés premières, lesquelles privaient ma véritable famille des bénéfices de mon héritage :

« 1º Tous mes biens, or la propriété de Nouzon et ses dépendances, seront divisés en deux parts égales.

« 2º Orphise Lebeau, ma femme, jouira jusqu'à sa mort de l'usufruit d'une de ces parts.

« 3º L'autre part reviendra immédiatement à Jean-Michel-Baptiste Aumoy, cultivateur à Autry, mon neveu.

« 4º La propriété de Nouzon restera la demeure de ma veuve, Orphise Lebeau, sans qu'elle la puisse vendre, hypothéquer ou louer. Du jour où elle cessera de l'habiter, ou après son décès, ladite propriété et ses dépendances appartiendront à la commune de Nouzon. Je

désire qu'elle soit transformée en hôpital pour les
malades et les vieillards, les terres en dépendant étant
d'un rapport suffisant pour l'entretien de cette maison.

« Telle est ma volonté. Si le ciel m'avait donné la joie
d'avoir un enfant, tous mes biens lui eussent appartenu... Si cette faveur m'arrivait encore aujourd'hui, ce
testament serait nul. Mais ces dispositions sont faites
dans l'assurance que ma race légitime doit s'éteindre
avec moi... les déclarations des célébrités médicales qui
ont prolongé ma vie sont formelles à cet égard.

« Ces déclarations écrites et signées sont jointes au
présent...

« JEAN-MICHEL D'AUMOY.

« Nouzon, 20 mars 1851. »

Le gars, repliant le papier après avoir lu, regarda le
père Martial et lui dit :

— Maintenant, vous voyez l'affaire...

Le père Martial, la tête baissée, les regards fixés sur
le plancher, ne répondit pas; Jean-Baptiste, croyant que
des explications plus claires étaient nécessaires, ajouta :

— Voici donc la chose... Aujourd'hui la tante Orphise
jouit des biens, bénéficiant de la loi qui fait son fils
héritier; elle a une part à elle et elle a la tutelle de son
fils; or, en prouvant que son fils n'est pas le fils de notre
oncle Michel, en la faisant déclarer indigne, nous avons
tout... Voilà l'affaire...

Toujours plongé dans ses réflexions, Martial ne répondit pas; Aumoy crut que l'affaire lui semblait douteuse
et il ajouta :

— Nous avons des phrases très-claires : *En raison de
motifs que je tiens à garder secrets* ; *Ces dispositions sont*

faites dans l'assurance que ma race légitime doit s'éteindre avec moi. Vous voyez *race légitime !* — Ce qui est impossible, et il a pris soin de joindre au testament « *les déclarations formelles à cet égard,* » déclarations signées. Le procès vous effraye. Mais voici : je crois que par la menace d'un scandale on peut arriver à quelque chose... Eh bien ! qu'en dites-vous ?

Le père Martial regagna sa place dans l'ombre, il releva lentement la tête et dit froidement :

— C'est une grande affaire... Je ne puis répondre ainsi, il faut que j'y pense longuement ; vous ne pouvez partir cette nuit.

— A votre aise s'il y a quelque chose à faire ?

— Oui !... laissez-moi. Couchez à l'auberge et demain, à six heures du matin, venez, je vous répondrai.

— Bien.

La vieille Bavet, appelée par Martial, vint chercher Jean-Baptiste et le reconduisit en maugréant.

III

OU L'ON VOIT QU'IL EST POSSIBLE DE « RÉPARER DES ANS L'IRRÉPARABLE OUTRAGE ».

Quand la vieille Bavet, la lanterne à la main, eut dirigé Jean-Baptiste Aunoy, que la porte se fut refermée derrière elle, celui qu'on appelait le père Martial se dressa tout à coup, arracha plutôt qu'il ne déboutonna le col de sa lévite et entrebàilla la fenêtre comme s'il étouffait. Ayant donné un peu d'air à ses poumons, il se découvrit et passa la main sur son front ruisselant, sa main glissa sur son visage et vint caresser la barbiche... Une étrange chose se produisit, effet de magnétisme peut-être, le visage parut moins vieux... la peau était moins tendue, plus souple aux impressions de la pensée.

Il marcha quelques minutes à grands pas dans son cabinet; puis, lassé, il prit la lampe et passa dans la seconde pièce; là, il se jeta sur le lit... pâle, les yeux secs, étendu sur le dos, la main crispée dans les cheveux et sous la tête, l'autre accrochée à son col; il respira bruyamment et resta ainsi silencieux, le regard perdu sur le plafond à solives.

Mais ce silence était terrible : le corps tressaillait, on sentait, à la fixité du regard, que d'étranges pensées bouillonnaient follement dans le cerveau. L'expression du visage était effrayante comme celle d'un homme qui se sent devenir fou... on y lisait à la fois de la haine et de l'amour, de la douleur et de la joie, de l'audace et de la peur... la vie tout entière était dans la bouche et les yeux...

Il resta ainsi une grande heure, sans entendre le grondement du tonnerre et le crépitement de la pluie sur les vitres. Tout à coup il se leva, ou plutôt il jaillit et, debout, droit, bravant l'invisible, secouant la tête comme pour en chasser des pensées trop lourdes, il dit :

— Jamais mes rêves n'avaient été jusque-là.

— Puis les bras croisés, immobile, il songea.

Nos lecteurs ont reconnu déjà dans l'homme que nous leur présentons l'ancien garde-chasse de Michel d'Aumoy.

Il avait quitté le pays après le crime, et c'est une
dizaine d'années plus tard que, sous le nom de père
Martial, il y était revenu; personne ne l'avait reconnu,
il vivait seul, et nos lecteurs verront plus loin de quelle
façon bizarre.

La révélation qui venait de lui être faite le surpre-
nait et lui ouvrait un horizon inconnu. Quoi, le fils
d'Orphise n'était pas le fils de Michel! Mais alors, le
père de cet enfant c'était... A cette pensée, Martial
sentait lui courir dans les veines une sensation étrange.

Il se souciait peu des contes que le paysan lui avait
faits, il se moquait des offres qu'on lui faisait; Martial
ne pensait plus qu'à ces mots : Un fils.

Mais, avant d'aller plus loin, nous devons revenir
sur nos pas et expliquer les changements qui s'étaient
produits dans la situation de Martial Caulot.

Il y avait un peu plus de dix ans, vers six heures du
soir, après une de ces chaudes journées du mois de
juillet, un homme à la barbe grisonnante, mais encore
vigoureux, à en juger par la vivacité saccadée de ses
allures, suivait la route de Vouziers. Plusieurs fois déjà,
son regard inquiet s'était longuement arrêté sur les
rares maisons qui de loin en loin égayaient de leurs
toits rouges la monotonie de la plaine.

Quelques mots incohérents qui s'échappaient de ses
lèvres trahissaient en lui une secrète préoccupation; son
visage, d'une expression régulière et plutôt douce que
sévère, s'assombrissait d'instants en instants. On eût dit
que la vue de ce paysage lui rappelait de pénibles souvenirs.

Il suspendait alors sa marche; puis, avec un petit
hochement de tête suivi d'un mouvement impatient du
bras, reprenait sa course, pressant le pas comme s'il lui

eût tardé d'atteindre un but ardemment désiré et qui lui échappait toujours.

En ce moment, à l'endroit de la route où se trouvait notre inconnu, le chemin, creusé de profondes ornières tracées vraisemblablement par l'écoulement des eaux de pluies, faisait un coude vers la droite.

Là, un certain embarras se peignit sur le visage du voyageur. Il souleva légèrement le chapeau de feutre à larges bords qui couvrait son front, essuya les gouttes de sueur qui tombaient le long de ses tempes et, regardant tout autour de lui, sembla vouloir recueillir sa mémoire.

— Ohé, brave homme! fit-il en s'adressant à un paysan occupé à rassembler quelques bottes de foin fraîchement coupées, ne pourriez-vous pas m'indiquer le chemin le plus court pour me rendre à Autry, et me dire combien il me faudrait encore de temps pour y arriver?...

A cette brusque interpellation, le paysan releva la tête et répondit, s'apercevant qu'il parlait à un homme d'une certaine condition :

— Monsieur ne connaît sans doute pas le pays, mais s'il désire que je l'accompagne, je...

— Merci, interrompit le voyageur; donnez-moi, je vous prie, le renseignement que je vous ai demandé. Je suis pressé et voudrais être à Autry avant la tombée de la nuit.

— Oh! alors, vous pouvez être tranquille, reprit le paysan; vous avez à peine une petite demi-heure de marche à faire, et quand vous aurez atteint les grands arbres que vous voyez là-bas, vous apercevez les premières maisons d'Autry.

5.

— Merci, mon brave, dit le voyageur en glissant au paysan quelques pièces de menue monnaie.

Là-dessus, il s'éloigna rapidement.

Au bout d'une heure et demie, l'inconnu, maugréant contre un pays où il n'y avait ni voitures ni chemin de fer, n'avait encore rien découvert.

La nuit est venue.

Tout à coup, au détour de la route marqué par les arbres qu'avait désignés le paysan, il aperçut une immense lueur et des gens affolés dont les cris : Au feu! au feu! lui parvenaient d'une façon sourde et lugubre.

C'est un terrible fléau que le feu pour nos campagnes, contre lequel tout le monde est toujours prêt à lutter. Les granges s'appuyant les unes sur les autres, le blé qui brûle chez l'un allume celui du voisin et commande ainsi la mutualité. Au fond de toutes choses l'égoïsme est toujours.

C'était un superbe tableau, au reste, que cette plaine vallonnée, enveloppée par le voile sombre de la nuit et au milieu de laquelle, comme un immense bûcher, se consumait une vieille maison.

Tour à tour la route, les champs, les arbres, la petite rivière d'Aisne, s'illuminaient; puis, craquement terrible, un mur s'éboulait, et tout était replongé dans l'obscurité. Le feu couvait alors un instant sous les décombres, et tout d'un coup ses longues langues de flammes allaient rissoler la cime des peupliers.

Le silence de la plaine n'était troublé que par les cris des oiseaux éveillés qui fuyaient à tire d'aile.

A deux lieues à la ronde, les paysans voyaient la lueur sinistre de l'incendie, les cloches avaient sonné, les tambours et les clairons avaient appelé les pompiers, et chacun arrivait lutter contre le danger commun. Peu à

peu un brouhaha lointain se fit entendre ; les villages
s'éveillaient.

Aussitôt, de tous les coins de la plaine, des lumières
qui semblaient des étoiles, des lumières avançaient rapidement : on distingua bientôt, c'étaient des torches que
des hommes portaient devant les pompes.

Derrière pompes et pompiers accourait le village...
femmes, enfants, qui portent des baquets, des sceaux,
des cordes.

Tout ce monde apparaissant dans la lumière rouge et
funèbre de la résine... tous ces gens courant par cette
plaine que sillonnaient capricieusement les lueurs de
l'incendie... c'était un terrible mais superbe spectacle
que l'inconnu regardait, vivement impressionné.

Tout à coup il sentit une main vigoureuse se poser
sur son épaule :

— Nous le tenons, oh ! le coquin ! fit une voix derrière
lui.

L'inconnu, étonné, se laissa prendre ; mais, revenu de
sa stupeur, il chercha vainement à se faire entendre. La
foule couvrait ses cris, il n'entendait que la terrible accusation :

— C'est un des incendiaires.

Malgré ses protestations, il fut poussé jusqu'à une
maison voisine. Là, sommairement interrogé, ne pouvant donner aucun garant de sa personne, ne pouvant
expliquer les motifs qui lui avaient fait demander quelques heures auparavant la maison du notaire d'Autry,
ayant déclaré se nommer Jean Martial, marchand de
bestiaux, et ne pouvant montrer ni une facture ni un
papier établissant sa déclaration, il fut la même nuit
dirigé sur Vouziers... Une fois en prison, il fut de nouveau interrogé et répondit :

— Je me nomme Jean Martial, je suis marchand de
bestiaux dans la Camargue, je viens ici pour faire des
achats, et j'allais à Autry chez le notaire pour lui demander s'il y avait dans les environs un grand pâturage
à vendre où je placerais les bestiaux que j'ai l'intention
de ramener dans le Midi, je veux faire des élevages, voir
ce qui est possible avec les bêtes d'ici et de chez nous.

Pour toutes preuves de sa déclaration, il montrait un
portefeuille assez bien garni, et, au contraire, ce portefeuille servait à ses accusateurs pour le confondre.

Cinq jours, le soi-disant marchand de bestiaux resta
sous les verrous sans voir personne. L'enquête se poursuivait, on prenait des renseignements dans son pays.
Un matin, il s'éveilla ayant un compagnon de cellule.
Martial regardait celui qui était venu d'un air méfiant et
répondit à peine aux quelques questions qu'il lui fit.
L'air inquiet, embarrassé du nouveau venu ne donnait à
penser rien de bon sur son compte.

Vers dix heures, deux gardiens parurent.

— Robert, dit l'un d'eux.

— C'est moi, fit aussitôt le prisonnier.

— Allons vite.

Et, le saisissant brutalement, les geôliers le poussèrent
dehors. Quelques minutes après, Martial entendit le
malheureux qui criait comme si on le rouait de coups.

— Pauvre diable! fit-il.

Celui qu'on avait appelé Robert n'avait pas été rudoyé,
il criait sans motif. Sorti de la cellule, il quitta ses gardiens; seul il enfila les longs couloirs de la prison qu'il
connaissait, et, arrivé devant une porte, il entra.

Un agent venu en toute hâte de Paris, était devant le
bureau, et, voyant entrer le prisonnier, il lui demanda:

— Eh bien! Misère, qu'avez-vous fait?

— Ah! rien encore, monsieur Allard, répondit celui qu'on appelait et Robert et Misère; mais, j'en réponds, demain il aura *jaboté*... Je retourne vite... J'ai inspiré sa pitié, et il ne faut pas le laisser seul.

— Allez alors, et à demain?

— Oui, monsieur, à demain.

Misère sortit, longea le couloir, et arrivé devant la porte de la cellule où les deux employés de la maison l'attendaient, il leur dit à mi-voix:

— Ouvrez et jetez-moi au milieu de la chambre.

La porte ouverte, les agents obéirent.

Pendant qu'ils refermaient serrures et verrous, Misère se relevait en geignant devant Martial, étourdi.

— Oh! les canailles! disait-il, ils m'assassineront sans me juger!

— Pauvre homme! fit encore Martial.

Nous avons dit que nous racontions aux lecteurs une histoire vraie; si quelquefois nous devons changer les noms des gens et les lieux qu'ils habitaient, nous ne changeons pas les faits, et si singuliers qu'ils puissent paraître, nous en garantissons l'exactitude.

Nous devons expliquer ce qu'était le singulier prisonnier que nous venons de mettre en scène, et qui sera une des chevilles de cette histoire.

Dans les bagnes, dans les prisons centrales et départementales, au delà des murs et des portes des cellules et des préaux, la justice doit tout voir. Toujours l'Euménide réaliste doit tenir dans ses mains les misérables soumis à la surveillance de la haute police. Pour cela, elle emploie des hommes spéciaux, bandits vieillis dans les crimes et dans le vice, que la force abandonne et auxquels l'astuce reste.

Criminels endurcis, ayant vécu avec eux, ils connaissent les voleurs et les assassins; l'indice devant lequel les agents passent aveugles, leur suffira pour reconstruire le crime tout entier.

C'est une armée occulte que la police tient entre ses mains, dernier ressort qu'elle fait jouer dans les affaires mystérieuses.

Or, Martial arrêté, accusé d'être coupable d'incendie, de faire partie de ces bandes terribles qui désolent nos campagnes, répondait toujours aux accusations portées contre lui...

— Mais où sont les preuves... les preuves?

L'agent venu de Paris, pour informer contre cet individu, ayant seulement un signalement fourni, l'agent Allard ne réussissant pas dans ses interrogatoires, avait pensé à placer près de l'accusé, un *mouton*, c'est le nom que portent dans les prisons ces utiles misérables. L'agent choisit alors un des plus adroits renards-moutons, renommé pour arracher des révélations, Robert, dit Misère.

Le fit-on venir de Paris? d'un bagne? d'une maison centrale? peu nous importe.

Le but donné par l'agent à Misère était simple. Se faire passer pour un coupable et arracher des confidences à son compagnon.

— Monsieur Allard, avait répondu Misère, je vous demande huit jours...

Le matin, il n'en demandait plus que deux en voyant les marques de sympathie que lui donnait son camarade de cellule.

Misère avait environ cinquante à cinquante-cinq ans... Possédant une science merveilleuse pour se travestir, il parvenait, à l'aide de certains cosmétiques, à effacer trente ans sur son visage. Il parlait plusieurs langues, connaissait beaucoup d'idiomes et parlait l'argot admirablement, et faisant allusion à sa jeunesse passée au bagne :

— Dame ! vous pensez, j'ai passé toute ma jeunesse au collège.

Misère était de petite taille, les biceps et les cuisses étaient énormes, le torse était nerveux et maigre, il avait une petite tête et un cou de taureau.

Les joues creuses, les yeux enfoncés sous l'arcade sourcilière sur laquelle s'étendaient des sourcils rouges épais et relevés comme des flammes de grenade, le nez petit semblait avoir été rouge au bout et montrait des narines immenses : sous chacune des narines, un petit bouquet de poils hérissés que Misère appelait ses moustaches, le front était couvert d'une courte chevelure, « poivre et sel » hérissée comme une tête de loup ; la bouche était fine, l'œil flamboyant, vif, courant toujours sous la paupière.

Tel était le compagnon du marchand de bestiaux Jean Martial... qui tomba dans sa cellule sous les brutalités des geôliers, et qui s'étant relevé, dit en pressant sa poitrine :

— Ils me tueront.

Et il cracha le sang.

Martial le prit sous les bras et le fit asseoir en disant :

— Pauvre malheureux !

— Merci... râla Misère.

Nous avons peint physiquement le nouveau compagnon donné à Martial. Un rapide coup d'œil sur sa vie nous le fera connaître tout entier. La vie de Robert, dit Misère, est un véritable roman.

Chassé de la maison paternelle à l'âge de neuf ans

pour vol, ramassé dans les rues de Paris encore pour vol de chaussures à l'étalage des boutiques, on l'enferma dans une maison de correction jusqu'à l'âge de vingt ans; le tribunal reconnut qu'il avait agi sans discernement.

En prison, il jouait déjà au renard, mais avec une habileté tellement prodigieuse, qu'un chef supérieur des prisons l'employait pour découvrir les complots et autres méfaits de ces populations dangereuses.

A sa majorité, Misère reprit le cours de ses déprédations; mais il apporta tant d'art, tant de prudence, de réserve dans l'exploitation de sa coupable industrie, que sans un concours inouï de circonstances, on ne l'aurait jamais découvert.

En plein soleil et profitant de l'absence d'un cocher, il monta sur le siège d'une voiture et alla vendre l'équipage à vingt-cinq lieues de Paris. Ce nouvel exploit lui procura des ressources pour quelque temps.

Il voulut se créer un genre de commerce dans cette industrie. Aperçu par de plus madrés que lui, il tomba dans une souricière que lui avait dressée la police. Cette fois, il en eut pour cinq ans : aucune circonstance aggravante n'avait entouré le fait principal.

Dans la prison de Clairvaux, Misère fut promptement remarqué. Ses aspirations, son flair, son tact exquis, son discernement furent employés. Il se faisait bien venir du personnel de la maison et captait presque toujours la confiance de ses compagnons de captivité. Il faut dire aussi qu'il profitait du bénéfice de ses délations.

Mais quiconque aurait vécu dans cet atmosphère pestilentielle et l'aurait suivi de près ne se serait pas douté du rôle que jouait Misère.

Beaucoup de ses codétenus le considéraient comme un protecteur, une Providence ; il semblait si obligeant que si on avait eu à soupçonner quelqu'un d'une délation, il eût été le dernier auquel on aurait songé.

Redevenu de nouveau libre, et bien que soumis à la surveillance de la haute police pendant cinq ans, il ne craignit pas de gagner Paris et de s'y enfermer dans les plus épaisses ténèbres pour échapper à l'action de la police. A force de larcins, il était parvenu à se créer un riche bien-être, et méditait « un grand coup qui devait le conduire à l'opulence, » a-t-il dit plus tard.

Il avait jeté son dévolu sur une famille anglaise qui était allée faire un tour dans le voisinage de la capitale. Il avait sondé les valeurs dont elle était possesseur. Profiter adroitement de son absence, s'introduire dans ses appartements à l'hôtel, ouvrir les portes, les placards, les malles, faire un paquet de son butin, tout cela fut l'affaire de quelques minutes. Des recherches fort actives furent essayées, mais elles restèrent vaines.

« Jamais je n'aurais été découvert, dit Misère dans ses mémoires, si un concours de circonstances inouïes n'avait mis la police sur mes traces. »

Le cadre de notre récit est trop restreint pour les reproduire.

La justice, cette fois, se montra inexorable envers ce réfractaire incorrigible, il fut condamné à vingt ans de travaux forcés.

On le reçut au bagne de Toulon comme un des rois du préau... Mais l'administration l'accueillit comme l'un des malfaiteurs les plus redoutés. L'œil de la chiourme était constamment fixé sur lui.

Misère se plia facilement aux exigences de sa situation nouvelle.

Il feignit le repentir, le remords, mais en réalité il se perfectionna dans le rôle qu'il avait si ardemment caressé... celui de *renard émérite.*

Il épiait avec un art inimitable les écarts de ses compagnons et les dénonçait, et bien que rivé à la chaîne d'un forçat violent et emporté, il l'avait tellement dompté, maîtrisé, rendu si docile à ses volontés, qu'il l'avait accoutumé à toutes ses délations. Quelque aversion qu'il en eut, il en avait fait un véritable disciple. A la chiourme, on le considérait comme le renard le plus accompli. Jamais mouton ne remplit mieux son rôle en tout temps. L'adjudant de service, le commissaire de la marine voulaient-ils découvrir les traces d'un complot de quelque gravité, le nom de Misère était prononcé, et dans la journée il en remettait tous les fils entre leurs mains. Enfin, dans l'art de la délation, il était devenu un véritable artiste. Il est certain qu'un exécrable forfait étant commis quelque part depuis vingt à trente ans, lorsque les auteurs en étaient introuvables ou conservaient bouche close au secret, on en appelait à Misère.

Tel était l'homme qu'on avait placé près de Martial pour savoir ce qu'il était.

Nous avons dit que Martial, pris de pitié pour le misérable, l'avait pris dans ses bras, et l'avait assis, prêt à le secourir; il soutenait sa tête lorsque le regardant, il s'exclama avec surprise :

— Comment, toi !

Clignant de l'œil, le renard qui n'avait pas bougé regarda celui qui lui parlait. Aussitôt il ouvrit ses yeux tout grands, se redressa, et subitement remis de sa syncope, il dit :

— Mais c'est Caulot !

Martial plaça aussitôt un doigt sur ses lèvres, en lui désignant du regard la porte derrière laquelle on pouvait écouter.

Misère, d'une voix sourde, lui dit :

— Tu t'es donc fait pincer...

— Je ne sais pas pourquoi je suis ici!...

— Ta parole!

— Je te l'assure... On t'a mis avec moi pour ton travail...

— Oui! fit le mouton.

— Alors tu vas me renseigner...

— Vraiment, tu n'as rien... du tout? Et tu n'es pas chef d'une bande d'incendiaires?

— Non!

— Ce n'est pas toi qui te renseignais sur les plus riches propriétés d'Autry?

— Pas du tout... je demandais l'adresse du notaire pour acquérir une propriété...

— Une propriété?

— Oui! une grande affaire que je veux faire.

— Mais tu n'es pas marchand de bestiaux.

Martial jeta un regard sur la porte et dit plus bas :

— Non, mais Misère, si tu es las du métier que tu fais, je peux te prendre avec moi...

Misère regarda Martial en face, comme s'il voulait lire la pensée jusque dans le cerveau.

— Tu es l'homme qu'il me faudrait, continua Martial, tu dépisterais tout... Mais j'ai besoin qu'on ne me garde pas longtemps, j'ai besoin que l'enquête ne soit pas faite à fond... j'ai besoin de m'appeler ici Claude Jean et de mon nom de famille Martial... j'ai besoin enfin qu'on ne sache pas que j'ai été à Toulon... donc, fais-moi sortir d'ici et dès que je serai dehors je t'associe avec moi...

— Et on y fera fortune par des moyens... honnêtes?

— Peuh!... à peu près honnêtes...

— Une vraie fortune?

— Une vraie fortune avant cinq ans...

— Mais nous pouvons peut-être nous entendre?

— Je ne demande que ça.

— Eh bien! causons un peu...

Et, prenant sa chaise, Misère alla s'asseoir dans le coin le plus reculé de la cellule; Martial prit également un siège et vint se placer près de lui, Misère dit aussitôt à voix basse :

— Tu disais donc une affaire! Quelle est cette affaire?

Misère et Martial causèrent alors pendant deux grandes heures à voix basse.

Au bout de ce temps, Misère se leva, et prenant la main avec effusion à son compagnon, il lui dit :

— Eh bien, je suis ton homme! Nous nous connaissons trop tous les deux pour nous tromper; en perdant l'un l'autre se perd.

— C'est entendu!

— Ce soir, tu seras libre... Dans quinze jours à Sugny, j'aurai mes hommes...

— J'y serai, où tu sais...

— Voici l'heure! Observe-toi...

Martial s'étendit sur le petit lit, et l'autre se promena de long en large.

Une demi-heure environ après, la porte s'ouvrit et les gardiens appelèrent Robert. Celui-ci sortit aussitôt sans renouveler la scène du matin.

Il se dirigea vers le cabinet de l'agent. Immédiatement reçu par lui, ce dernier lui demanda :

— Avez-vous du nouveau?

— Oui, monsieur Allard, répondit le renard.

— Ah! dites vite.

— Nous sommes dans une fausse route.

— Que dites-vous-là? demanda M. Allard surpris.

— La vérité simple; vous savez que je m'y connais; il est difficile de me tromper.

— Mais qu'est cet homme?

— Un nommé Jean-Claude Martial.

— Mais il n'est pas marchand de bestiaux?

— Il vendait des bestiaux et tout ce qu'on voulait lui vendre sans argent. C'est un faiseur qui, ayant fait de mauvaises affaires, va essayer d'en faire de meilleures à l'étranger. Voilà la vérité pure.

— Et ce n'est pas l'homme signalé?

— Pas du tout.

— Mais pourquoi n'a-t-il pas franchement déclaré son état?

— C'est simple comme tout; il n'a pas besoin de dire : Je suis de tel endroit, et je le quitte parce que j'ai mangé l'argent de tous ceux qui ont eu confiance en moi. Avouez que c'est difficile à dire... En outre, ça offrait un danger. Il vous dit au contraire : Marchand de bestiaux, je veux élargir le cercle de mes affaires, je veux voir si avec des achats faits dans le Nord, je ne trouverai pas une différence avec mes achats dans la Provence... Pour les gens qui traitent avec lui, c'est un homme sérieux qui s'occupe de ses affaires... Vous télé-graphiez, dans cet ordre ; « Est-il vrai qu'un sieur Mar-tial, marchand de bestiaux, résidant chez vous, soit en ce moment, en tournée d'achat dans nos pays? » Le pays là-bas s'enquiert chez les gens avec lesquels il est en affaires. On dit aussitôt : « Martial! je le connais... Vous dites qu'il est parti? » Le gendarme ou le clerc du commissaire répond : « Il serait parti faire des achats

dans les Ardennes. » Le créancier, rassuré, dit aussitôt :
« Oui! oui! c'est un homme audacieux mais intelligent. »
On vous télégraphie ça, et tout est dit.

Au même moment, un employé apporta une dépêche.
L'agent la lut et dit :

— Décidément, vous êtes fort, Misère; vous avez
raison.

— C'est la dépêche?

— Oui.

— Et que dit-elle?

L'agent lut :

« Jean-Claude Martial, parti depuis dix jours, marchand de bestiaux, mauvaise réputation commerciale,
dans le pays depuis deux ans, est parti pour affaires.
Rien contre lui. »

— Rien contre lui! Vous voyez... je ne me trompais
pas.

— Ma foi, Misère, j'avoue que je suis tout honteux de
mon aveuglement... Alors, nous n'avons plus rien à
faire ici; vous pouvez repartir. Je vais donner l'ordre
d'élargir ce pauvre diable, et je vais gagner Rethel
pour retourner à Paris.

L'ordre fut immédiatement donné, et Martial était
mis en liberté le soir même, à l'heure où l'agent et son
mouton retournaient à Paris.

Martial, libre, se fit conduire à Rethel; là il se rendit
à la gare et, après avoir pris, dans la coiffe de son chapeau, un billet de bagage, il alla réclamer une petite
malle dite chemin-de-fer, et gagna la ville.

Le marchand de bestiaux descendit dans une petite
auberge sans enseigne, se fit servir à souper, demanda

une chambre et dit qu'il allait dormir deux ou trois
heures seulement, étant harassé de fatigue, mais que, obligé de partir la nuit même, il voulait être éveillé vers
une heure, afin de prendre l'express de une heure trente;
il régla sa note d'avance.

Après le souper, on le conduisit à sa chambre; la
bonne lui ayant souhaité le bonsoir, il ferma aussitôt
sa porte, rentrant la clef en dedans; il tira les rideaux
de la fenêtre, et certain d'être bien seul, il ouvrit sa
petite malle; il y prit un costume assez élégant et un
coffret qu'il plaça sur la cheminée.

Martial n'était point harassé de fatigue, il venait au
contraire de jouir d'un repos forcé qui ne l'obligeait
pas aux heures de sommeil qu'il avait réclamées. Mais
l'ancien garde devait à la négligence de sa toilette
d'avoir souffert d'une méprise qui l'avait très inquiété,
et de laquelle il ne savait pas comment il serait sorti
s'il n'avait rencontré un ancien complice; il le croyait
du moins, ce qui indiquait qu'il se jugeait bien à sa
valeur.

— Je ne veux pas, se disait Martial, me faire prendre
une seconde fois; peut-être n'en sortirais-je pas aussi
facilement que la première. Tout homme, par cela seul
qu'il est homme, vaut qu'on songe à lui, et je suis seul
pour songer à moi... Et puis, chaque jour de retard
peut amener une plainte: la plainte, c'est la déclaration
de faillite; la faillite et mon absence prolongée, c'est la
banqueroute... et alors impossible de tenter la fortune.
Oui, j'en suis certain, surtout avec Misère, c'est la fortune. Faisons de Martial un autre homme.

En disant, ou plutôt en pensant ces mots, Martial
ouvrit le petit coffret qu'il avait placé sur la cheminée et
qui n'était autre qu'une boîte à maquillage. C'est

l'outil le plus commun de certaines créatures de Paris.

D'abord, il étendit sur ses cheveux un cosmétique qui les appliqua sur le crâne, puis il frotta sa peau de cold-cream; il plaça ensuite sur sa tête une perruque blonde un peu foncée. Ceci fait, il s'étendit sur la peau, assouplie par le cold-cream, une épaisse couche de blanc gras; avec un ébauchoir semblable à ceux dont se servent les sculpteurs, il combla d'une pâte rose les interstices qui se trouvaient entre l'épiderme et la perruque.

Le gros œuvre était fait. Il suspendit son travail quelques minutes et, grimaçant devant sa glace, il effaça et combla à mesure les rides qui se marquaient sur le visage. Puis il prit avec une houppe une poudre excessivement fine qu'il sema sur le blanc gras, et avec un linge il l'étendit. Alors commença le travail d'art, c'est-à-dire au pinceau. Martial blondit ses sourcils, ses cils, bistra ses paupières, rougit ses lèvres et fondit le tout avec une patte de lièvre.

Ceci fait, il prit la lampe et se regarda de très près. Martial n'existait plus, et il se dit malgré lui :

— Je défie la mouche la plus rusée de reconnaître Martial Caulot... et nous verrons là-bas ce qu'ils vont dire du jeune homme que je leur amène.

Martial revêtit vivement les vêtements qu'il avait tirés de sa malle, et, tout à fait transformé, de visage, de tenue, d'allure, on l'eût pris pour un parfait gandin.

Il finissait de boucler sa malle, lorsqu'on frappa à sa porte. Feignant de s'éveiller en sursaut il demanda :

— Qu'est-ce que c'est?... qu'est-ce qu'il y a?...

— Monsieur, il est une heure.

— Ah! c'est vrai... Merci, mon ami, merci!

— Si vous voulez donner vos chaussures, je vais les cirer...

— Merci! je m'habille à la hâte... Vous pouvez vous recoucher, je trouverai bien la porte.

— Vous n'avez pas besoin de moi?

— Non.

— Bien, monsieur... Vous tirerez la porte de la rue sur vous... Bon voyage, monsieur! à une autre fois!

Dès qu'il n'entendit plus de bruit, Martial descendit.

Il se rendit à la gare et prit un billet de première pour Liège. Le train allait partir; il sauta en voiture et s'étendit sur la banquette, en boutonnant ses gants.

I V

L'AMI DU MARI

Le lendemain, vers dix heures, Martial descendit à Liège; il prenait une voiture à la gare et se faisait conduire aussitôt à deux lieues de là, sur les bords de la Meuse. La voiture s'arrêta devant une petite maison d'assez belle apparence, derrière laquelle s'étendaient d'assez vastes ateliers. Au-dessus de la porte on lisait :

VANDELOWEN ET Cⁱᵉ

FABRIQUE DE TABACS ET DE CIGARES

Spécialité de tabac français.

6

Puis, au-dessous :

VEUVE VANDELOWEN, successeur.

Martial sauta de voiture, paya son cocher, et sonna à la porte de la petite maison. Une servante vint aussitôt ouvrir. Martial dit :

— Madame Vandelowen est-elle visible?

— Ça est possible, monsieur, dit la servante. Il faut voir, savez-vous?... Si vous voulez dire votre nom pour voir?...

— Monsieur Claude Martial, des Baux...

— Si vous voulez attendre une fois, je reviens?...

La servante entra dans les appartements et revint immédiatement en disant :

— Si monsieur veut entrer...

Martial la suivit, et, quelques minutes après, il entrait dans un petit salon où le reçut une dame d'une trentaine d'années.

— Monsieur Claude Martial, fit-elle. Ah! je suis bien heureuse de l'aimable visite que vous voulez bien me faire.

— Madame, permettez-moi de vous remercier de l'accueil que vous avez bien voulu faire à ma demande...

— Il y a bien longtemps que je n'ai eu le plaisir de vous voir, dit la jeune veuve avec embarras. Asseyez-vous, je vous prie... Vous ne venez point de votre belle Provence?

— A peu près, madame... J'avais hâte de me trouver près de vous, et je n'ai été retenu que par des motifs graves... des affaires à assurer.

La veuve avait offert un fauteuil à son visiteur; elle en avait pris un elle-même, et, la servante s'étant retirée, elle lui dit :

— Voilà presque deux ans que je n'ai eu le plaisir de me trouver avec vous...

— Oui, madame. Vous étiez en excursion dans notre beau pays avec ce cher Vandelowen; c'était même, je crois, un peu en raison de sa santé que vous faisiez ce voyage?

— Oui, monsieur; j'espérais que le climat du Midi l'aurait sinon sauvé, aurait au moins prolongé son existence. J'eus la douleur de le perdre là-bas, à Nice.

Et la jeune femme hochait tristement la tête à ce souvenir... Pour changer la conversation, Martial dit aussitôt :

— En dehors de ce malheur qui vous frappait, j'ai souvent pensé, madame, au lourd fardeau qui retombait sur vous; tout autre genre de commerce eût été facile, mais votre maison a besoin d'un homme pour la diriger.

— C'est vrai, monsieur; c'est à force de volonté que j'ai pu faire face à tout, car c'est tout ce que m'a laissé mon pauvre ami...

— Madame Vandelowen, je dois arriver bien vite à l'affaire qui m'amène.

La jeune veuve baissa les yeux et écouta.

— Vous savez, madame, qu'avec ce pauvre Charles, nous étions amis, presque associés; la plus grande partie de ses affaires se faisait par moi, sur la frontière d'Espagne.

— Je le sais.

— Lorsque, malade, il vint me voir avec vous, je vous l'ai écrit, madame, dans nos longs entretiens, sa grande préoccupation, c'était vous... Il sentait qu'une femme ne pouvait diriger une maison dont les produits ne s'adressent qu'à la contrebande; il vous voyait réduite à la misère, et de là ses chagrins, ses tourments. Je le consolai

en l'assurant de mon affection pour vous, en lui disant
que vous auriez toujours en moi l'ami et le conseiller
dévoué qu'il avait eu lui-même.

— Je vous en remercie, monsieur Claude, dit la jeune
veuve avec émotion, abandonnant, sans y faire attention,
sa main que Martial prenait.

— J'aurais dû, madame, pour exécuter ma promesse,
me rendre auprès de vous dès que je connus le malheur
qui vous frappait; mais, fit-il plus bas et d'une voix
émue, à mon insu, lors de votre présence aux Baux, il
était né en moi un sentiment que je n'osais m'avouer,
que je voulais combattre et contre lequel j'ai vainement
lutté.

Il y eut un silence pendant lequel, les yeux baissés, la
jeune veuve abandonnait aux pressions passionnées de
Martial sa main brûlante, subissant, sans s'en rendre
compte, le magnétisme de cet homme dont le regard
était plein d'éclairs.

Martial continua :

— Le malheur qui vous frappait vous rendait libre,
madame, et je le confesse aujourd'hui à vous-même, —
que de fois je me le suis reproché! — la mort du pauvre
Charles ne me frappa pas; l'amour me fit ingrat, inhu-
main...

La jeune veuve se taisait, et Martial sentait dans sa
main ses doigts trembler.

— Cependant, je m'imposais le devoir, en respect de
la mémoire de mon pauvre ami, de ne vous parler de
l'amour qui me dévorait qu'à l'heure où vous pourriez
l'entendre. Aujourd'hui, continua Martial en se rapprochant d'elle, vous êtes libre; le deuil, non le souvenir,
est passé, mais l'intérêt humain reprend ses droits;
aujourd'hui, Pauline, je viens vous demander de vive

voix ce que, depuis six mois, mes lettres vous font supposer...

La jeune femme, en sentant le souffle brûlant du misérable, se recula et dégagea sa main... Martial eut un froncement de sourcil, et ses yeux lancèrent une lueur fauve... Mme Vandelowen dit avec calme :

— Monsieur Martial, parlons sagement; ce que vous me demandez est grave, j'y dois répondre gravement. Si je n'ai pas voulu répondre à vos demandes par lettre, c'est que je voulais vous voir et savoir si le mot que vous écriviez est vrai, si vous m'aimiez enfin...

— En doutez-vous?

Sans l'écouter, la jeune femme continua :

— Celui que j'ai perdu et dont le souvenir restera là éternellement était bon et doux; son adoration ne se manifestait point par des paroles, mais par des faits... Autour de moi je vois tant de malheureuses prises à des promesses, que j'ai peur... Vous avez eu une orageuse et mystérieuse jeunesse...

— Orageuse, oui!... mystérieuse, pour ceux qui n'ont nul besoin de savoir qui je suis.

— Je vous répète ce que disait de vous M. Vandelowen...

Un pli traversa le front de Martial qui dit aussitôt :

— Ma jeunesse a été celle de ceux qui doivent eux-mêmes pourvoir à leurs besoins... Je me suis engagé à l'étranger à l'âge de dix-sept ans; jusqu'à vingt-sept ans j'ai été soldat. Je suis rentré dans mon pays pour exercer le métier que vous savez... c'est celui par lequel Charles a commencé : moins heureux que lui, j'ai été pris deux fois... Voilà toute ma vie... ma situation...

— Je ne vous parle pas de ça.,. Charles m'a souvent

parlé, je sais que vous avez à peu près ce que nous
avons...

Il y eut alors un long silence, assez embarrassant pour
chacun... Martial le rompit en disant :

— Eh bien, madame Pauline, vous ne me répondez
pas...

La veuve évita une réponse directe en disant :

— Vous restez quelques jours avec nous...

— Trois jours, madame.

— Ce soir, vous serez des nôtres à dîner?

— Oui, madame... Je dois rentrer à Liège, cependant.

En disant ces mots, le regard de Martial observait la
veuve; il était évident qu'il espérait qu'on lui offrirait
l'hospitalité, mais l'oppression sous laquelle il avait
d'abord tenu la veuve était dissipée, elle était plus calme
et elle dit :

— N'ayez nulle inquiétude... Une voiture vous conduira
à Liège... Monsieur Martial, permettez-moi de vous traiter sans façon.

— Faites donc, madame, je vous en prie...

— Visitez notre jardin, nos ateliers; je vous demande
la permission de m'occuper un peu de la maison... car
je vis presque seule. La servante que vous avez vue est
ma cuisinière, ma femme de chambre et ma bonne.

— Je vous en supplie, traitez-moi... comme si j'étais
de la maison.

La veuve ne répondit pas au regard de Martial, et, le
saluant, elle se retira. Martial, regardant autour de lui,
pensait :

— Si je sors d'ici, c'est que je suis un niais.

Le soir de ce jour, Martial dînait chez la jeune veuve
avec quelques voisins. Vers onze heures, chacun se retirait, et Mme veuve Vandelowen disait à Martial :

— Monsieur Claude, j'ai fait atteler la voiture qui doit vous conduire à Liège.

Martial crut d'abord que c'était un congé en bonne forme et ses yeux eurent un mauvais regard. Il regarda la jeune veuve, elle souriait; alors, lui pressant la main pour lui souhaiter le bonsoir, il lui dit à voix basse :

— Madame, vous aurais-je déplu par ma brutale franchise, et dois-je perdre l'espoir que je caressais.

Mme Vandelowen sourit et ne répondit pas.

— Vous ne voulez pas me répondre? ne dois-je plus vous revoir.

— Monsieur Claude, je ne veux et ne dois rien vous répondre.

— Que voulez-vous dire?

— J'attends que quelqu'un se présente en votre nom, et ne vous reverrai que lorsque cette demande aura été régulièrement faite...

— Oh! merci, madame; et il déposa sur la main de la veuve un baiser.

Les invités se retirèrent et Martial les suivit. Une voiture attelée, le cocher sur le siège, attendait à la porte; il y monta et partit aussitôt vers Liège. Vers minuit et demie il descendait à son hôtel, il prenait sa clef pour gagner sa chambre lorsque le garçon lui remit une dépêche. Martial l'ouvrit et lut :

« Arrive par express demain, suis prêt, apporte papier utile, viens me chercher à gare.

« ROBERT. »

— Allons, tout va bien, dans quelques jours nous serons riches, pensa Martial en gagnant sa chambre.

V

UN COQUIN DE NEVEU ET... UN COQUIN D'ONCLE

Le lendemain, vers midi, le train de Paris entrait en gare; Martial guettait à la porte de sortie l'arrivée de celui qu'il attendait. Tous les voyageurs étaient sortis, et il n'avait pas vu celui qu'il cherchait; il s'en allait en maugréant, lorsqu'on lui frappa sur l'épaule.

Il se retourna, et une voix qu'il connaissait bien lui dit en le stupéfiant :

— Eh bien ! suis-je assez réussi?

— Toi! exclama Martial, toi! c'est impossible.

— Chut! fit le voyageur, tu vas attirer l'attention sur nous.

Qu'on juge de la stupéfaction de Martial en *entendant* Robert, dit Misère, dans le voyageur que nous allons dépeindre.

C'était un homme d'une cinquantaine d'années, assez grand, le nez fleuri, givelé, la peau colorée, ayant dans ses sourcils et dans des cils roux deux yeux gris et petits, pleins de joyeusetés.

Il portait, comme un parfait notaire et comme un mauvais médecin. habit et pantalon noirs, bottes vernies, gants de peau, cravate blanche et chapeau de soie... le costume d'un homme qui se rend à une noce... ou à un enterrement.

Robert dit Misère avait du ventre ! un vrai ventre en bout d'œuf, comme celui d'un conseiller municipal, sur lequel pendaient scintillantes une poignée de breloques d'or...

Il portait des lunettes d'or, et, ma foi ! il faut tout dire, à l'extrémité de ses oreilles rouges étaient pendus deux petits anneaux.

Nous avons dit que Martial était resté stupéfait en voyant son complice... Comme déjà des gens les regardaient, Misère dit d'une voix faite d'haleine et de râle, une voix que Martial put seul entendre.

— Jette-toi donc dans mes bras, appelle-moi ton oncle. On nous regarde... attention.

Martial se remit aussitôt, et, se précipitant dans les bras de Misère, il dit à haute voix :

— Ah ! mon cher oncle... Suis-je fou ? je ne te reconnaissais pas...

— Et, dit Misère d'un ton bourru, tu restais là, droit comme un I, à me regarder ?

— Mon cher oncle, écoute, je t'ai pris pour un revenant... Il me semblait qu'en toi je revoyais mon pauvre père.

— Ce cher enfant !

Et l'oncle d'occasion embrassa son neveu avec effusion.

Les deux coquins sautèrent dans une voiture, sur laquelle on chargea les bagages, et qui se dirigea vers l'hôtel.

Dès que la voiture fut en marche, Misère dit, respirant bruyamment.

— Enfin ! je peux donc respirer à mon aise !... Si tu savais comme ce ventre me tient chaud et que c'est gênant d'avoir l'air distingué... Ici, je ne sais pas..., je

me sens revivre ; cet air belge me semble pur. C'est l'air
libre, ici, mon cher ; nous sommes, dans ce pays, purs
comme le miel ; pas seulement un mot à notre dossier !...
C'est-à-dire que j'ai envie de dire aux gens de n'employer,
pour me parler, que la formule parlementaire : « L'honorable Monsieur des Baux, » car tu sais que je me
nomme Martial, baron des Baux... En Belgique, c'est
bon, ça passe très bien. C'est comme les rubans, on porte
tout ce qu'on veut...

— Je suis content de t'avoir près de moi ; avec toi, je
suis certain de l'affaire.

— As-tu déjà fait quelque chose ?

— Dès mon arrivée.

— Et ça va bien ?

— Très bien... On t'attend, et c'est toi qui feras la
demande officielle.

— Parfait !... Tu vois que j'ai la tenue... je suis prêt.

— Nous n'irons que demain... La fin de l'affaire.

— Tout ça est en marche ; mes hommes sont prévenus... Tu sauras que ce qui les a séduits, c'est le travail
à l'étranger.

— Comme tu disais... là, plus de dossier.

— Eh ! mon cher, tu vois, c'est la force de la société...
le plus grand des coquins n'a qu'un désir : c'est de
passer pour un honnête homme.

— Nous disons donc ?... interrogea Martial, pour ramener son complice dans la question qui l'intéressait.

— Nous disons que j'ai engagé dix hommes, des gens
sérieux qui, tous, viennent à petites journées et se trouveront à Sugny dans quinze jours.

— Bien.

— Là, nous formons une société dont nous sommes
les directeurs... la police dirait une bande dont nous

serons les chefs... société pour l'exportation franche du tabac, sous le titre : *Les Loups,* et sous la raison sociale X... Nos hommes ont la vie et le gîte assurés, les bénéfices seront fixés lors de la formation positive à Sugny.

— Et on peut compter sur tout ce monde-là ?

— Si un homme honnête dirigeait la société, tous ces gens ne s'occuperaient que d'une chose : la voler le plus qu'ils pourraient... Mais avec nous on peut compter sur eux.

— Très bien.

La voiture s'arrêta devant l'hôtel. L'oncle et le neveu descendirent.

On installa l'oncle dans une chambre communiquant avec celle de son neveu.

Dès qu'ils furent seuls, Martial dit à Misère :

— Assieds-toi près de moi, et je vais te dire ce que j'ai déjà fait.

Misère écouta le récit de son... neveu; quand il eut terminé, il lui dit :

— Très bien; maintenant laisse-moi diriger l'affaire. Dès demain je m'en occupe; c'est moi qui te guide... Ne pensons plus à cela... J'ai une faim canine; comme je veux manger à l'aise, fais servir à dîner chez toi; je vais retirer mon ventre.

Quelques minutes après, les deux coquins étaient à table. Martial demanda à son complice :

— Quel est ton plan ?

— Mon Dieu! fit Misère, il est simple comme tout; ce soir, je vais chez la veuve Vandelowen.

— Bien.

— Je lui dis que je viens officiellement pour lui demander sa main. J'ai d'abord un petit air méfiant, je regarde autour de moi comme un oncle soupçonneux

qui craint de s'engager à la légère... Je fais sonner, dans
la conversation, une situation future que je laisserai à
mon neveu, mes propriétés dans les Baux, mes nombreuses propriétés...

— Tu as des papiers?

— Pardi, me crois-tu assez niais pour m'exposer à ce
que la moindre curiosité me désarçonne; j'ai les titres de
quatre maisons...

— Très bien...

— Lorsque j'ai fait détailler sur l'acte le nombre des
fenêtres, l'étendue du terrain, jamais tu n'as vu rire un
notaire comme ça. Il me dit : « Sérieusement, vous allez
prendre possession de ça, vous allez donc établir là une
volière... » Regarde si tout cela est en ordre.

En disant ces mots, Misère tirait d'un gros portefeuille
trois liasses de papier timbré et enregistré.

— Vois, fit-il en lisant, une maison en pierres de taille
sculptée, ayant trois étages de façade et une étendue de
trente-cinq mètres, sur caves, etc., etc. Ici : un vieux
château, avec tour en pierres de taille occupant le coin
de la hauteur et dominant la vallée..., etc... Une maison
en pierres de taille ayant douze mètres de façade...

A mesure que Misère lisait, Martial éclatait de rire et
se tordait.

— Très bien, disait-il, superbe, magnifique.

— Avec ça, on épouserait une héritière apportant cinq
cent mille francs... et tu sais, c'est incontestable... Mais
je parie que je trouve ici à emprunter là-dessus une
dizaine de mille francs.

— Ce serait peut-être prudent de commencer par
là...

— Es-tu fou! Eh bien, monsieur mon neveu, en faisant cela, mon cher, tu ne marches pas sur les marges

du code, tu piétines en plein sur le livre, et alors je te
garantis une nouvelle saison sous ce beau ciel de là-bas,
tu te souviens?

« Que j'aime tes flots bleus, ô Méditerranée!

— Non! non! assez de Toulon! Et combien as-tu
acheté tout ça?

— Ah! mon cher, les actes m'ont coûté plus cher que
les propriétés... Ainsi, j'ai eu le château pour quarante-
huit francs ; la grande maison, trente-cinq mètres de
façade, pierres de taille, — nous ne mentons pas, il ne
reste que cette façade, percée de... trop de fenêtres —
j'ai eu la maison pour cinquante-quatre francs... La
petite maison a coûté plus cher ; dame! on peut encore,
par un temps de pluie... il est vrai qu'il ne pleut jamais
là-bas... s'abriter au rez-de-chaussée...

— Il n'y a que toi pour trouver ça...

— J'ai ça en portefeuille depuis le jour où je voulais
fonder la *Société du crédit des Ruines de France*, j'avais
déjà constitué mon comité administratif... je devenais
président du comité directeur de la Société que je
fondais au capital de vingt millions; naturellement
j'avais été obligé de justifier d'une certaine fortune...
Or, ces propriétés étaient estimées, au bas mot, à deux
cent cinquante mille francs, mes montagnes boisées des
Cévennes au prix de quatre cent mille. Avec ça, tu
conçois, j'avais trouvé un général espagnol, un banquier
italien, deux banquiers français, dont un que tu as
connu là-bas, à Toulon, le 129, un petit, l'œil fin...

— Oui, je me souviens... Ah! il est banquier?

— Il l'était l'année passée... il est très bien maintenant, il est à Bruxelles.

7

Pour que le lecteur comprenne la valeur des vastes propriétés de Misère, nous devons dire ce qu'est le pays qui a nom les Baux.

Dans un coin de la Provence, au milieu des Alpilles, se trouve un ancien petit bourg construit au sommet d'une montagne rocheuse. Assurément, c'était l'aire de quelque farouche pillard des temps féodaux. Le château bâti sur l'angle de la montagne commande les défilés; ce devait être une redoutable et imprenable forteresse, car la montagne, presque à pic, n'a qu'une route, une rampe extrêmement raide, sur laquelle les voitures ne peuvent s'engager. Autour du château du suzerain, les sujets les plus riches avaient construit leurs habitations, se mettant ainsi sous la protection du seigneur et à l'abri des coups de main des routiers dont la Navarre jetait sans cesse ses bandes dans la poétique Provence.

A cette époque ce devait être un superbe pays; le château défendait les montagnes, commandait la route et protégeait la vallée dans laquelle les vilains cultivaient les vergers du seigneur. Ce devait être un superbe spectacle que celui de ces chevaliers bandits, ayant vu de la tour le cortége des marchands se rendant à Beaucaire, et descendant couverts de leur armures, sur lesquelles le soleil jetait ses flammes.

Aujourd'hui, le temps a fait son œuvre; les seigneurs ne sont plus, et les Baux sont en ruine... une ruine immense, terrible comme ce qu'elle protégeait, superbe, imposante, obligeant l'esprit à rêver. C'est une ville morte, inhabitée et à laquelle on n'ascend que difficilement. Toutes ces ruines sont à vendre, mais personne ne songe à les acheter. Il faut dire que le transport des matériaux à travers ces roches serait très coûteux...

et que les Baux sont, à deux lieues à la ronde, entourés
de montagnes et éloignés de toute habitation.

C'est en ces lieux que Misère avait été chercher des
propriétés, et l'on juge de la surprise du notaire chargé
de rédiger l'acte de vente de ces singulières habitations.

— Que vas-tu faire ? demanda Martial, repoussant
son assiette et offrant un cigare à son complice.

— Je cause avec Mme Vandelowen, je laisse entrevoir
que, las de l'existence que je mène aux Baux, je serais
prêt à te donner mon château, ce qui vous permettrait
d'aller passer là la belle saison.

— C'est une bonne idée... d'autant plus que nous
n'irons jamais.

— Je le souhaite pour toi. Je sais approximativement
ce qu'elle a ; je lui parle de notre grande maison de
Saint-Sébastien...

— La petite hutte ?

— Justement... C'est une propriété qui est immense,
un parc...

— Je crois bien : la forêt de pins...

— Qui a vue sur la mer... Tout cela est à toi ; la
maison Vandelowen devint la maison Martial et Cie,
maison à Liège et à Saint-Sébastien, tabacs du Nord et
d'Orient... Tu vois ça... Les intérêts établis, je verse
quelques larmes sur le défunt, je peins notre honorable
famille... enfin je suis certain d'avoir tout obtenu en
deux jours.

— Tu es merveilleux.

— Mais observe-toi.

— Si cependant elle faisait prendre des renseignements.

— J'ai tout préparé là-bas... Les renseignements qui

viendront seront superbes; mes hommes y vont dans ce moment; ils sont partis de Paris en même temps que moi... Tu m'avais demandé des papiers.

— Oui ; tu les as ?

— En voici : un passeport en règle et un titre de propriété à ton nom.

— Mais, dis donc, dit Martial en prenant les papiers, nous ne sommes plus sur les marges du Code...

— Nous sommes sur les plates-bandes.

— Parole d'honneur, tu m'effrayes.

Et véritablement on eût été effrayé à moins. Il n'avait pas fallu deux jours à cet homme singulier pour établir son plan, pour se faire procurer ou faire les papiers nécessaires à tromper tout le monde, pour retrouver des titres bizarres de propriétés plus bizarres encore.

Dodelinant la tête et se balançant sur sa chaise, en fumant son cigare, Misère souriait à l'exclamation de son compagnon.

— Ne t'effraye pas, réjouis-toi, dit Misère. Tu as maintenant un passé avec lequel tu peux concourir au prix Monthyon... ainsi, regarde.

En disant ces mots, Misère tira du portefeuille quelques papiers soigneusement enveloppés; il en brisa l'enveloppe et continua :

— Voici d'abord un extrait de naissance, en pleine Provence, Saint-Remy, au-dessus de Tarascon... Tu as dix ans de moins, ce qui est toujours agréable... tu vois le cachet de la mairie... Ceci, c'est ton congé en bonne forme... timbré, apostillé... Maintenant un passeport dont je ferai ici le signalement...

— Tout ce que tu as fait est superbe... mais dangereux !

— Comment, dangereux?...

— Oui...

— Je ne comprends pas... tout cela est presque authentique... Note bien que ce ne sont pas des faux, des
papiers imités, ce sont de vrais papiers apostillés...

— Ces papiers, s'ils ne devaient servir qu'à établir
mon identité devant un gendarme... un commissaire de
police, seraient suffisants...

— Eh bien?

— Mais pour un mariage, c'est autre chose, la publication des bans est faite dans le pays natal des con-
joints... et alors, avant la publication, la recherche est
faite sur les livres de l'état-civil.

— Je sais tout cela.

— Eh bien, lorsqu'on cherchera Jean-Claude Martial, on ne pourra pas trouver ombre de cette déclaration.

— Vraiment!... dit Misère d'un air narquois; tu te
nommes donc... Jean-Claude Martial?...

— As-tu donc pris les papiers de Martial Caulot?
demanda Martial, qui devint pâle.

— Mais tu ne te nommes pas plus Claude que Caulot...
tu te nommes Martial .. Tu vas voir.

Misère prit un des papiers qu'il avait tirés de l'enveloppe et lut :

Extrait des registres des actes de naissance de l'année 1829.
Saint-Remy-de-Provence.

« L'an mil huit cent vingt-neuf, le quinze avril, à deux
heures et demie du soir, devant nous, officier de l'état
civil de la commune de Saint-Remy-de-Provence, est
comparu le sieur Jean-Marie Cossac, gendarme, âgé de
trente-deux ans, résidant à Tarascon, lequel a déclaré

que, le quinze, au matin, il a trouvé sur la route royale un enfant du sexe masculin, qu'il nous a présenté à l'instant et auquel nous avons donné les nom et prénoms de Jean-Remy Martial.

« En présence de Joseph Remy, casseur de cailloux et cantonnier, demeurant à Saint-Remy, et de Jean-Martial, garde champêtre, demeurant à Saint-Remy.

« Lecture faite du présent, » etc., etc.

— Eh bien ! comprends-tu, Remy Martial, dit Claude ? demanda Misère.

— Mais, fit vivement Martial, ce papier est authentique...

— Absolument.

— Et cet homme, s'il existe...

— Depuis vingt-quatre ans, c'est-à-dire dix-sept ans, il a quitté la commune et la France.

— Mais c'est une vie nouvelle !

— Mieux que ça ! Riche, tu reviens au pays ; en faisant quelques efforts, tu deviens membre du conseil municipal ; on ne tarit pas sur ton compte : le fils de ses œuvres, l'enfant trouvé qui, sans appui, sans soutien, s'est fait une position ; le courage, le travail, la conduite... Tu peux devenir un grand citoyen...

Martial tenait l'extrait de naissance et il rêvait...

Ce n'est pas tout, continua l'oncle à la mode du bagne, voici ton certificat de libération, c'est le maire qui a tiré pour toi le numéro 47... qui était excellent... voici un passe-port que j'ai fait faire à Paris, et sur lequel tu es devenu Jean-Remy Martial, dit Claude Martial, négociant... Te voilà donc absolument en règle...

Martial écoutait son complice, et le regardait émerveillé.

— J'espère, Martial, que tu ne vas pas compromettre

un nom si pur... il est temps d'être rangé... Maintenant
tu dois connaître ta famille... heureusement que ce que
tu as dit tout à l'heure n'a été entendu que de gens
sans importance.

— Qu'ai-je dit ?

— Que je ressemblais à ton père...

— C'est vrai, dit en riant Martial; mais j'y pense,
comment es-tu mon oncle?

— Justement, écoute.

— Je suis à toi, yeux et oreilles.

— Je suis un riche propriétaire des Baux, pas fier de
ma noblesse que je ne fais pas remonter au-delà de
Louis-Philippe; c'est lui qui m'a nommé baron, à la
suite de grands travaux... de boisement de montagnes...
déboisement de plaines... ce que tu voudras... Dans mes
propriétés des Baux, de la tour de mon vieux château,
je voyais, il y a trente ans, un jeune pâtre... beau
comme ceux de Léopold Robert. Tous les jours, à la
même heure, l'enfant venait faire paître ses chèvres et
ses bœufs...

— Mais où veux-tu en venir?

— Écoute donc, bavard!

Martial se tut aussitôt.

— Cet enfant me plaisait à voir. Un jour, je m'infor-
mai de lui, on me dit que cet enfant était sans parents,
sans famille; un enfant trouvé, enfin. Veuf, sans enfants,
je m'intéressai à lui, je le fis venir à mon château. Séduit
par les qualités en sève chez lui, je fis de ce malheureux
mon fils adoptif... Ayant perdu dans le temps un neveu
de son âge, je l'obligeai à m'appeler son oncle... Je le
retirai de la triste position dans laquelle il était, et,
sur mon conseil, il s'engagea... Revenu du service, qui
en avait fait un homme, je l'aidai à s'établir... Aujour-

d'hui, mon neveu occupe une belle situation ; c'est un
grand et recommandable négociant, je désire qu'il
's'établisse plus sérieusement en prenant femme, voulant
des petits-neveux... et je viens demander la main de
Mme veuve Vandelowen pour mon neveu Jean-Remy-
Claude Martial... mon héritier. Malheureusement, on
n'hérite pas des titres modernes, sans cela tu aurais pu
devenir baron des Baux... M'as-tu compris ?...

Martial prit la main de Misère et lui dit :

— J'en suis abruti...

— Eh bien ! buvons un verre... et allons nous coucher ; cela te remettra... d'autant que demain il faut
être sérieux.

Les deux complices gagnèrent chacun leur chambre.

Le lendemain, l'oncle et le neveu se rendirent chez
Mme veuve Vandelowen. Très bien reçus par elle, on
causa d'abord de choses sans importance ; puis, sous
prétexte de voir les ateliers, Martial s'étant discrètement
retiré, Misère, arguant de sa franchise proverbiale en
son pays, attaqua immédiatement le sujet intéressant.

Tout alla pour le mieux, la description des propriétés, des valeurs, l'énumération des nombreuses qualités
du futur, la veuve écouta tout, et déclara enfin que
cette union lui souriait. Le point principal était donc
enlevé.

L'oncle et le neveu dînèrent et furent ramenés le soir
en voiture à Liège.

Le lendemain, les deux complices rendirent une nouvelle visite ; ce jour, on fixa l'époque du mariage et les
différentes clauses du contrat. C'est Misère qui se chargea de surveiller cette rédaction.

Il fut convenu que Martial, avec et sans son oncle,
viendrait chaque soir dîner chez la veuve, ce qui fut

accepté. La jeune veuve n'avait pas de famille, mais elle avait de nombreux amis; aussi chaque jour, à table, Martial était présenté à un ami.

La veuve était heureuse de son choix; elle était toujours complimentée; on ne tarissait pas en éloges sur le futur; il semblait bon, il était aimable, prévenant... très bien de sa personne, beau de visage... et, ce qui ne gâtait rien, il était très riche.

Un soir, revenant de Liège, Martial trouva Misère qui lui dit :

— C'est demain le rendez-vous.

— Le rendez-vous à Sugny?

— Oui, j'ai reçu l'avis que tous les hommes étaient arrivés.

— Bien. Alors nous irons; mais serons-nous revenus assez tôt pour le dîner?

— Non; ce n'est guère possible.

— Je vais écrire à Pauline que je suis appelé en France pour une affaire très sérieuse, et que je ne serai de retour que dans deux jours...

— C'est cela; écris maintenant, car nous partirons demain par le premier train.

Martial écrivit aussitôt, et la lettre cachetée fut remise au garçon pour être portée le lendemain matin, à la première heure.

Les deux amis dînèrent, et non le matin, mais pendant la nuit, ils partirent pour Nouzon. Ils déjeunèrent en arrivant, et prirent immédiatement après une voiture qui devait les conduire sur la route de Sugny à Pussemange. Au moment où ils donnaient cet ordre au cocher, un homme parut, qui vint vers Misère :

— Tiens, te voilà, toi! Est-ce que tu nous apportes du nouveau?

7.

— Je viens vous dire, fit l'homme tout bas, que l'on vous prépare une réception gaie... Depuis hier, je ne suis plus maître des hommes; ils ont retrouvé un ami dans un château, et ils font là une vie de polichinelle.

— Qu'est-ce que tout ça veut dire?... Quel ami dans un château?...

— Marcassin a trouvé un jardinier qu'il connaissait, et il l'a embauché; le château était confié à sa garde, il y était seul et depuis hier tous nos gaillards sont là...

— Nous allons voir ça... Monte près du cocher, dirige-nous.

L'homme obéit et la voiture partit.

VI

LES SINGULIERS CHATELAINS DU CHATEAU DES MYRTILLES

Trois heures après, les voyageurs descendaient de voiture à Pussemange, Misère payait le cocher et les trois compères se dirigeaient à pied par la grand'route vers Membre. A mi-chemin, celui qui les guidait dit :

— Maintenant il faut que nous entrions sous bois.

— Conduis-nous...

Ils s'engagèrent alors dans une sente étroite qu'ils suivirent un grand quart d'heure; là, ils montèrent une colline boisée, et arrivèrent bientôt à un plateau qui dominait tout le pays. De quelque côté que se portât le regard on ne voyait que montagnes et bois. Au milieu du plateau se dressait un château ruiné, et qui paraissait absolument abandonné. Au reste, il faut bien dire que la situation était peu engageante. Un chasseur seul pouvait se plaire en ce lieu.

C'était un ancien château dont l'extérieur en ruine sentait le gothique dégénéré... Les parties du bâtiment encore habitable portaient le cachet de la Renaissance...

Le déjeuner à Nouzon et le trajet avaient pris beaucoup de temps, et la nuit tombait lorsqu'ils arrivaient au plateau de Chamée. Le château des Myrtilles dressait sa haute silhouette noire dans le gris du soir.

Quoiqu'il parût inhabité, un observateur ne s'y serait pas laissé prendre. A travers les interstices des contrevents fermés glissait parfois une flèche lumineuse. On entendait sourdre un bruit intérieur, qui se perdait avec le bruissement des bois.

Celui qui dirigeait Martial et Misère ouvrit la grille et les introduisit dans le vieux château; après avoir tourné autour de l'habitation il les fit entrer par les communs et, les faisant traverser plusieurs pièces, il les amena au pied d'un grand escalier qu'ils montèrent aussitôt.

Nous n'avons aucune raison de dépeindre en détail les diverses parties du château, nous nous hâterons donc d'entrer dans le grand salon où doit se passer une des principales scènes de notre histoire. C'était un immense salon, tendu de cuir de Cordoue, meublé de vieux chêne sculpté... Il était éclairé somptueusement à cette heure par deux lustres flamands, tout garnis de cristaux dans lesquels les lumières des bougies scintillaient.

Sur une vaste table, huit couverts étaient dressés au
milieu du salon. C'était un couvert magnifique, un
couvert royal; les assiettes étaient de vieux Chine, les
couverts de vermeil, les verres de Bohême... La nappe et
les serviettes étaient de toile de Hollande, fines et armo-
riées.

Autour de la table étaient huit personnes, sept
hommes, une femme. La femme était étrange; c'était
une grande gaillarde, solide, bien bâtie, ayant le courage
de sa matérielle beauté, c'est-à-dire ne gâtant pas son
teint vigoureux par la céruse et les fards... Elle se moquait bien de la proportion de ses mains qui auraient
fait craquer du huit un quart.

Elle n'avait pas cherché à cacher sous le blanc gras le
teint chaud et luisant de sa peau, ses yeux n'étaient enca-
drés que par des cils noirs qui se retroussaient, luisant
au bout sans être chargés de mastic. Ses cheveux
roux brillaient sous les flammes du lustre; le fer
ne les avait point brûlés, et, comme le lion, elle les
portait en grosses masses, qui venaient retomber sur
ses épaules. Son cache-peigne à elle, c'était ses cheveux.

En entrant, Misère s'écria en riant :

— Eh! bon appétit, mes gaillards. On ne s'ennuie pas
ici !

Le dîner touchait à sa fin, on parlait sans savoir
ce qu'on disait, pour rire, et, dame! les bêtises avaient
leur prix: d'esprit à peine s'il en était question. A la
voix de Misère, tout le monde s'était levé, le verre en
main, et une formidable santé avait été portée au nouveau venu.

Marcassin, que nos lecteurs connaissent, était une
des plus gaies personnalités qui entouraient la table; il

s'appuyait d'une main sur son voisin, à moitié ivre — soyons généreux — que nous avons déjà vu sous le nom de Bois-Sec. En voyant entrer Misère, il se leva et courut au-devant de lui.

— Enfin, vous voilà, fit-il ; on vous attend depuis hier... Heureusement que j'ai retrouvé un ami ici... celui qui a l'air bête... c'est çà ! l'arête habillée... c'est mon ami. Il est chargé de garder cette bicoque féodale, et, grâce à lui, nous avons pu vivre un peu à notre aise... A Sugny, on avait l'air de nous prendre avec des pincettes.

— Mais, dit Misère, vous m'avez l'air de bien aller... et je crois que nous devons remettre les affaires sérieuses à plus tard...

— Bravo ! hurla Marcassin, demain en s'éveillant on causera ; nous sommes ici chez nous... Vous devez avoir faim et soif... Mettez-vous à table ; nous sommes au dessert, rattrappez-vous. On allait chanter...

Misère se retourna vers Martial et lui dit à mi-voix :

— Faisons ce qu'il dit... Aujourd'hui, rien à faire, demain matin nous terminerons et partirons aussitôt.

— Je ferai ce que tu voudras...

— Cela m'est plus agréable en ce sens que pendant que tu mangeras à côté de moi, je te dirai ce que vaut chacun d'eux.

— Bien...

Tous les convives s'étaient levés, ils avaient fait une large place pour les nouveaux venus. Ceux-ci se placèrent et on les servit.

— Mes enfants, dit Misère en se mettant à table, nous ne sommes pas des trouble-fête... Vous vous amusez... continuons. A demain les affaires sérieuses.

— Bravo ! hurlèrent les convives... Vive Misère !

Et les verres se choquèrent.

Martial demanda tout bas à Misère :

— Qu'est-ce que cette jeune fille ?...

— Oh ! c'est un type très curieux, tu verras ça... C'est une enfant du pays qui nous sera très utile...

— Elle est très jolie...

— Justement... C'est Nini-Fraîchotte, une nature d'homme dans l'enveloppe d'une femme, forte, courageuse et aimant le danger... Une voix comme tu n'en as pas entendu...

— Misère dit tout haut :

— Mes enfants, on dirait que nous avons jeté un froid ?

— C'est vrai, ce que vous dites là, répondit Marcassin. Nini allait chanter, pourquoi qu'elle se gênerait maintenant ?

— Fraîchotte, dit Misère, viens m'embrasser, ma belle, je ne t'ai pas dit bonjour.

A vos ordres, monsieur Robert... et en parlant ainsi la jeune fille vint offrir sa joue fraîche au coquin.

— Tu ne vis pas seule, au moins ? demanda-t-il.

— Oh non ! je suis avec maman Coq-Blanc ; comme elle était fatiguée, elle est montée se coucher.

Misère regarda Marcassin, puis Bois-Sec, interrogeant :

— Coucher !... Vous vivez et vous couchez ici ?

— Mais, répondit Marcassin, nous sommes chez nous ici !

Et secouant son ami qui s'endormait sur la table, il lui dit :

— Eh ! Dégraissé, réponds donc à monsieur... Sitôt que ça a bu une pauvre bouteille, voilà ce que ça devient... Mais je puis vous répondre pour lui, nous

sommes ici chez nous... Le particulier qui a le bonheur
d'avoir à la fois cette propriété et ce fidèle serviteur
est dans des pays très lointains... On ne reçoit ici...
que ses lettres. Or, pour sécher les appartements que le
vide rend humides, notre ami nous a priés de venir lui
tenir compagnie... Le pauvre ami, il lui poussait des
champignons dans les cheveux tant il était seul... mon
vieux camarade... Nous jetions un peu de gaieté en vous
attendant... Bref, il y a ici des chambres pour tout le
monde... Même, avec un peu d'intelligence, nous pour-
rions ouvrir les volets et faire croire que nous sommes
les maîtres de la maison.

— Il parle trop, dit l'un des convives; Misère, fais le
taire et qu'on serve à boire...

— Oui! oui! à boire! cria le chœur.

— Que Nini chante!...

Les deux complices, Martial et Misère, avaient écouté
Marcassin avec beaucoup d'attention, et ils avaient
échangé un clignement d'yeux plein de promesses.

Misère appela Marcassin, et lui désignant le gardien
du vieux château qui dormait, il lui dit tout bas :

— Il faut que cet homme soit des nôtres...

— C'est fait, mon petit père, répondit le Parisien en
haussant les épaules... aie pas peur! on a du nez... et
on a compris qu'une petite auberge comme celle-ci, au
milieu des bois, ça pouvait être utile...

— Taisez-vous, Nini va chanter, fit une voix.

— Si on ne chante pas, ça a l'air d'un dîner de croque-
morts...

— On a l'air d'avoir des chagrins de famille.

Nini Fraîchotte secouait le malheureux Bois-Sec et lui
disait :

— Eh! mon grand... oh! l'asperge... faut pas être froid comme ça, c'est pas amusant.

— Mon enfant, fit Bois-Sec ouvrant les yeux avec peine, j'ai mal à la tête, sais-tu; pour une fois que je parlerais, là, je dirais des bêtises...

— Alors vous aimez mieux nous en faire ?

Bois-Sec releva la tête, cherchant à comprendre, mais comme Nini éclata de rire en voyant sa physionomie abrutie, il replongea sa tête dans ses bras.

— Allons, les enfants, dit le Marcassin, nous sommes ici pour nous amuser, à demain les affaires... tout le monde à table, du silence, et Nini va chanter.

Celui qui avait dirigé Martial et Misère versa à boire, on trinqua, on but, et Fraîchotte, ayant de sa manche essuyé ses lèvres, dit : Écoutez-moi ça... et debout elle entonna :

> Du dimanche au lundi matin
>   Fadette
>   Jette
> Son bonnet par-dessus le moulin.

— En chœur! cria-t-elle, et les voix avinées répétèrent le refrain, puis elle continua :

> Elle a la mine d'un furet,
> Sa gorge est de neige et de rose,
> Ses dents dans sa bouche mi-close
> Brillent comme un blanc chapelet...
> Tout en elle n'est que sourire,
> Son sourcil n'est jamais froncé...
> Et ses grands yeux d'un bleu foncé
> A tous les bons gars semblent dire :
>   Du dimanche au lundi matin
>   Fadette
>   Jette
>   Son bonnet par-dessus le moulin.

— Ensemble, là! cria Marcassin, et avec accompagnement de couteau sur les verres.

Fraîchotte reprit :

> Elle a des sabots, des bas bleus,
> Une jupe de cotonnade...
> Elle n'a jamais — de pommade —
> Souillé ses longs et bruns cheveux...
> Sur son épaule une fossette
> A vu s'abîmer plus d'un cœur.
> Les baisers ne lui font pas peur.
> Elle rit de tout la Fadette.

— Attention, là, les enfants, commanda Marcassin debout sur une chaise et battant la mesure avec un couteau à découper, et *piano* les cuivres surtout... Le chœur beugla :

> Du dimanche au lundi matin, etc.

On applaudit à outrance, et pendant ce temps Fraîchotte — pour se remettre en voix sans doute — vida deux verres pleins de champagne ; l'œil en feu, la bouche riante, elle reprit :

> Tous les chênes et les bouleaux,
> Ces bois qui bordent la commune,
> Portent sur leur écorce brune
> Son nom, avec des noms nouveaux !
> Comme au jour de son mariage
> Tous les arbres portant son nom...
> Elle les brûlera, dit-on...
> Le maire craint pour le village !

— A nous, les enfants! cria Marcassin en sautant de sa chaise, et, pris d'un accès de lyrisme ; debout, et qu'Euterpe donne la main à Terpsichore ! En avant le chant et la danse. Et aussitôt le quadrille le plus échevelé s'engagea pendant que Fraîchotte chantait le refrain de sa chanson.

Fraîchotte chantait encore le refrain de sa chanson lorsque Marcassin, poussant d'un mouvement sec sa chaise loin de lui, dit d'une voix calme, mais avinée :

— Mes enfants, assez bu, assez mangé comme ça, je propose un quadrille fort amusant. Allons, vous autres tous, soyez drôles dans votre danse ; de l'esprit, je ne vous en demande pas : clodochons, mes fils, clodochons ; je veux m'amuser ; ça manque de femmes, travestissez-vous, déguisez-vous ; décrochez les pannes qui sont aux murs, pillez les coffres dans lesquels se trouvent les plus beaux harnais de ces messieurs et de ces dames, et surtout amusez-moi.

Marcassin avait été obéi : tout le monde s'était levé, à l'exception de Fraîchotte.

Elle resta la tête dans ses mains pendant quelques instants ; puis secouant sa belle chevelure, qui n'était, ce soir-là, retenue que par un peigne et qui se répandit aussitôt en flots ondoyants sur ses épaules, elle prit une coupe qu'elle remplit de champagne, puis, l'élevant et la vidant d'un trait, elle dit :

— Amusons-nous ! et prenant la main de Marcassin elle donna le signal de la danse.

Les couples se formèrent pour le quadrille.

Si les anciens preux, les vieux châtelains et leurs nobles dames étaient alors descendus de leurs cadres, ils seraient tombés foudroyés en voyant leurs vieilles et glorieuses armures, leurs cottes de fer, leurs casques ainsi profanés.

En effet, la salle présentait un singulier tableau ; la table, portée ou plutôt jetée dans un angle, offrait un bizarre coup d'œil ; les verres renversés, formaient avec les bouteilles demi-pleines des cascades de champagne arrosant les fruits et les débris du festin.

Les fleurs flétries jetaient un parfum qui devenait une âcreté dans ce milieu.

Mais les acteurs étaient de beaucoup supérieurs aux décors. Les danseurs semblaient échappés à quelque conte étrange.

Sous des casques d'un travail riche, d'une ciselure précieuse, qui avaient couvert la tête de quelque chevalier brave et loyal, on apercevait des faces singulières.

VII

UNE GALERIE DE PORTRAITS VOLÉE A CALLOT

Nous devons peindre pour les lecteurs ces bizarres personnages, qui doivent souvent se montrer dans le cours de ce récit ; et pendant que, dans un coin du salon, Misère, appuyé sur l'épaule de Martial, lui dit à l'oreille leurs noms et leur passé, nous allons présenter physiquement chacun d'eux.

Celui qui se trouvait en face de Marcassin et de Fraî-

chotte était bancal. Il avait revêtu la cuirasse flamande
et le casque salade à croix d'or des gardes d'évêchés ;
dans ce casque riait une hideuse figure remplie de fausseté, de ruse et de bassesse, surmontant un corps dif-
forme ; mais cachant comme sous un masque une force
énorme; le front, étroit et haut, entouré de cheveux
plats, raides et roux d'une rougeur éteinte, donnait un
singulier reflet à l'œil ; sous des sourcils droits et min-
ces, dans un enfoncement, on apercevait une tache
grise : c'était l'œil. Mais, pour qui aurait pu l'étudier,
que de choses dans cet œil éclairé par un point noir,
imperceptile et aigu comme une pointe cherchant qui
frapper. Jamais on ne pouvait plonger dans ce regard,
toujours fixé sur un nez long et crochu, semblant, par
sa courbure, directement causer avec une bouche énorme,
meublée de dents blanches et croisées. Tel était celui
que, peut-être à cause de son œil, on avait nommé la
Couleuvre.

Le misérable qui dansait avec lui s'était travesti dans
une robe lamée d'argent, si commune aux grandes
dames du moyen âge. Il formait avec son compagnon
un contraste frappant : un géant, mais un géant fait
avec art, sauf la tête, qui manquait d'intelligence, quoique belle et remplie de bonté. On se demandait comment cet homme avait pu s'égarer dans cette bande ;
mais en suivant ses grands yeux veloutés se coulant
vers Fraichotte, on s'expliquait tout : Calouchon était là
par amour.

Une troisième figure attirait bientôt l'attention : c'é-
tait un grand vieillard à l'air triste, semblant s'amuser
par ordre. Rencontré en tout autre endroit on l'aurait
pris pour un magistrat : front superbe, entouré de cheveux blancs abondants et soyeux ; l'œil rempli de dou-

ceur ; le nez d'un dessin très pur ; la bouche était
mince... il est vrai qu'avec le menton c'était toute une
révélation. Celui-ci, par sa forme accidentée et bossue,
semblait, dans chaque pli de la peau et sur chaque
bosse, cacher et montrer tous les vices et tous les crimes. Ce placide coquin s'était glissé dans la longue
robe rouge et doublée d'hermine d'un président de
cour.

Un autre, qui faisait la roue en dansant, était de taille
moyenne, maigre comme un vendredi ; sa tête semblait
vissée dans le corps, on pouvait compter les vertèbres
de l'épine du dos ; atteint de calvitie, sa mine allongée
lui donnait une tête d'oiseau ; ses yeux noirs et petits,
enfoncés sous l'arcade sourcillière, semblaient des yeux
de chat ; le nez droit était petit, les oreilles immenses,
longues, pointues et donnant au vent comme les focs
d'un côtre ; la bouche fine était dégarnie... Celui-ci était
coiffé d'un turban effilé et décoloré, une vieille re-
lique des croisades ; il était vêtu d'un pourpoint de
buffle, dans lequel il faisait l'effet d'une aiguille dans un
étui.

Son nom était inexplicable ; en raison de sa maigreur
extrême il s'appelait la Bonbonne...

Rien au monde ne peut peindre la danse macabre
à laquelle les coquins se livraient, rien ne peut rendre
le bruit que produisait le heurt et les cliquetis d'armures.

VIII

COMMENT UN MOUTON PEUT COMMANDER A DES LOUPS

La nuit entière se passa dans cette débauche ; les coquins ne tombèrent que lassés, bossuant ou brisant en tombant l'armure qui avait résisté au coup de masse d'un Sarrasin...

Comme dans les grandes mêlées, ceux qui tombaient n'étaient pas relevés, le sommeil les prenait aussitôt et leurs ronflements sonores augmentaient d'autant la cacophonie qui durait depuis la veille.

C'est seulement au jour que le calme se fit dans le vieux château des Myrtilles.

Lorsque le jardinier chargé de garder et de soigner le château s'éveilla, il devint perplexe ; le dégât fait dans les dressoirs, dans les meubles et dans les panoplies était irréparable ; il se grattait l'oreille en cherchant un moyen de faire face à la situation, lorsqu'on lui frappa sur l'épaule ; il se retourna et se trouva devant Marcassin qui venait de jaillir du tas d'hommes et de ferraille dans lequel il avait dormi.

— Ah ! God ferdum ! fit celui qu'il appelait Bois-Sec, qu'est-ce que monsieur il va dire quand il verra qu'on s'est mis dans ses cuirasses, sais-tu ?... Ça est une chose qu'il ne me pardonnera pas... Comme il dit pour une fois, sais-tu : Bois mon vin, bon, mais ne casse pas les bouteilles au moins ; et pendant que je m'ai endormi, sais-tu, vous avez même cassé les verres... Ah God ferdum ! les assiettes de Chinois aussi... Sais-tu que ça coûte cher tout ça ?...

Et le malheureux, les mains croisées sur le ventre, regardait piteusement le tas de décombres, derniers restes de l'orgie de la veille.

Marcassin haussait les épaules.

— Voyons, fit-il, tu vas encore te faire maigrir... Tu veux donc en arriver à prendre un bain dans un canon de fusil ?

Bois-Sec — modèle des serviteurs — gémissait en hochant la tête ; son ami continua :

— Tu n'as donc plus de mémoire, tu ne te souviens donc pas qu'hier tu m'as dit que tu ne nous quitterais plus, que la société des chauves-souris commençait à te fatiguer, et que le petit métier que nous allons faire t'allait comme un gant ?

— Mais sais-tu que mon maître, il faut que je lui rendre les clefs ?

— Te les a-t-il demandées ?

— Non.

— Eh bien ! tu restes censé ici... tu touches tes trente-trois francs trente-trois centimes par mois... et tu reviens lorsque, après une expédition, ayant besoin de repos, nous voulons passer une dizaine de jours à la campagne.

— Tiens, mais ça c'est une chose que nous pouvons faire, sais-tu, fit Bois-sec en souriant, et quand monsieur reviendra ?...

— Eh bien, ce jour-là tu ne reviens plus... tu restes ici pour recevoir les lettres chargées...

La vie revenait dans ce vieux château; les ferrailles étendues se remuaient et bruissaient; les hommes, encore lourds de vin et de fatigue, ouvraient des yeux qui ne voyaient que vaguement, tournaient et se fermaient comme pour un nouveau sommeil; mais alors les mains crispées les frottaient avec rage, ils s'ouvraient étonnés en voyant des costumes étranges; rien n'était plus attaché, tout était mis d'une façon singulière par le capricieux hasard; pas un des copains ne se souvenait de ce qui avait eu lieu le jour précédent, aussi ne pouvaient-ils comprendre les singuliers costumes sous lesquels ils se trouvaient. Tous habitués à des costumes dont l'usure était le plus bel ornement, se trouvaient revêtus les uns de superbes armures, les autres d'étoffes de soie et d'argent. Leur étonnement abruti aurait pu les replonger dans le sommeil si la voix rude et mordante de Marcassin n'était venue, comme une trompette, les tirer de leur contemplation endormie.

— Allons, enfants, debout! qu'on se dépêche, le patron va venir : hier le plaisir, aujourd'hui les affaires. Mes fils! nobles seigneurs et nobles châtelaines! descendants des hauts baillifs de la montagne de Sainte-Geneviève, bas les habits, les flaflas et les brillantes armures; un costume de travail et à l'ouvrage! Lavez la salle, que le bourgeois ne soit pas reçu dans un bouge.

Marcassin, s'étant croisé les bras, regardait en riant l'effet produit; tous les gueux se trouvèrent bientôt sur pied, dans leurs vêtements trop modestes.

— Allons, rangeons vite; j'entends du bruit. Le bourgeois ne va pas tarder à descendre: que dans quel-

ques instants on ait l'air de gens rangés et s'entendant
au ménage.

Marcassin allait continuer ses instructions lorsque
la porte s'ouvrit brusquement, et Misère, suivi de Martial, apparut.

Misère, coupant d'un geste la parole à Marcassin et
promenant sur l'assemblée un long regard, sourit et
dit :

— On peut parler sérieusement aujourd'hui; eh
bien! mes enfants, asseyez-vous et causons... Vous savez
que je vous connais tous... vous n'avez rien à faire de
bien! Comme vous pouvez faire mal, je viens vous
donner le seul travail qui satisfasse vos vices et vos
passions... Vous aimez la bonne vie, la bonne chère, le
bon vin; je viens vous dire : voulez-vous être avec moi,
je vous donne tout ça.

— Oui! oui! oui! dit avec unanimité la jolie société.

— Pas si vite, mes fils! je suis honnête : je viens vous
proposer une affaire, débattons-en les conditions... Voici,
j'arrive au traité, je vous expose la situation... Vous
savez tous que certains produits étrangers sont soumis à
des taxes considérables qui, lorsqu'on les paye, ne
laissent que peu de gain. Je veux rétablir pour nous
l'équilibre; en un mot, je forme une grande maison de
contrebande.

Il y eut dans le grand salon un murmure approbatif.

— Monsieur — Misère désigna Martial — et moi
apportons les fonds et notre intelligence... Nous prélè-
verons donc une moitié sur le *bénef.*... cela est tout naturel et ne me paraît pas mériter discussion. Vous aurez
à partager entre vous l'autre moitié... Acceptez-vous ce
premier article?

Toute l'assistance répondit :

8

— Oui !

Le silence s'étant rétabli, Misère reprit :

— Voici pour les avantages ; mais je dois vous prévenir que si l'on gagne largement sa vie, cela n'est pas sans danger ni fatigue... vous le pensez bien.

Chacun écoutait attentivement.

— Vous gagnerez en moyenne vingt francs : c'est assez gentil, je crois... et si je voulais estimer les peaux à leur valeur, il est évident qu'on baisserait les prix.

Un gros éclat de rire attesta la justesse de la remarque de Misère.

— Vous gagnerez vingt francs en moyenne. Voici la besogne : vous travaillerez la nuit, par tous les temps ; il faut à tout prix passer la frontière ; si vous êtes surpris par les gabelous, il faut avoir la volonté d'échapper ; si vous êtes pris, il faut vous défendre... on ne doit jamais être pris.

Et, soulignant d'un geste expressif, Misère dit :

— Vous tuerez !

— Donc, voici le résumé du traité que vous signerez... moralement.

Misère tira de sa poche et lut :

« Nous nous engageons avec sang et peau à prêter notre aide pour une entreprise commerciale ayant pour but de faciliter le transport et le commerce des marchandises entre la France et les États voisins ; toute indiscrétion de la part des membres de l'association serait punie de peines graves ; et celui qui, par sa faute, serait mis à l'ombre et causerait un préjudice à ladite société, serait puni de mort... »

La Couleuvre, sortant du groupe formé par ces bandits, s'avança vers Misère et lui dit :

— Vous prenez une moitié, c'est bien, je ne réclame

pas; mais si vous veniez à nous vendre, qu'est-ce qu'on vous ferait?

Misère le regarda, haussa les épaules, et continuant à lire :

« Tous les membres, sans exception, de la présente association sont soumis aux articles du traité. »

Misère, ayant terminé, dit d'un air dédaigneux :

— La chose vous va-t-elle?

— Oui! répondirent les affiliés.

Misère, s'adressant de nouveau à ses associés :

— Vous avez encore dix jours de congé; mais que dans dix jours tout le monde soit prêt à marcher. Ce n'est que le gros œuvre de notre affaire; maintenant causons des détails.

Tout le monde se rapprocha, se disposant à écouter attentivement. Et c'était un tableau bizarre que ce groupe de gueux dans ce vieux salon féodal, au milieu de ces hauts cadres dans lesquels assistaient, immobiles, les ancêtres géants, les gentilshommes aux larges faces et aux barbes fauves... les vieux types d'honneur assistant à l'enrôlement de la bande des Loups.

Misère reprit la parole :

— Je vous demande votre consentement et vous trouve suffisamment engagés ainsi. La raison de mon peu d'exigence vous la connaissez aussi bien que moi... Je vous sais à fond : il n'en est pas un de vous qui n'ait dans son passé un coin... sombre; je sais le moyen de l'éclairer...

Il courut dans les veines de chacun un frisson, sur les faces un sourire singulier.

Misère, calme, continua :

— D'abord, je vous apporte la seule chose que vous n'avez jamais eue...

Les individus se regardèrent entre eux.

— Je vous amène sur la frontière; dès que vous passez en France, vous avez à craindre l'œil de la police et le plomb des douaniers... Vous retournez en Belgique, et là, vous passez pour les plus honnêtes gens du monde, vous mangez à la table du plus grand le pain gagné ici...

Marcassin se leva; c'était un homme positif. Il dit :

— C'est pas ça qui nous occupe... tu fais des phrases, arrivons à la chose vaie... Nous formons une société pour la contrebande...

— C'est cela, dit Martial, pris de sympathie pour le Parisien.

— Pardon! fit aussitôt Misère en se levant, tu te trompes, Marcassin. J'ai engagé des hommes à Paris... je leur ai donné à chacun cinquante francs pour se rendre ici...

— Eh bien! j'ai pas dit le contraire.

— Écoute-moi... Vous ne formez pas une société... Mais Robert et M. Claude Martial, nous sommes associés pour former une société, cette société a nom *les Loups*... et nous engageons des hommes pour notre travail...

— Mais moi, fit le Marcassin, si je risque ma peau je veux...

Les compagnons de Marcassin approuvant sa protestation, Misère l'interrompit en disant :

— A toi, comme à tous, je dis : il en est temps encore; que ceux qui ne veulent pas se mettre avec nous partent à Paris... Je vous embauche, je cherche des hommes et non des associés... Je vous l'ai dit à Paris... Tous, vous êtes sous le coup d'un mandat, ce mandat s'éteint avec moi, libre à vous de choisir...

Il y eut un silence.

Marcassin se mordait les lèvres.

— Vous avez vingt francs par jour assurés... Nous préparons les expéditions... Nous fournissons les fonds... et vous, vous passez la marchandise... Cette marchandise vendue, vous partagez les bénéfices... Mais permettez, il y a une plus grave condition : c'est que la marchandise saisie ou perdue sera prise par nous sur votre part de bénéfices.

Il y eut un murmure parmi les affiliés.

Marcassin dit :

— Avec tout ça, c'est nous qui avons le moins et qui risquons le plus. D'abord, nous risquons notre peau, et si on nous prend il est évident que les commissaires d'ici, qui sont curieux, ne manqueront pas de demander des renseignements sur nous à Paris... et alors...

— Alors, quoi?

Et Misère, se croisant les bras, se plaça devant Marcassin et lui dit :

— Tu me connais bien, toi; cependant, comme le métier est lucratif, tu ne t'es pas dit : Mais pourquoi, au lieu de prendre simplement des gens adroits, prend-il des gens comme nous?

— Non, je ne me suis pas dit ça, fit le Parisien gouailleur.

— Mon cher, c'eût été très simple cependant : il me fallait des gens qui courent autant de danger à être pris qu'à perdre la marchandise; sans cela, dans dix jours vous auriez été tous nous livrer à la douane...

Tous les loups hochèrent la tête en se regardant, semblant dire : J'en connais ici qui le feraient; il a raison.

Le lecteur a suffisamment compris le but de l'asso-

8.

ciation de la bande des Loups; nous ne nous étendrons
donc pas plus longuement sur ce sujet.

Misère et Martial partirent le soir pour Liège où ils
étaient appelés par de sérieux intérêts.

Martial, pour continuer le plan de Misère, devait au
plus tôt épouser la veuve Vandelowen. Aussi à peine
arrivé, après avoir fait la toilette singulière à laquelle
une fois déjà nous avons fait assister le lecteur. il se
rendit chez la veuve.

Martial fit son entrée chez la veuve, où il trouva nom-
breuse compagnie. La veuve, troublée à son entrée, se
leva, et à peine remise de son émotion, elle vint au-
devant de lui et, lui tendant la main, elle lui dit de sa
plus douce voix :

— Votre absence nous a paru longue, monsieur
Claude.

— Madame, j'arrive il y a une heure et je suis ici.

Un regard de remerciement fut la réponse qu'il ob-
tint.

Tous les yeux étaient fixés sur Martial et la veuve; des
regards jaloux les enveloppaient... Cinq ou six prétendants voyaient avec dépit ce gracieux accueil fait à cet
homme, un inconnu.

On n'avait cependant rien deviné; on en restait aux
suppositions. La veuve avait été d'une discrétion sans
pareille; aussi les Liégeois furent ils très étonnés, un
beau matin, d'apprendre le mariage de Mme veuve Vandelowen avec M. Martial.

Martial avait, dans les premiers temps, inquiété les
prétendants; mais on l'avait si souvent entendu parler
de Vandelowen qu'il n'avait plus bientôt été considéré
que comme un ami du mort venant consoler la femme
d'un ami. La veuve paraissait inconsolable.

Ce fut une révolution... Tout le petit commerce de Liège ne s'occupait que de cette grande nouvelle; pouvait-on comprendre ce mariage?

Mᵐᵉ Vandelowen, une femme qui paraissait si peinée; commes toutes les femmes, elle avait oublié déjà... Quelle fausseté !... quelle dissimulation !... Épouser M. Martial, un inconnu pour la ville!

Martial sachant par Misère que l'on s'occupait tant de lui et de la veuve, pressa le mariage. Enfin, le grand jour arriva.

Le matin de la cérémonie, un curieux qui aurait vu et qui aurait entendu Martial et Misère, aurait cru rêver.

Martial s'habillait tout en causant à Misère :

— Mon cher petit oncle, combien ne te dois-je pas? Quelle intelligence, quelle finesse! Grâce à toi, j'épouse une veuve riche et jolie : tu m'as refait une famille honnête, et tu m'as donné de l'honnêteté, comme si ça courait par les rues. Tu es décidément très fort, tellement fort que j'ai peur de toi; mais en famille on ne se coule pas; nous devons nous entendre pour réussir, et nous ne pouvons pas nous séparer...

Martial, après une pause, répéta en riant sur des tons variés :

— Mon oncle! mon bon oncle!... tu comprends, je répète; devant le monde, tu es mon oncle, un oncle sérieux, presque un père! Tu sais, je vais tomber dans tes bras; je vais te serrer sur mon cœur en versant des larmes... Je pourrai bien faire ça pour toi... Tu verras quel grand comédien je suis... C'est égal, dans la vie il y a des situations bien drôles; et lorsque je songe au temps écoulé...

Martial riait, mais d'un rire nerveux; sa tête s'était

penchée, et sa pensée, retournant en arrière, avait vu dans le passé... Il devint pâle.

Misère le considérait attentivement. Prenant un cigare, il se mit à fumer; après avoir tiré quelques bouffées, il s'adressa à Martial :

— Mon fils, tu deviens bête avec tes souvenirs... Il faut vivre au jour le jour; si tu penses à hier et à demain, tu vas devenir d'une tristesse sans nom, et je t'avoue que le moment est mal choisi... Tu te maries.., de la gaieté, morbleu!... Regarde-moi! est-ce que je suis triste? est-ce que je pense à l'avenir?... Amuse-toi... vis, mon bon... de la joie, encore de la joie... Si tu n'en trouves pas en toi, prends-en là-dedans...

Misère se dirigea vers une rangée respectable de bouteilles et, prenant deux verres, il y versa du madère; puis, tendant une rasade à Martial, il choqua son verre contre le sien :

— Je bois au succès, je bois à la prospérité de la maison Vandelowen et Cie et à ses commis, les Loups !

Martial vida lentement son verre; puis, regardant Misère :

— Mon oncle, dit-il, on nous attend chez M. le bourgmestre, et ce serait dommage de faire attendre une autorité si complaisante.

Les deux complices montèrent en voiture.

Le soir de ce jour, Martial était marié, et Misère, qui devait passer une quinzaine avec les nouveaux époux, occupait une chambre de la petite maison.

Ce retour était nécessaire aux lecteurs pour suivre l'action qui forme le fond de cette histoire. Nous excusant de cet écart, nous reviendrons où nous avons laissé notre sinistre héros, à Balan, dans la maison X...

et Cie, la nuit où Martial répétait d'une voix singulière :

— Un fils ! un fils !

IX

CE QUI PROUVE QUE LES LOUPS NE SE DÉVORENT PAS
ENTRE EUX

La révélation de Jean-Baptiste Aumoy, le testament
olographe contenant la déclaration de Michel d'Aumöy,
qu'il devait mourir sans postérité, avaient fait naître
dans l'âme de Martial un sentiment étrange qui lui
était inconnu et qu'il exprimait dans ces seuls mots :
un fils !

Lui, il avait un fils, il était né de lui une créature ; et
Dieu qui avait mis en son âme le sentiment de la pater-
nité, le punissait aujourd'hui de ses crimes en l'obligeant
à souffrir de ce qui devait le rendre heureux.

Le côté humain qu'il sentait sourdre en lui l'obligeait
à se taire, à laisser vivre au milieu d'un monde honnête
et avec le recpect de tous l'enfant du crime...

Et le côté indigne de sa nature le poussait à profiter
d'une situation qui lui livrait celle qui l'avait jadis
honteusement chassé et pour laquelle il ressentait
encore, à vingt ans de distance, l'amour funeste du jeune
homme.

Que faire? Il sentait se développer en lui un amour immense, inconnu aux misérables de son espèce : l'amour paternel; et cependant il s'en trouvait indigne, il discernait que sa protection seule devenait pour cet enfant une honte. Devait-il se taire! Mais alors la nature reprenait le dessus, il se souvenait de ce jour, où superbe d'audace et de défi, le bravant et l'écrasant de son mépris, Orphise lui disait :

— Dans quelques mois je serai mère, c'est pour cet enfant, entends-tu, que je ne demande pas vengeance... Sans lui, dans une heure tu serais entre les mains de la justice, et t'ayant livré, je me ferais justice moi-même, je me tuerais!... Aujourd'hui que je vois où la faute commise m'a menée, aujourd'hui que honte et remords m'envahissent, je n'ai plus qu'une chance, qu'un espoir, c'est de racheter par une vie nouvelle, et mes fautes et ton crime : Tu partiras d'ici demain.

— Jamais, avait-il répondu. Aussitôt Orphise s'était levée, froide, calme; il lui avait demandé :

— Où vas-tu?

Elle lui avait répondu :

— Veiller le malheureux que tu as tué et dire à tous, devant son corps, que tu as menti et que tu es son assassin.

Il se souvenait, qu'entendant cette menace, il était parti, rugissant et disant :

— Oh! la partie n'est pas encore gagnée... la belle... quand je risque ma peau, il faut qu'elle me rapporte... Tu ne connais pas encore Martial... j'ai vu la fortune de trop près pour partir les mains vides...

En se souvenant de cette phrase, Martial eut un mauvais sourire, il continua :

— Non, la partie n'est pas gagnée... Nous allons pren-

dre la revanche, Orphise... et cela, ajouta-t-il avec une
étrange expression, au nom de mon fils!...

On entendit une porte s'ouvrir et se fermer au rez-de-
chaussée.

— Qu'est-ce que cela? fit aussitôt Martial; la porte
du jardin... mais il n'y a pas d'expédition ce soir, toute
la douane est sur pied...

En disant ces mots, il passa dans la pièce qui servait
de magasin et de cabinet; il arrangea sa lévite, se coiffa
et attendit.

On frappa au fond de la pièce.

Martial se leva et se dirigea vers le grand casier qui
semblait ne contenir que des cartons; il tira une clé de
sa poche et ouvrit la vitrine, qui entraîna avec elle les
devantures des cartons verts chiffrés. La vitrine était
une porte donnant sur un escalier dérobé. Par cette
porte entrèrent aussitôt Marcassin et Bois-Sec, tous deux
mouillés et crottés jusqu'à l'échine.

— D'où venez-vous? demanda Martial, fermant la
porte derrière eux.

— Nous venons de livrer du tabac.

— Il n'y avait cependant pas d'expédition cette
nuit...

— Justement... c'est du tabac à notre compte.

Martial regarda fixement Marcassin et lui demanda :

— Qu'est-ce que tu veux dire?

— Oh! mon Dieu, monsieur Martial, ça ne va pas être
long... autant en finir tout de suite, est-ce pas ma vieille?
ajouta-t-il en se tournant vers Bois-Sec... Asseyez-vous,
monsieur Martial, et nous allons causer.

— Nous allons causer... répéta Martial, s'asseyant et
regardant les deux hommes de travers. Je t'écoute...

— Si vous êtes un homme juste, un vrai, ça ne sera pas long.

— Explique-toi.

Marcassin s'assit sur le comptoir, Bois-Sec se plaça près de lui, et le premier commença :

— Voyez-vous, moi, monsieur Martial, je suis un honnête homme...

Cette déclaration était si singulière que Martial releva aussitôt la tête et dit :

— Assez! Est-ce que tu viens pour plaisanter?

— Oh! pardon, monsieur Martial, faut pas avoir l'air de rire de ce que je dis. Je suis honnête, et beaucoup plus que d'autres. Vous avez fait une société superbe, avec des bénéfices étourdissants; nous étions dix... on gagnait beaucoup d'argent! Pas moins vrai qu'il y en a eu trois de tués, que trois autres tirent leur pré... Ça prouve que le travail offrait quelques petites difficultés... Ça n'a pas empêché que vous avez embauché du monde et que le travail a été diminué.

— Le travail a été augmenté au contraire.

— Oui, on a augmenté la part, mais on a supprimé le fixe.

— Pouvions-nous faire autrement? C'est justement parce que des camarades ont été pris... tués... que nous avons dû augmenter notre nombre, puisque la douane était énormément augmentée. C'était dans l'intérêt de nous tous, et nous ne pouvions plus garantir de fixe étant aussi nombreux.

— Bon, c'est très bien, tout ça; mais on partage ensemble, alors; à chaque instant celui-ci est pris et abandonne la marchandise, celui-là a été obligé de jeter tout à l'eau, l'autre a été livré... si bien que pour des imbéciles, des maîtres ou des feignants... ceux qui sont hon-

nêtes, comme nous... courageux, comme nous... servent
à engraisser les autres... C'est nous qui tirons le vin et
ce sont eux qui se grisent... Eh bien, je ne vous l'envoie
pas dire... j'en ai assez... et voilà... et lui aussi.

Martial, le menton dans sa main, regarda fixement
Marcassin. Celui-ci soutint d'abord assez bien la lueur
fauve qui s'échappait du regard, puis il détourna les
yeux, feignant de chercher sur sa manche des taches qui
n'existaient pas.

— Mon Dieu, fit avec calme Martial, je pourrais simplement t'envoyer à tes camarades, qui se chargeraient
de te répondre, nos statuts étant formels et le cas
prévu... Tu sais que nous savons faire tomber un homme
sous la balle d'un douanier?

— Oui... je connais l'histoire; vous faites brûler la
cervelle à un homme sous bois; on attend le passage
des douaniers, on tire, ils répondent au juger; comme
on est hors de portée on se sauve... et les douaniers
ramassent le cadavre du *loup*; convaincus qu'ils ont
frappé celui qui les attaquait... Je connais l'histoire;
mais on la fait aux imbéciles celle-là... et je me flatte
de ne pas être encore dans ce régiment-là...

— Cependant, fit Martial froid et sec, je ne crois pas
que le lendemain de la disparition on fasse des recherches...

— J'ai des parents ingrats...

— Et s'il me prenait la fantaisie de décharger sur
vous ce revolver...

Et en disant ces mots, Martial, toujours calme, ajus-
tait déjà Marcassin, et son doigt appuyant sur la gâchette
soulevait lentement le chien.

Bois-Sec se laissa glisser sous le comptoir.

Marcassin, blême, reculait le haut du corps, se trouvant

9

acculé, son œil était rivé sur la batterie de l'arme ; ses lèvres remuaient, mais il ne pouvait articuler un son...

— Tu vois que j'ai peu de chose à faire pour te faire prendre du service dans le régiment des... immobiles... Mais ce serait dommage, tu es intelligent ; tu as fait un coup seul.

— Oui, balbutia Marcassin tremblant en voyant que Martial jouait toujours avec le revolver.

— De combien ?

Un ballot de quatre-vingts, monsieur Martial...

— Eh bien ! je te paierai.

Marcassin exhala un long soupir de soulagement : l'arme rentrait dans son tiroir.

Bois-Sec passa le bout de sa tête au-dessus du comptoir en entendant le tintement de l'or que Martial remuait dans le tiroir.

— Asseyez-vous tous les deux, dit ce dernier, et écoutez-moi avec attention.

Échangeant un regard craintif, les deux loups obéirent. Martial reprit :

— Vous êtes des audacieux, vous... Vous avez, à vos risques et périls, tenté une expédition, c'est bien ! Elle a réussi ?

— Oui, monsieur, fit Marcassin avec rancune, oui, monsieur ; elle a réussi, notre expédition, parce que nous, nous sommes des hommes décidés, nous entreprenons une chose avec la volonté absolue de l'exécuter, nous nous y donnons sang et peau.

— Vous ne craignez rien, vous ?

Et, en disant ces mots, la main de Martial jouait avec le revolver.

L'œil de Marcassin ne le quittait pas ; Bois-Sec se préparait déjà une retraite prudente.

— Vous pensez bien, fit Marcassin, qu'un revolver à un pas, ça n'est pas la même chose... Cette nuit, les douaniers nous ont touché...

— Je crois bien! Ils m'ont pris mon mouchoir, savez-vous?

— Depuis deux jours, toute la douane est sur pied, ce qui vous montre que si vous vous étiez contenté d'exécuter nos ordres, vous n'auriez pas couru pareil danger... nous savons ce que nous commandons.

— Eh bien! justement, monsieur Martial... Mais je vous en prie, ne jouez pas avec votre machin... ça me donne des émotions.

Martial sourit et plaça le revolver un peu plus loin, mais à portée de sa main cependant.

Marcassin continua, plus calme :

— Je vous disais, monsieur Martial, que nous sommes heureux d'avoir choisi ce jour pour vous prouver que lorsqu'on veut s'en donner la peine il n'y a pas de danger, on passe... et avec ce qu'on veut... Mais si un autre avait été à notre place, savez-vous ce qu'il aurait fait?... Eh bien! voici la chose : je fais le signal; Bois-Sec jette le ballot, le cache et attend; il voit qu'on vient de son côté... Vos hommes, savez-vous ce qu'ils auraient fait?

— Ils se seraient battus...

— Alors ils se seraient fait tuer ou prendre, et le ballot avec...

— Ils se seraient sauvés... alors?..

— Oui, monsieur Martial... c'est ça même, ils se seraient sauvés; mais le ballot, les bons douaniers l'auraient emporté et auraient eu leur part de prise..

— Les loups n'y gagnent rien, à ça... ils sauvent leur peau.

— Et vous croyez ça, vous, monsieur Martial, vous, un *mariole* cependant.

— Que crois-tu donc ? interrogea le chef, les sourcils froncés.

— Je crois que l'on s'arrange avec les douaniers... On apporte des parts de prise que l'on partage après et les camarades ont pour eux... à supporter les pertes.

— Le bénéfice ne serait pas assez fort.

— Comment, pas assez fort !... Mais ça arrive tous les jours, ça, pas de mal à se donner ; on ne risque rien.

Martial réfléchit quelques minutes et, relevant la tête, il dit :

— Tu crois que ce trafic se fait ?...

— Je le crois...

— Aussi vrai que nous sommes là, monsieur Martial, ça n'est pas une chose, savez-vous ? que je voudrais être menteur pour si peu... Savez-vous qu'il me l'a dit déjà, le Parisien ?

— Et toi, comment as-tu fait pour sauver ta marchandise ?

— Moi, je me suis dit, savez-vous ? que le chien aboie et qu'il va venir, qu'il va se mettre à mes trousses... pour une fois, là, que je fais une affaire... j'ai détaché ma ceinture, sais-tu, monsieur ? et je l'ai attachée au ballot, et je me l'ai mise dans les dents, là une fois... et j'ai fait le singe, sais-tu bien ? pour gagner ma vie... je suis monté sur l'arbre, sais-tu ? et je l'ai monté aussi, mon ballot... et c'est pas du liège qu'il y avait dedans. Je l'ai attaché, sais-tu ?... et quand le douanier il a passé, mon cœur battait sur ma poitrine... Le chien a volé mon mouchoir... mais il a été dépisté et j'ai été sauvé... sais-tu ?

— Pour une fois, là ! ajouta en riant Marcassin.

Martial regardait les deux hommes et réfléchissait; il dit tout à coup :

— Combien te coûte le ballot?

— Soixante-cinq francs.

— Je vais vous donner deux cent cinquante francs.

Les deux hommes échangèrent un gai sourire.

Martiel continua :

— Mais j'ai besoin de vous pour une affaire... plus importante.

— Ah! firent anxieusement les deux amis.

— Ce que vous avez fait montre une grande énergie; mais, en même temps, cela me permet de vous dénoncer à nos loups si vous me trompiez... Je vous embauche pour moi personnellement.

. — Pourquoi faire?

— Que vous importe ! Je ne puis vous le dire. Vous n'avez pas de scrupules...

— As-tu des scrupules, toi? demanda Marcassin à Bois-Sec.

— Non ! j'ai pas des bêtises comme ça, Dieu merci !

— Mais quel genre de travail? demanda Marcassin.

— Un travail pas dangereux, mais intelligent.

— Et payé?

— D'or !

— Nous sommes à vous !

— Je vous paye d'abord votre affaire de cette nuit... C'est livré?

— Voici le bon, dit Marcassin en tendant un papier.

— Bien !

Martial fouillait dans son tiroir et prenait l'argent pour payer les deux individus, lorsqu'on frappa à la porte.

Il les paya et leur dit à voix basse :

— Vite ! vite ! partez !... à ce soir, dix heures, ici ! Et il les poussa vers le casier, dont il ouvrit la porte. Marcassin allait parler ; il lui mit la main sur la bouche en disant :

— Tais-toi ! pars vite, et à ce soir.

Marcassin obéit. Dans l'étroit escalier, il disait à son compagnon :

— Vois-tu, avec ces canailles, si on agissait selon sa nature, on serait volé. Il faut se dompter et agir comme eux... En faisant rien que le bien, nous étions frits... et maintenant nous sommes les protégés.

Le jour était tout à fait venu.

Martial avait fermé la vitrine du casier derrière les deux misérables ; il s'était aussitôt placé devant la glace, avait refait sa figure, et, lorsqu'on frappa pour la troisième fois, il alla ouvrir.

C'est Mme Bavet qui entra. Elle regarda partout en disant :

— Ah ! ben, c'est trop fort ! On aurait cru entendre des voix... et monsieur se lève.

— Qu'y a-t-il ? fit Martial de mauvaise humeur ?

— Si monsieur n'était pas si bon, ça n'arriverait pas. C'est ce mendiant d'hier soir... il a à peine attendu le jour pour revenir ennuyer monsieur.

— Fais-le monter.

Bavet descendit en maugréant :

— A recevoir des gens comme ça, on verra un jour ce qui arrivera ici...

Et voyant Aumoy qui attendait en bas, elle lui dit brusquement :

— Eh bien ! venez-vous, vous ! on vous attend.

Et elle introduisit le paysan chez Martial.

X

OU ÉTAIT LE TESTAMENT OLOGRAPHE DU COMTE D'AUMOY

Lorsque, après avoir introduit Jean-Baptiste Aumoy, sur un signe de son maître, la vieille Bavet eut fermé la porte, Martial salua de la tête son client et lui désigna un siège en face de lui. Celui-ci y prit place et, embarrassé pour entamer la conversation, il roulait sa casquette dans ses mains.

Martial feignait de ranger les derniers papiers d'une affaire qu'il venait d'étudier; il écoutait, attendant un mot du paysan. Au bout de quelques minutes, las d'attendre et repoussant les paperasses qu'il feuilletait, il releva la tête et regardant Aumoy, il dit :

— Maintenant, monsieur, je suis à vous; veuillez me dire ce qui vous amène ?

— Mais ! fit Jean-Baptiste étonné... c'est l'affaire, vous savez bien !... Vous ne me remettez peut-être pas ? C'est moi qui suis venu hier soir... et vous m'avez dit de revenir ce matin pour avoir la réponse à l'affaire que je vous proposais.

— Je vous remets parfaitement, dit froidement Martial; vous êtes Jean-Baptiste Aumoy, d'Autry.

— C'est ça même, eh bien ! alors, là ? interrogea le

paysan décontenancé par le ton indifférent de celui qu'il appelait « un malin en affaires ».

— Eh bien !... que venez-vous me demander?

— Mais, monsieur, je viens vous demander si vous voulez faire mon affaire.

— J'ai réfléchi, dit Martial du même ton, et je ne vois pas très bien le côté attaquable.

— Vous ne voyez pas le côté attaquable?...

— Voyons... replacez bien les faits.

— Voilà, monsieur, fit Aumoy découragé par l'allure et par le ton du rusé coquin, qui ne feignait l'indifférence que pour obliger Jean-Baptiste à lui dire tout ce qu'il savait pour le décider. Le moyen était bon et le but était utile, car Martial avait remarqué la veille la réserve du paysan et il voulait le rendre moins circonspect.

— Vous avez lu le testament olographe?

— La copie !...

— C'est la même chose... Je voudrais que, par la menace de le rendre public, notre tante nous donnât ce qui devrait nous revenir.

— Mais alors, elle n'aura plus rien...

— Pas tout à fait... Nous sommes pour le bon droit, mais aussi nous avons du cœur, et nous ne laisserions pas une femme dans le besoin.

— Que feriez-vous?

— Eh ben ! mais, nous rentrerions dans nos biens et nous lui ferions une petite rente.

— Mais son fils?

— Son fils !... comment, son fils?... Vous êtes bon, vous ! Est-ce qu'il est de la famille, puisque nous avons la preuve que...

— Mais jamais cette femme ne consentira à la ruine

de son enfant. Elle n'a vécu que pour lui... c'est pour se consacrer tout entière à cet enfant que, jeune encore, elle a consenti à rester veuve.

— Ta, ta, ta, fit Aumoy, le testament est clair !... et tout ça, c'est des raisons pour des femmes, mais pas pour des gens sérieux. Vous concevez que chacun aime à profiter de ce qu'il a... C'est assez malheureux pour des familles quand des gens comme ça viennent chez elles, sans qu'elles emportent encore ce qu'il y a.

La physionomie de Martial était rude, ses sourcils étaient froncés, ses dents mordaient ses lèvres et ses yeux lançaient des flammes sournoises; il répugnait à ce coquin sans foi, sans âme et sans cœur d'entendre parler ainsi de celle qu'il avait aimée; il se contenait avec peine.

Il dit d'un ton sec qui fit sursauter Jean-Baptiste :

— Voilà déjà une façon d'arriver à votre désir... Quelle est l'autre ?

— L'autre sera plus longue, mais plus droite. C'est dès demain, par de bon papier timbré, d'attaquer la validité de la succession.

— En produisant le testament ?

— Oui, monsieur... du moins, moi, je crois que ce sont les bons moyens, et je viens vous proposer la chose, à vous, parce que vous connaissez les affaires et que vous saurez mener ça, et par le bon chemin.

— Et c'est seulement à cause de cela que vous me proposez cette affaire ?

En disant ces mots, Martial regardait dans les yeux Jean-Baptiste Aumoy.

Celui-ci fut gêné, mais non embarrassé par le regard; il répondit :

— Oui, monsieur, c'est à cause de ça... Mais je ne

9.

vous connais pas, et c'est le père qui m'a dit : « Le jour
où tu voudras faire cette affaire-là, il n'y a qu'un
homme capable de réussir; vois-le; arrange-toi avec lui,
et il te fera gagner. »

— Votre père vous a dit cela? fit Martial pensif; et il
connaissait le testament ?

— Oui, monsieur.

— Ah !

Ce seul mot contenait tout une phrase; mais Jean-
Baptiste ne le vit pas; il regardait, sans oser le déranger, Martial qui semblait profondément réfléchir. Aumoy
attribuait ce recueillement au travail de pensée que
l'homme d'affaires faisait sur ce qu'il lui avait dit. Une
grande minute, ils restèrent ainsi; puis Martial releva
la tête, avança son fauteuil de la chaise de Aumoy et lui
dit :

— Peut-être vais-je accepter l'affaire...

— Ah! bien, monsieur... mais je vous dirai...

— Quoi?

— Pour les fonds nécessaires, vous savez? nous ne
sommes pas heureux... nous sommes une grande famille.

Martial dit, dans un sourire méchant :

— Dieu bénit les grandes familles.

Le paysan, riant bêtement, continua :

— Oui, c'est vrai, on dit ça... mais nous n'avons pas
eu de chance de ce côté-là; on a bien eu des enfants,
mais de la misère avec... Et pour l'argent... c'est pas
qu'on n'a pas de terre, vous savez? mais la terre, c'est
pas de l'argent...Voilà la chose, et dame! les procès ça
coûte gros...

— Oui! enfin, voici votre proposition : Faites le procès, risquez votre argent... et, si vous perdez, tant pis

pour vous... Si vous gagnez, je prends l'argent, mais je vous donnerai quelque chose.

Jean-Baptiste Aumoy n'était pas habitué à la brutalité de la logique ; il resta tout décontenancé, la bouche ouverte, l'œil baissé, et tortillant toujours sa casquette à la déchirer.

— Mais, balbutia-t-il, je suis prêt à accepter toutes les conditions.

Martial se rapprocha encore de lui, et lui dit d'un ton bref :

— Je ne vous fais pas de conditions, et je tenterai l'affaire, si elle est possible.

Le paysan le regardait étonné. Il ajouta :

— Et si je réussis, mes frais me seront remboursés ?

— Oh ! ça, bien entendu !

— Et...

— Et ?... interrogea vivement Aumoy.

— Et je laisse mes honoraires aux soins de votre générosité, dit Martial avec un air singulier que ne remarqua pas son interlocuteur.

— Alors vous acceptez ?

— J'ai dit : si elle est possible.

— Mais vous n'êtes donc pas renseigné ?

— Le testament est suffisant... oui ! mais ce testament, vous ne l'avez pas...

— C'est vrai ! fit le paysan ; puis il ajouta plus bas : Mais je sais où il est.

— Ah ! vous savez ? dit Martial qui tressaillit.

— Oui ! sans cela, pardi ! je sais bien que c'est pas avec une copie qu'on ferait rien...

— Où est ce testament ?

— Je ne puis vous le dire que si vous prenez l'engagement de faire l'affaire.

— Je prends cet engagement, mais je ne puis vous signer cela... c'est un genre d'affaire...

— Oh! interrompit Aumoy, pas besoin de papier entre nous... topez là, et ce sera convenu.

Aumoy tendit sa large main; Martial y topa en disant :

— C'est convenu!

— A la bonne heure!... Eh bien! écoutez-moi, voici tout le fond de l'affaire.

Le paysan se rapprocha encore de Martial et commença :

— D'abord, je dois vous dire qu'il n'y que moi au monde qui sache qu'il existe un testament et l'endroit où il est.

— Bien... Vous êtes certain qu'il n'y a pas d'autre copie que celle que vous avez?

— J'en suis certain.

— Comment votre père s'est-il procuré cette copie?

— Je croyais vous l'avoir dit.

— Non, répondit Martial.

— Mais il ne faut pas confondre : ce n'est pas une copie, c'est le brouillon... Et, puisque vous êtes mon homme, je puis bien vous dire tout cela.

— Je vous écoute.

— Un jour, un ami commun de mon oncle et de mon père vint chez nous; il dit au père :

— Tu devrais aller voir ton oncle; il est mal portant, et, depuis quelques jours, il y a du nouveau dans le ménage.

Mon père partit le lendemain matin. A midi, il était à Amagne, et le soir même à Nouzon. Lorsqu'il arriva chez l'oncle, il était un peu embarrassé, car d'habitude il n'était pas bien reçu... vous savez? Cadet, le jardinier, alla prévenir l'oncle, et, contrairement à ce qui avait lieu ordinairement, il fut reçu aussitôt... Et, — mon père me l'a dit souvent — l'oncle fut aimable comme tout avec lui. Il était dans sa chambre, une belle chambre, qui est toujours la même, et qu'on visitait des fois lorsqu'il allait à Paris, tant c'était riche... toute sculptée... Mon oncle était pâle, les traits tirés, les cheveux ébouriffés ; il était à son bureau entrain d'écrire...

— Le testament? demanda Martial.

— Oui, le testament, qu'il recopiait sur son brouillon... Vous savez? dam! ces choses-là, on les écrit plusieurs fois avant de les mettre au net.

— Vous avez raison.

— Il se leva, vint serrer chaleureusement la main au père, étonné de son amabilité, et comme mon père lui disait :

— Tu as l'air souffrant, et tu travailles...

Il répondit :

— Ah! mon pauvre Jean, la souffrance que j'ai n'est pas guérissable... on n'en guérit pas, on en meurt... si on n'en fait pas mourir ceux qui vous la donnent!

Mon père le regardait, étonné; il lui fit signe de s'asseoir, et regagnant sa place devant la table, il reprit la plume en disant :

— Je travaille pour vous!... Ce sera ma vengeance!

— Qu'est-ce que tu fais donc? dit mon père qui se leva pour regarder curieusement ce que l'oncle Michel écrivait, mais celui-ci tourna la page, mit sa main dessus et dit sèchement :

— Ceci ne regarde personne, Jean...

En voyant l'air de l'oncle, mon père regagna sa place... Sans dire un mot, l'oncle Michel relut les deux feuillets qu'il venait d'écrire... sur papier timbré... les glissa dans une large enveloppe, la cacheta avec un cachet qu'il portait en breloque... Mon père le regardait avec attention ; mais, comme l'oncle passait pour un original qu'il ne fallait pas contrarier, il le laissa faire son petit manège sans dire un mot. L'oncle Michel rangea ses papiers, et oubliant l'importance du brouillon qu'il venait de copier, il le chiffonna et le jeta dans la cheminée... La cheminée était pleine de feu ; le papier tomba sur les cendres qui formaient pyramide dans le fond et, comme il était en boule, il roula jusque dans un angle ; mon père l'avait vu... Si on le laissait là, il ne devait pas tarder à se dessécher, à roussir, puis à tomber, et cependant mon père ne pouvait pas donner l'éveil à l'oncle en l'allant chercher dans le foyer. L'oncle Michel rangeait toujours ses papiers... alors le père, qui voyait déjà le papier noircir, eut une idée il dit à l'oncle :

— T'as pas l'onglette, toi, là ? Il fait un froid de loup ici.

L'oncle tourna nonchalamment la tête, et, comme il vit le père toujours assis à la même place et soufflant dans ses mains, il répondit :

— Moi, j'ai la fièvre et ne sens pas le froid. Approche-toi du feu et chauffe-toi... nous allons sortir.

Mon père ne se fit pas prier ; il s'approcha du feu, tournant le dos à l'oncle et lui masquant la cheminée... naturellement, il tenait son chapeau à la main...

Avant de s'asseoir, il prit les pincettes et tisonna ; le papier, adroitement poussé, vint rouler devant le père ; il était temps, il fumait ; et alors, de l'air le plus naturel du monde, le feu étant arrangé, il approcha une chaise et s'assit en posant son chapeau par terre... sur le papier.

Pour occuper l'oncle en faisant tout ce manège, il causait.

— Nous allons sortir... Michel, où me mènes-tu?

— Je veux aller à Nouzon chercher un menuisier; j'ai un petit travail à faire faire ici ce soir.

— Ah! fit le père qui, malgré lui, pensa au papier cacheté qu'il l'avait vu glisser dans sa poche de côté; et il dit tout bas : Je crois que j'ai deviné.

Quand l'oncle fut prêt, le père ramassa son chapeau, et, avec son mouchoir qu'il mettait toujours dedans, le papier que vous avez lu hier.

— Ah! très bien, dit Martial; je m'explique la copie, mais l'original...

— J'y arrive, reprit Jean-Baptiste. Je dois d'abord vous dire tout, comme à un confesseur. Tout ça est vieilli... ça n'a plus d'importance... l'un est mort, l'autre est disparu; celle qui vit ne voit plus personne.

Martial, l'œil flamboyant, le voilant de ses mains, sur lesquelles il appuyait son front, accoudé sur ses genoux, écoutait attentif, anxieux.

Jean-Baptiste continua :

— On peut tout dire, pas vrai?... Eh bien! ce jour-là, il y avait branle-bas dans le ménage; l'oncle était jaloux, et il faut vous dire qu'ils avaient chez eux un garde, un coquin s'il en fût, qui en contait à la tante... On le disait, vous savez?...

Martial ne sourcilla pas.

— Et ce jour-là, reprit le paysan, l'oncle avait un accès de jalousie, et c'est pour ça qu'il faisait ses petites affaires. Bref, il va faire un tour avec le père; il va chez son menuisier; l'autre lui donne rendez-vous pour le soir au château de Nouzon. A l'heure dite, il se trouvait dans le jardin; seul et libre, il prit le moyen le

plus simple, l'échelle du jardinier, qu'il appliqua sur la
fenêtre de la chambre de l'oncle ; il y grimpa et vit à
travers les vitraux de couleur le menuisier qui sciait le
panneau qui se trouve derrière la tête du lit...

— Derrière la tête du lit, répéta Martial en relevant
la tête.

— Voici la chose, et voici mes conditions, monsieur :
le testament est là ; il faut le prendre et le faire exécuter. Si nous réussissons, monsieur Martial, nous parta-
gerons... Ça vous va-t-il?

— Oui, répondit ce dernier en topant pour la seconde
fois dans la main que lui tendait Jean-Baptiste Aumoy.

Il est bien évident que si Jean-Baptiste avait attentivement observé Martial, il aurait tremblé pour son affaire.

L'aveu que l'ancien garde venait d'entendre l'avait
bouleversé ; il avait hâte d'être seul. Et quand Aumoy
lui dit :

— C'est entendu?

Il répondit :

— C'est entendu !

— Et qu'ai-je à faire, moi personnellement, pour
hâter la chose?

— Vous, dit Martial, vous n'avez qu'à vous taire, à ne
raconter à qui que ce soit ce que vous venez de me dire.
Rentrez chez vous, je vous écrirai, l'heure venue.

— Mais vous croyez l'affaire possible?

Martial se plaça devant le paysan et lui dit :

— J'en suis sûr !

— A la bonne heure, au moins! fit joyeusement Jean-
Baptiste ; avec vous, les affaires vont rondement. Mais
qu'avez-vous? demanda-t-il voyant Martial s'agiter im-
patiemment.

— Rien... J'ai hâte que vous soyez parti... Je crains que vous ne soyez vu ici.

— Que voulez-vous que ça fasse?

— Des bavardages qu'il faut éviter.

— Comme je me fie entièrement à vous, je n'ai rien à dire; je me retire. Au revoir, et j'attends de vos nouvelles.

— C'est cela.

Le paysan se retirait, lorsque tout à coup, Martial lui cria :

— Attendez encore...

Celui-ci avait déjà ouvert la porte; il obéit à l'appel de son *homme d'affaires*, et revint docile près de lui.

— Vous êtes bien certain de ce que vous m'avez dit? Ce testament est toujours là?

— Toujours.

— Comment vous en êtes-vous assuré?

— Ce n'est pas moi, c'est le père... Le jour de l'enterrement, on montait dans la chambre; il a aidé à mettre notre parent dans la bière. Alors, sous prétexte d'être plus à l'aise pour enlever le corps, il a tiré le lit.

— Ah!.. et? demanda Martial qu'un frisson parcourut à l'évocation de ce souvenir.

— Et il a regardé le panneau; il était absolument dans l'état, les angles poussiéreux; on ne l'avait pas ouvert depuis le fameux jour.

— Mais la veuve a pu faire réparer la chambre, et alors la cachette aura été ouverte.

— Nenni!... Vous ne savez donc pas que la veuve a simplement fermé les portes et qu'elle n'occupe que l'autre pavillon. Depuis la mort de notre oncle, personne, paraît-il, n'a mis les pieds dans ses appartements.

— Vous êtes certain de cela?

— Absolument... Jamais les volets même n'ont été ouverts, de ce côté du château, depuis vingt ans.

Martial resta quelques minutes pensif, les bras croisés, le menton dans ses mains; enfin, il releva la tête et dit :

— J'ai besoin que vous me laissiez ce brouillon...

— Pourquoi faire? fit le paysan méfiant.

— Mais pour me souvenir de ce qu'il contient.

— Ah! c'est ça! attendez!...

Aumoy s'approcha de la fenêtre. Il fouilla dans son portefeuille crasseux et tira d'une poche un papier blanc, copié, sans rature, sur papier réglé; ce que l'on appelle, dans les écoles, l'écriture appliquée.

Martial sourit de la défiance du paysan, qui ne voulait pas lui confier l'autographe. Il relut le papier, le plia soigneusement et le mit dans sa poche en disant :

— C'est bien cela... Je vais étudier la chose, et je vous informerai à l'heure utile... Au revoir!

Il ouvrit la porte de l'escalier et appela Bavet; celle-ci étant montée, il lui dit de reconduire Aumoy et de venir le trouver aussitôt. Dès qu'Aumoy fut sorti, la vieille reparut.

— Vous avez besoin de moi, monsieur? demanda-t-elle.

— Oui... Tu as vu cet homme?

— Oui, monsieur.

— Quel que soit le jour, l'heure... lorsqu'il se présentera, tu lui diras que je n'y suis pas!

Bavet fit une grimace; c'était sa manière de sourire, et elle répondit :

— Ah! vous pouvez compter sur moi, notre monsieur!... Je me disais aussi comment monsieur peut-il recevoir, par la grande porte, des gens comme ça?...

Et Bavet sortit pendant que Martial s'assit devant son bureau, s'accouda et plongea sa tête dans ses mains.

XI

CE QUI DÉMONTRE LE DANGER DE TROP BOIRE

Sedan est une ville gaie, et le triste souvenir qui s'y rattache s'amoindrit lorsque l'on voit debout sur la grande place la statue de Turenne.

L'avenir, espérons-le, effacera tout à fait la date fatale... et son ancienne allure reviendra, ses beaux quartiers, ses grandes rues propres revivront bientôt.

La nuit, la grande ombre de Turenne pourra revenir dormir sur les canons français de la vieille citadelle.

Le soir du jour où Aumoy traitait avec Martial, un homme, que nos lecteurs connaissent, traversait la ville de Sedan et s'engageait dans le Fond-de-Givone ; après avoir vainement cherché une maison qu'il ne trouvait pas, il entra dans une boutique et demanda :

— Pardon, monsieur, connaissez-vous près d'ici une femme nommée Lison Bédar ?

— Lison Bédar... c'est la Fraîchotte...

— C'est ça même, Fraîchotte.

— Monsieur, c'est la maison à côté... chez la Coq-Blanc... cette masure qui n'a qu'un étage.

— Merci, monsieur, dit l'homme, qui se rendit à la maison indiquée.

L'homme, c'était l'ancien associé de Martial, Robert, dit Misère.

Fraîchotte demeurait à Sedan dans une petite maison qui n'avait que deux locataires, elle et la vieille Coq-Blanc.

Fraîchotte était dans la chambre donnant sur l'escalier; sa porte ouverte laissait voir des meubles simples, mais d'une grande propreté : une table, des chaises, une armoire en chêne, un buffet-dressoir.

Dans la cheminée flambait joyeusement un feu vif, éclairant de tons chauds les cuivres pendus au mur.

Fraîchotte était devenue une femme splendide; mais au lieu du rire joyeux qui se jouait sur sa figure, le visage était triste et soucieux.

Elle tournait le dos à la porte; son regard était fixe; elle pensait.

Fraîchotte fut tirée de sa méditation par le craquement des marches et par les accents d'une voix rude...

— Bonjour, comment vas-tu?

Misère entra dans la chambre et tendit la main à la jeune femme; Fraîchotte le regarda avec des yeux mouillés de larmes.

— Eh bien! quoi, en pleurs, on a du chagrin; allons, conte-moi les peines, ma fille, et je tâcherai de les guérir.

Fraîchotte restait silencieuse.

— Décidément, c'est sérieux; où donc est Martial? On le trouve ici d'habitude; comment se fait-il qu'on ne le voie pas?

Fraîchotte ne sut entendre davantage : saisissant à poignée ses beaux cheveux et hoquetante de sanglots, elle dit :

— Ah! si vous saviez comme je suis malheureuse! puis, suffoquée, elle fut quelques instants sans pouvoir parler.

Misère la considérait et attendait.

— Martial ne m'aime plus, il me laisse, il m'abandonne : ce ne sont plus les mêmes baisers, et cependant il est libre maintenant; mais il a un amour qui lui tient au cœur. — Sa femme est morte; il peut être tout à moi... il ne veut plus de moi... il me chasse de sa présence... il en aime une autre... mais je me vengerai.

Misère prit les mains de Fraîchotte et, l'attirant vers lui, plongeant ses yeux dans ceux de la jeune femme, il lui dit :

— Tu sais quelque chose, parle, et, en te confiant à moi, je pourrai t'aider dans la vengeance, je te le jure... Seulement, ma fille, j'ai faim, mangeons, et, tout en déjeunant nous causerons.

Fraîchotte eut bientôt préparé le repas; alors Misère, s'étant assis et ayant forcé sa compagne à se mettre à table, entama le déjeuner et causant la bouche moitié pleine :

— Voyons, ma fille, sois franche, ne me cache rien, et je te promets que Martial ne te sera plus infidèle.

— Oh! dit Fraîchotte d'une voix singulière, il faut que je me venge.

Le silence se fit; Fraîchotte avait les yeux mouillés de larmes; Misère observait et cherchait de quelle façon renouveler l'attaque, et, versant à boire à sa compagne, il la forçait à vider son verre.

Peu à peu l'œil de la fille s'illumina.

Misère rit et lui dit :

— Eh bien ! ça va mieux maintenant ?

— Oui, ce que vous m'avez dit me fait du bien.

— Alors causons.

— Oui, car il faut que je me venge !

Misère comprit qu'il n'avait plus qu'à écouter ; aussi se mit-il à fumer, le menton appuyé sur ses deux mains et les yeux fixés sur ceux de Fraîchotte.

Celle-ci étrillait de ses ongles ses cheveux en grommelant tous bas... Puis tout à coup, relevant la tête qu'elle secoua comme une lionne, pour rejeter la crinière qui inondait son front et regardant franchement Misère, elle lui dit :

— Vous me jurez de m'aider ?

— Oui !

— Eh bien ! écoutez ; il y a vingt ans qu'un secret terrible m'oppresse et me brise la poitrine et la tête en me faisant complice d'un crime... d'un crime horrible, accompli avec une habileté si grande que pas un soupçon ne s'éleva, on crut à un accident... seule, moi, j'aurais pu faire connaître la vérité, car j'avais vu...

Fraîchotte avait les yeux fixes et semblait de ses mains chasser une vision terrible.

— Je n'ai pas osé parler... la figure farouche de l'assassin me fit peur ; et, par crainte, enfant de dix ans, j'ai gardé le secret que le hasard m'avait livré.

Fraîchotte raconta alors l'assassinat commis par Caulot :

— Puis, quelques années plus tard, j'ai aimé cet homme ; mais alors l'amour me conseilla comme la crainte : j'ai dû me taire ; je n'ai rien dit.

Misère remplit le verre de Fraîchotte plusieurs fois pendant son récit ; aussi son animation allait-elle croissante.

La jeune femme cachait sa tête dans ses mains. Après quelques instants de silence, elle dit en regardant Misère :

— Ça n'est pas tout. Martial a épousé une riche veuve ; vous le savez, le testament avait été fait en faveur du dernier vivant. L'arrêt de mort de la malheureuse était donc signé... Personne, pas même vous, monsieur Misère, n'a deviné le crime ; on a cru à un accident. Mais moi, j'ai vu et je puis parler...

Ah ! Martial, vous avez cru que moi qui vous aimais d'un amour farouche, sans partage, vous pouviez me quitter... Vous trouvant riche, vous ne voulez plus de la ribaude, de la fille de pègre ; vous me chassez, vous me jetez à la rue, et vous croyez que tout est dit... mais attendez... votre réveil sera terrible.

Misère, le cou tendu, les yeux avidement fixés sur les lèvres de Fraîchotte, semblait sucer ses paroles. Il allait pouvoir perdre Martial.

Fraîchotte, brisée, la poitrine soulevée par une respiration précipitée, était vraiment belle d'une beauté farouche. Ses yeux étaient pleins de haine ; sa bouche, crispée et contractée, semblait savourer la vengeance ; son souffle, comme une flamme, la brûlait ; elle fut obligée de s'arrêter. Après quelques secondes, elle reprit :

— Oui, là encore, un crime a été commis ; mais qui pourrait soupçonner le coupable ?... Que de larmes, quel désespoir ! Pour tout le monde Martial est un homme adorant sa femme. Il est tout à sa douleur, ne s'occupant plus d'affaires... laissant là ses intérêts ; aussi on vient le consoler, on lui serre les mains en lui disant de bonnes paroles, et c'est un assassin !

— On étouffe, ici, dit Misère.

— Oui, dit Fraîchotte, j'ai soif...

— Eh bien ; mais on peut envoyer en bas chercher de quoi boire...

— Il y en a ici.

Lison dite Fraîchotte se leva et rapporta deux bouteilles ; puis se plaçant devant Robert, elle lui dit brusquement :

— Tenez, je n'y vais pas par quatre chemins ; je sais que vous êtes maintenant l'ennemi de Martial. Je sais que vous avez été joué par lui et que vous voulez vous venger de lui ? Si je reste froide, l'amour que j'ai là revivra... et je me tairai. Mais si je me mets la tête à l'envers, je parlerai. Faites-moi parler, ajouta-t-elle en tendant son verre, car je n'ai pas tout dit.

Misère remplit son verre et la regarda fixement, Fraîchotte était encore très belle ; elle avait environ trente-trois ans et n'en paraissait pas plus de vingt-cinq.

C'était une grande et forte fille ; ses cheveux, roux au soleil, étaient bruns à la pluie. Elle avait le teint chaud des filles du Midi ; ses yeux était verts, ses cils étaient bruns et longs, si longs que, jetant l'ombre sur les yeux, ils les faisaient paraître noirs ; son nez, fin et busqué, était un peu long ; sa bouche hardiment dessinée, était épaisse et comme mendiant le baiser ; ses cheveux tombaient en grosses masses lourdes encadrant ses joues à fossettes et cachant ses oreilles un peu grosses.

En somme, c'était une beauté ; mais Misère ne s'en aperçut pas, il cherchait autre chose en elle.

Elle avait chaud, la grande fille ; elle but tant qu'à la fin sa langue alla vite... C'était ce que voulait Misère ; tout à coup elle lui demanda :

— Ah ça ! pourquoi diable êtes-vous venu ici ?

— Pour la raison la plus simple du monde, fit Misère en trinquant ; j'aime les gens qui aiment bien... et qui ne pardonnent pas qu'on les trompe. Et puis, ajouta-t-il en riant, vous n'êtes pas d'une société désagréable.

— Mais on le dit ! et Fraîchotte continua d'une voix sombre : Il n'y a que cet imbécile qui ne veut plus me recevoir... Vous êtes Parisien, vous ?

— Oui !

— Pourquoi êtes-vous venu dans nos pays ?

— Et vous le savez bien, pour faire l'affaire avec lui...

— Et il vous a trompé... il trompe tout le monde. C'est une canaille, n'est-ce pas ? Mais je m'en vengerai... Oh ! oui, je m'en vengerai... Oh ! je suis assez forte pour m'arracher ce que j'ai dans le cœur ; mais je m'en vengerai..

— Et c'est justement pour cela que je viens vous voir.

— Oui, vous m'aiderez à me venger, n'est-ce pas ? D'abord, vous m'allez, vous ?

— Pourquoi ?

— Voilà une heure que nous sommes ensemble... et vous ne m'avez seulement pas dit que j'étais jolie.

Et, en disant cela, Fraîchotte accoudée regardait Misère, qui ne put s'empêcher de rire.

— Tout le monde vous le dit ; c'était bête comme tout.

— Ça ne fait rien, c'est toujours agréable à entendre.

— Mais je n'irai pas vous faire la cour, sachant que vous mourez d'amour pour Martial. .

— Oui, je l'aime...

10

Et la Fraîchotte resta quelques moments pensive, le front plissé, l'œil fixe ; puis elle ajouta tout bas :

— Il ne m'aime plus!... Elle n'était pas belle, cependant cette Pauline...

— Il l'aimait, il l'aimait... On dit ça!

— Oh! je le sais, moi... moi qui l'ai vu le jour où il l'a tué...

L'œil de Misère lança des éclairs, il emplit le verre de la malheureuse, elle le vida d'un trait.

L'ancien mouton, le regard rivé sur elle, revenait à son ancien métier ; il cherchait à la faire parler, il essayait de lire dans la boue de cette âme.

C'était une fille franche que cette bohême des champs : elle ne cachait rien, elle était prête à tout dire ; elle souffrait, elle avait besoin de se confesser. Misère le comprit.

Fraîchotte devenait rêveuse. Il la laissa, attendant l'instant où elle aurait elle-même besoin de se débarrasser de ses rêves. Ce moment ne se fit pas attendre. Bientôt elle se redressa, secoua la tête comme pour en chasser sa tristesse, repoussa ses cheveux de ses mains, et s'accoudant les deux bras sur le table, le menton dans les paumes des mains, elle regarda fixement Misère.

— Vous l'aimez bien, votre Martial! fit celui-ci, remettant toujours le couteau dans la plaie.

— Oui! dit-elle.

— Il n'est pas beau, cependant.

— Il est beau quand il veut l'être, quand il ne se grime pas... Et puis, est-ce que je m'occupe de sa beauté?

— C'est vrai... mais il est bon... doux ?

— Non!

— Il vous aime?

— Non!

— Comment!... Il est âgé enfin; il ne vous aime pas...
et vous l'aimez?

— Oui!

— Je n'y comprends plus rien.

Fraîchotte prit son verre, le vida d'un trait, et après
s'être essuyé la bouche avec sa manche, l'œil un peu
vague, elle dit, sans s'apercevoir qu'elle tutoyait son
interlocuteur :

— Ça t'étonne ça?... Eh bien! voulez-vous que je te
dise pourquoi j'aime cet homme-là?

— Oui!

— Ecoute, alors...

Elle semblait furieuse, la Fraîchotte, et ses mains allaient sans cesse arracher sa chevelure. Son peigne
tomba; alors, ramenant ses cheveux dénoués sur une
épaule, s'enfonçant dans le fauteuil, à moitié grise,
l'œil sans regard, les lèvres pendantes, hideusement
belle enfin, elle dit hautement :

— Connais-tu Martial, toi?

Misère ne répondit pas, observant dans ses moindres
détails la physionomie de la pauvre fille.

Elle reprit, se figurant qu'il avait répondu négative-
ment :

— Martial, c'est un grand gaillard, bâti en fer... qui
a des yeux méchants, mais chauds; une bouche serrée,
mais dont les lèvres sont lourdes quand elle rit. Toutes
les femmes disent qu'il fait peur... eh bien! moi, je le
trouve beau. Lorsque je l'ai vu la première fois, vous
savez? sur la route... ah! que j'avais peur!... Je l'ai re-
vu après, je l'ai reconnu, j'ai eu peur, mais j'étais attirée
vers lui. Il y a sept ou huit ans... est-ce que je sais,

moi... Ils étaient alors au moins vingt jeunes gens, tous
gentils, charmants autour de moi... Aux fêtes de La
Grandville, de Rogissart, de Neufmanil, ils étaient tous
autour de moi, galants, me demandant toujours, ne se
lassant pas en voyant que je n'accordais rien... et ça
brûlait là... allez !

Et Fraîchotte montrait sa poitrine.

— Un soir, *monsieur*, — c'est comme ça que nous l'ap-
pelions, — se trouvait dans le bal; il vint à moi et il
me dit qu'il m'aimait; j'éclatai de rire à son nez. Ses
yeux furent terribles. Si tu savais comme ils parlent,
ses yeux !... Je prenais le bras d'un des jeunes gens qui
m'entouraient, ils les regarda les uns après les autres;
et puis, il se tourna vers moi, et de sa belle bouche il
dit avec mépris :

— Et c'est ça que vous aimez?

— Je n'osais pas dire : Oui! parce que de tous ceux
dont il disait ça pas un ne broncha. C'était à La Grandville... Cons-la-Grandville, vous savez bien. Je suis d'Issancourt, moi, il fallait me reconduire ; tous les gars
m'offrirent leur bras... Je refusai... car j'avais vu qu'ils
étaient des lâches.. Je partis seule. Je n'avais pas fait
vingt pas sur la route, avant le petit bois, qu'un homme
se dressa devant moi... C'était Martial.

« Fraîchotte, qu'il me dit c'est à moi que tu vas donner le bras.

Je refusai, il me le prit... Je criai, il me mit la main
sur la bouche... Il me serrait dans ses bras à m'étouffer,
et, quand tremblante, épouvantée, je croyais qu'il allait
m'assassiner... dans ce même bois, où petite... il me
dit d'une voix qui est encore dans mes oreilles :

— Fraîchotte, je t'aime! Ça me court le sang comme
un frisson quand j'y pense...

Et la Fraîchotte frissonna, puis écartant ses cheveux, et montrant en souriant ses dents fines comme des dents de rat, elle demanda :

— Est-ce pas que je suis belle encore?

— Belle à m'en faire rougir! fit Misère, étonné.

— Eh bien! il m'a chassée en me frappant comme les chiens.

— Mais vous devez le haïr?

— Pourquoi?...

— Un homme qui vous bat...

— Je crois que c'est pour ça que je l'aime...

Misère étourdi de la réponse, dit :

— Mais, c'est un monstre!

— Eh non! fit la fille, emplissant son verre... C'est un tigre, et j'aime ça, moi...

— Vous aimez ça, vous?

— Oui, quand ça veut, ça tue on se fait tuer...

— Mais vous m'épouvantez, ma pauvre Lison...

— Que t'es bête!... je l'ai aimé... mais maintenant. oh! je le hais!

Misère était atterré, la Fraîchotte était heureuse au contraire; debout, s'appuyant sur la table, elle se pencha à l'oreille du misérable et dit :

— Mon petit, je suis grise... moi le vin me rend franche... Voulez-vous que je vous dise... Martial m'a chassée parce que je sais trop de choses... mais il m'aimait, allez... et j'en parierais ma tête, vois-tu.

Et, parlant plus bas, les lèvres sur l'oreille de Misère et se soutenant sur son épaule, elle râla plutôt qu'elle ne dit :

— Je le sais bien, moi, que c'est lui... qui a assassiné sa femme.

Quelques minutes, l'ancien mouton resta abasourdi de

10.

ce qu'il venait d'entendre. Fraichotte se laissa tomber sur une chaise en disant :

— J'étouffe ici... j'ai soif!

— Voyons, Lison... il ne faut plus boire... Vous avez chaud, il fait nuit, nous pouvons sortir faire un tour...

— Moi, vous savez, ça m'arrive des fois de boire ; comme ça, j'oublie quand j'ai bu... ça me rend joyeuse... ça me fait chanter...

— Eh bien! si vous voulez, Lison, allons ensemble faire un tour... vous chanterez... Voulez-vous de moi pour cavalier?

— Oh! oui là!... Toi, t'es pas brûlant; je me fie à toi et je te conterai des histoires...

— C'est ça.

Misère n'avait plus qu'un but : éloigner Fraichotte de la table; elle était dans l'état nécessaire pour tout dire; en allant plus loin elle eût été malade.

— Eh bien! partons, fit-il.

— Allons-y; seulement, je vous préviens, faudra me soutenir un peu; ça va se remettre... mais je suis dans les nuages...

Toute échevelée, se tenant à peine, Fraichotte sortit. Il était près de dix heures, c'est-à-dire pleine nuit. Une fois dehors, comme elle respira une grande minute, Misère lui dit !

— Eh bien ! ça va-t-il mieux?

— Oui, donnez-moi le bras...

Elle prit le bras de son compagnon et ils se dirigèrent vers les champs déserts qui avoisinent le château. Le chemin qu'ils suivaient était enfoncé comme une immense ornière bordée de chaque côté de haies vives... L'air vif remit un peu Lison la Fraichotte, et, avec la raison, la haine revint plus forte, car elle dit :

— Aujourd'hui, je hais Martial... C'est une haine mor-
telle; il me faut sa vie... Je le sais et j'ai des preuves.

— Des preuves? demanda Misère.

— Oui, des preuves que j'ai entre les mains et qu'à
l'heure venue je livrerai à la justice...

— Quelles preuves?

— Je ne veux pas le dire!...

Ces mots furent dits d'un ton qui ne souffrait pas de
réplique. Ils marchèrent encore quelques minutes, puis
Fraîchotte dit :

— Oh! j'en peux plus, ramenez-moi...

Ils retournèrent; mais Lison, lasse, voulut s'asseoir.
Misère la conduisit vers une borne; elle resta assise,
accoudée la tête dans ses mains; puis, se dressant, elle
dit comme une folle :

— Laissez-moi, monsieur Robert... Je veux rentrer
seule... laissez-moi...

Et, tout d'un coup, elle se mit à courir vers la ville.
Étonné d'abord, Misère se remit et, haussant les épaules,
il dit :

— J'en sais maintenant plus qu'il n'en faut pour m'en
débarrasser... et il faudra que j'aie ces preuves...

Misère entendit la voix de Fraîchotte qui chantait :

> En regrettant le temps passé
> Comme une frileuse hirondelle
> D'hiver sentant le vent glacé,
> Lison voudrait rentrer chez elle...
> Son âme chante le bonheur
> Et sa tête vers vous s'incline...
> Elle a de l'oubli plein son cœur
> Et de l'amour plein sa poitrine.

Encore une fois, Misère haussa les épaules en disant :

— Elle est folle de lui à en mourir.

XII

UNE RENCONTRE D'AMOUREUX

Fraîchotte, après avoir couru quelques minutes, s'était arrêtée; puis, n'ayant plus connaissance de ce qu'elle était, cherchant vainement à se rendre compte de l'endroit où elle se trouvait, elle éclata de rire; et marchant devant elle, c'est-à-dire longeant les maisons qui se trouvent au pied du château, elle se mit à chanter.

Voyant un homme se diriger de son côté, elle se rangea dans l'ombre.

L'homme passait éclairé par la lueur d'un réverbère. Fraîchotte le reconnut et jeta un cri.

C'était Martial... Elle avança bravement vers lui, rendue audacieuse par les fumées du vin qui lui montaient au cerveau; et, croisant les bras, elle se plaça devant Martial, qui recula en la reconnaissant. Fraîchotte n'était pas une petite maîtresse; elle dit tranquillement:

— Ah! te voilà. toi... Je suis contente de te trouver...

— Que fais-tu ici à cette heure? demanda Martial, visiblement ému de la rencontre.

— Je te cherchais! dit impudemment Lison.

— Ici? fit l'ancien garde en haussant les épaules. Et

que me veux-tu ? ajouta-t-il, s'apercevant de l'état dans lequel était la malheureuse.

— Ce que je veux, tu le sais bien... Je veux que tu reviennes à moi.

— Toujours la même chose... Tu seras donc pendue à moi toute ma vie, comme un boulet ?

— Mais enfin qu'est-ce que je t'ai fait pour me repousser comme ça ?... Quand tout le monde te méprise, je t'aime...

— Tu me lasses, tu m'ennuies, tu me fatigues...

— Écoute, Claude, quoi que tu fasses, tu ne me quitteras que le jour où je le voudrai. Nous sommes toujours ensemble, entends-tu ?

— Tu es folle !

— Non, c'est ainsi... Tu avais une femme ; tu ne l'as plus aimée, et tu l'as... elle est morte.

— Que dis-tu là ? dit aussitôt Martial, jetant autour de lui un regard.

— Je dis que je veux que tu m'aimes ; je veux que tu reviennes à moi...

Et, s'approchant de lui, elle dit plus bas :

— Tu sais que j'ai le cerveau chaud... eh bien ! je pourrais avoir la langue longue...

— En voilà assez, Fraîchotte. Tu sais le cas que je fais de tes menaces...

— Je ne les exécutais pas quand je t'aimais, et si tu ne veux plus de moi, je te haïrai autant que je t'aime...

— Fraîchotte, prends garde... le chemin est noir... nous sommes seuls... tu vas te faire une mauvaise affaire.

— Avec toi ! allons donc !... fit crânement la Lison avec l'insouciance que donne l'ivresse ; tu es trop lâche pour me toucher.

— Va-t'en vite chez toi !

— Non, je ne veux pas rentrer ce soir...

Martial se mordait les lèvres; les poings fermés, il se contenait... Il chercha à continuer sa route pour éviter une colère qu'il sentait sourdre en lui, et dit :

— Va où tu voudras... mais laisse-moi.

Fraîchotte obstinée se plaça devant lui en disant :

— Non, je ne te quitterai pas; je veux partir avec toi... Oh ! je ne suis pas ta femme, moi, je serai dure à assassiner...

— Que dis-tu là ? fit Martial d'une voix menaçante Et, saisissant le bras de la triste créature, il la traîna sur le côté du chemin.

— Je dis, répéta, avec l'obstination de l'ivrogne, la malheureuse, je dis que si tu veux revenir avec moi, je ne dirai pas ce que je sais...

— Tu ne sais rien...

— Lui... là-bas, il y a longtemps... et elle, Pauline... et je sais où dire ça demain...

— Demain, tu ne pourras rien dire... la belle... Et saisissant la fille à la gorge, il leva le poing; mais Fraîchotte évita le coup; elle le saisit à son tour, et de son poing vigoureux, elle lui martelait la poitrine; elle se battait des ongles, des dents, en râlant :

— Tu ne m'assassineras pas comme les autres, moi !

— Tu en sais trop et il faut que tu finisses !

Et on entendait dans la nuit le bruit sourd des coups de poing, les respirations haletantes, des injures, mais pas une plainte... C'est que c'était une luronne que Lison la Fraîchotte.

La lutte ne pouvait longtemps durer; la jeune femme sentit qu'elle allait être vaincue, ses forces s'épuisaient. Elle voulut crier, mais elle sentit la main de Martial comme un bâillon sur sa bouche. Elle se trouvait dans l'angle de la porte d'une maison en construction ; en se débattant, la porte céda, et elle tomba. Martial allait se précipiter sur elle ; plus rapide, elle rampa dans l'ombre d'un couloir. Martial tomba. Profitant de cette minute de répit, ne voyant pas où elle était, elle se guida de ses mains, et sentant un escalier sans rampe, elle grimpa. Crier, c'était renseigner son assassin sur l'endroit où elle se trouvait ; elle se tut, résolue à se sauver par son adresse.

Martial, étourdi et surpris de sa chute, se redressa à la lueur du réverbère dont les rayons entraient par la porte béante ; il entra dans l'allée et se lança sur les traces de la Fraichotte, disant tout bas :

— Elle en sait trop... et maintenant si elle sort d'ici, je suis perdu.

— Se sentant poursuivie, la malheureuse fille monta les deux étages ; là, elle se trouvait dans un endroit sans issue. Elle entendait les pas du bandit qui la poursuivait ; elle sentait bien que c'était sa vie qu'il fallait défendre : les cris étaient inutiles. Elle était sans armes, lasse, dégrisée, il est vrai ; immanquablement, elle serait vaincue.

Levant les yeux au ciel, — l'éternelle ressource de ceux qui n'ont plus d'espoir, — elle vit une lucarne ouverte ; elle n'hésita pas.

Il est évident que le danger double les forces ; elle s'enleva sur ses poignets et se trouva sur le toit ; il était temps, car elle entendit sacrer un juron qui fut suivi de :

— Oh ! je la tuerai, va !

Un froid lui courut les moelles, mais son courage se doubla ; elle courut à quatre pattes sur le toit d'ardoise, glissant à chaque pas; vingt fois, elle manqua de tomber.

Par une autre lucarne, à deux pas d'elle, elle vit surgir son assassin; elle se jeta dans l'ombre d'une cheminée, immobile, muette, retenant sa respiration haletante.

Martial, pieds nus, rampait sur le toit, allant et venant, cherchant; il avait un couteau dans les dents dont elle voyait les scintillements sous les rayons de la lune.

Comment faire? Cependant; il fallait se hâter, d'une minute à l'autre, la malheureuse allait être prise par celui qui la cherchait. Elle regarda autour d'elle, recherche suprême d'un moyen de salut.

A l'endroit où elle se trouvait, le toit était presque droit; mais plus bas, pour éviter la mansarde, le dessin se brisait et devenait à pente rapide; du côté où elle était, la maison donnait sur un jardin et les branches feuillues d'un arbre couvraient les dernières ardoises et la gouttière.

Penser à se sauver par là eût été pure folie; Fraichotte chercha d'un autre côté. Rien! quelques mètres plus loin, une autre lucarne s'ouvrait; si elle pouvait l'atteindre...

Martial tournait déjà autour des cheminées, cherchant sa proie; il n'y avait pas à hésiter... c'était la dernière chance de salut, il fallait la tenter. Le front fumant de sueur, la poitrine haletante, les mains déchirées, sanglantes, Fraichotte se coucha et, rampant, elle se dirigea vers la lucarne. Un faux pas, c'était la chute, la mort. . Elle y était presque, un craquement d'ardoises se fit entendre, qui attira vers elle l'attention de Martial.

— Cette fois, dit-il d'une voix sourde, je te tiens...

Étant pieds nus, il agissait plus librement; il courut sur le toit.

C'était fini!... Toute résistance était impossible. épuisée par la fatigue et l'émotion, découragée... vaincue enfin, il ne restait que le choix de la mort : être prise et assassinée ou se briser le crâne sur les dalles de la cour... C'est la mort à laquelle s'abandonnait Fraîchotte... Elle regarda une dernière fois le ciel où elle ne cherchait d'espoir qu'à la dernière heure... le ciel où était celui qu'elle avait outragé par sa vie de honte... et la pécheresse demanda : grâce!... faisant en une seconde le vœu de changer de vie, de racheter le passé par une conduite exemplaire, si Dieu qu'elle avait méconnu la sauvait.

Martial s'avança vers elle; son bras s'étendait...

Fraîchotte se retira de la pente douce à la pente presque droite, et, fermant les yeux, elle se laissa glisser.

Martial se redressa épouvanté; il entendit la gouttière de zinc qui s'effondrait sous son poids.

Lison la Fraîchotte avait fait le sacrifice de sa vie en se laissant glisser... La dernière minute lui sembla longue. A la seconde suprême, tout ce qui nous fut cher repasse devant nos yeux... C'est un grand tableau qui se montre à nos regards, où notre vie s'étale tout entière avec ses joies, ses douleurs et ses misères.

La pauvre Champie se voyait courant pieds nus sur la route et donnant le bonjour aux voyageurs de la diligence pour avoir un sou... Elle se voyait, la pauvrette, sans famille, le soir, à la sortie de l'école, allant apprendre la couture... Au temps des récoltes, elle se voyait

11

par tous les temps se levant à l'aube et travaillant aux
champs jusqu'au soir... puis, jeune fille, placée chez
des bourgeois comme servante, elle revoyait la scène
terrible où le destin l'avait placée sur la route de cet
homme pour lequel elle allait mourir... Elle revoyait le
village, le bal de la fête... puis le jour où Martial,
devenu son maître et ne l'ayant pas reconnue, la violen-
tait au bal de La Grandville... Elle revoyait toutes ses
hontes... elle n'avait donc rien à regretter de cette vie
et devait désirer la mort... Cependant, lorsqu'elle passa
sur la gouttière, dans la seconde que ses doigts mirent
à glisser sur le zinc, elle se cramponna... l'instinct vital
se réveillait... elle voulait vivre... ses mains se crispèrent
sur la gouttière qui cédait lentement sous son poids...
La malheureuse, le sentant, voulut, à la force des poignets,
se soulever pour s'accrocher aussi des dents... Cet
effort fit pencher la gouttière ; elle le vit, et, terrifiée,
ne bougea plus, pendue entre ciel et terre... presque
trois étages sous les pieds... Elle sentit un froid mortel
lui couvrir les os.

Tout à coup, la malheureuse sentit une douleur à
la hanche ; il lui sembla que, par une fenêtre, on la
frappait avec un bâton pour hâter sa chute... Déjà lasse,
presque sans force, méprisant ce dernier supplice,
avant de lâcher ses doigts elle regarda, pour le maudire,
celui qui la frappait ainsi... Elle regarda... et, reprenant
courage, elle crispa ses mains sur le zinc qui cédait
lentement...

La Fraîchotte avait vu ce qui la frappait ainsi : c'était
une branche de l'arbre dont les feuilles couvraient un
peu plus loin le bord du toit. Une audacieuse idée lui
vint.

Il n'y avait pas à choisir : une dernière branche de

salut s'offrait, il fallait la saisir. La gouttière s'effondrait insensiblement sous son poids ; elle avait à peine trois minutes encore à rester ainsi suspendue. Pour vivre, il fallait demander du secours et se livrer... ou, au risque de s'écraser au pied de la maison, se jeter dans les rameaux de l'arbre.

Fraîchotte recommanda son âme à Dieu ; se cramponnant d'une seule main, elle saisit de l'autre la branche qui la blessait ; il était temps, la gouttière tombait...

Sous son poids, la branche, ployant, l'entraîna rapide... Elle se crut perdue et jeta le cri suprême.

Martial, couché sur le toit, eut un frisson, puis un sourire. Il redescendit lentement en disant :

— Elle s'est tuée.

Et, calme, il sortit de la maison, sans s'occuper de sa victime, se dirigeant vers sa demeure.

XIII

OU JEAN-BAPTISTE AUMOY TROUVE UNE ALLIÉE
TOMBÉE DU CIEL

Fraîchotte avait dégringolé environ deux étages, se cramponnant, avec tout ce qui lui restait de courage et de vigueur, à la branche ; elle avait ressenti une secousse

qui avait failli la jeter à terre ; puis elle s'était sentie
descendre lentement, comme si on l'avait posée à
terre.

C'était facile à expliquer : la secousse avait brisé la
branche près du tronc, et l'arbre s'écorchant doucement,
la pauvre fille avait été, pour dire juste, déposée à
terre.

Mais son visage et ses mains étaient en sang, ses
vêtements étaient haillonnés, les mille petites branches
qu'elle avait brisées pendant ces deux minutes l'avaient
déchirée, blessée, meurtrie... Mais elle vivait... Dieu
grand !... C'est si bon de vivre, quand on est jeune...
et pour elle, elle n'avait pas encore vécu, puisqu'elle
avait renié sa vie passée. Mourir : *Plurimas in apparetu
vitæ, vita destitui.*

A peine si elle se sentait vivre, la malheureuse ! Domptant ses souffrances, — car elle pensait que son ennemi
cherchait déjà à la rejoindre, — elle se redressa et courut tout d'une traite devant elle. Presque aussitôt elle
atteignit la petite clôture de lattes qui protégeait le jardin ; elle la brisa, et, sentant qu'elle n'avait pas de temps
à perdre, elle continua sa course.

Le petit jour s'annonçait par une longue ligne grise
dans le ciel, mais il faisait encore trop nuit pour qu'elle
pût se rendre compte de l'endroit où elle se trouvait.
Attendre était imprudent : elle marcha... Voyant une
voiture de paysan, elle héla le conducteur et lui demanda
s'il voulait la conduire chez elle. Il la fit monter, et il
fut étonné lorsqu'elle lui donna son adresse : elle en
était à cent pas.

Le paysan retourna sa lanterne pour l'éclairer et
s'assurer s'il n'avait pas affaire à une folle ; en la voyant
échevelée, déchirée, sanglante :

— Eh! bon Dieu! dit-il, on a donc voulu vous assassiner?

— Oui!

— Mais on ne fait donc que ça à Sedan... Vous vous trouvez mal?

— Non, non! fit Fraîchotte, arrachant son corsage pour respirer : ça va mieux... j'étouffais...

— Nous allons réveiller un apothicaire...

— Non, non! c'est inutile.

— Attendez, je vas vous donner quelque chose.

Et le paysan lui présenta une petite bouteille en ajoutant :

— C'est raide, mais ça fait du bien; c'est du kirsch que je fais chez nous.

Fraîchotte en but une gorgée et rendit la bouteille...

— Où me menez-vous? demanda-t-elle.

— Chez vous, pardi!

— Chez moi... Non, avant, menez-moi à un poste. Il faut que j'en finisse, que je le livre... il me tuerait demain!

— Vous le connaissez donc? exclama le paysan.

— Oh! oui... c'est un assassin... Je vous le dis, car il faut que tous le sachent, et s'il me tue d'ici là, vous le dénoncerez : il se nomme Martial Caulot... il se fait appeler ici Claude Martial... il demeure à Balan. C'est un assassin; il a tué il y a vingt ans son maître à Nouzon, et il y a cinq ans sa femme à Liège.

— Seigneur bon Dieu! qu'est-ce que vous me dites là!... fit le paysan, le visage bouleversé.

— Je dis la vérité, que je vais déclarer devant vous tout à l'heure.

— Claude Martial! le vieux qui fait des affaires à Balan...

— Vous le connaissez?

— Je crois bien, ma fine...

Fraichotte, craignant de se trouver avec un ami de son assassin, cherchait à descendre de la voiture. Mais le paysan la retint.

— N'ayez pas peur... mais je suis avec vous, au contraire...

— Vous me menez alors chez le commissaire?

— Attendez un peu...

Et comme le paysan arrêta son cheval pour causer, Fraichotte, défiante, dit aussitôt :

— N'arrêtez pas votre voiture!... Allons vers la ville, ou je crie!

Le paysan obéit en disant :

— Mais n'ayez donc pas peur, ma petite... puisque je vous dis, au contraire, que je suis avec vous. Ah! c'est ce gueux-là, le père Martial... Nous allons peut-être faire affaire ensemble. Votre assassin, c'est bien celui-là, Claude Martial, qui reste à Balan, qui a soi-disant une maison de transports...

— C'est ça!

— Et vous dites que c'est lui qui a tué son maître à Nouzon... Il était garde-chasse du comte d'Aumoy.

— Comment savez-vous ça? demanda Lison inquiète.

— Allez toujours; je vous dis que je suis un ami.

— Qui êtes-vous, d'abord?

— Mon nom va vous dire tout... Je me nomme Jean-Baptiste Aumoy; je suis le neveu de celui qui a été assassiné...

— Vous! fit Fraichotte étourdie.

Et, malgré elle, elle songea au vœu fait à la dernière heure; elle se demanda si la main du Dieu vengeur n'était pas visible, dans son sauvetage inespéré et dans cette rencontre qui pouvait la délivrer à jamais des misérables qui l'avaient perdue.

— Oui, et vous concevez bien, ma chère, qu'après ce que vous m'avez dit, je ne vous quitte plus...

— Vous allez me mener chez le commissaire!...

— Tout de suite, vous pensez... Oh! mais, j'y pense, la vieille canaille! C'est ça, là, qu'est une chance de vous rencontrer...

Et le paysan conduisit la voiture; depuis trois ou quatre minutes, ils se taisaient tous deux... Jean-Baptiste pensait en lui-même :

— C'est bien singulier tout ça; pourquoi diable le père m'a-t-il envoyé chez ce coquin-là?... Il m'avait bien dit : n'aie pas l'air de t'être dérangé exprès; comme en passant, tu viens demander conseil, c'est le seul qui puisse faire l'affaire...

Et le paysan songeait... Tout à coup, il se frappa le front en s'écriant :

— Ah! c'est vrai... mais alors...

Et il arrêta vivement son cheval. Comme Fraîchotte avait sursauté à son exclamation et qu'elle le regardait les sourcils froncés, il dit :

— N'ayez pas peur... vous voyez que nous sommes en ville... mais j'ai une proposition à vous faire.

— A moi?

— Oui; écoutez : voulez-vous ne rien aller dire au commissaire?...

— Pourquoi ça?

— Écoutez-moi; je me nomme Jean-Baptiste Aumoy, je suis cultivateur près d'Autry... Nous sommes à une époque où la campagne est belle; si vous voulez, je vous propose de vous emmener à la maison... vous serez une amie de la famille qui venez passer la belle saison chez

nous... vous dépistez Martial... et comme moi je n'ai
plus qu'une idée... venger l'oncle, nous organisons la
chose.

— Et pourquoi pas en finir tout de suite, demanda
avec logique la Lison, en allant chez le commissaire?...

— Parce que... parce que... vingt ans, pensez donc; il
y a prescription...

— Qu'est-ce que c'est qu'ça?

— On ne peut plus l'attaquer...

— Eh bien! alors, comment le prendre?

— Je vais vous dire; je crois qu'il va encore attaquer
la famille... alors là on pourrait...

Fraîchotte ne répondit pas; l'œil fixe, elle pensait.

— La famille, se disait-elle, il va attaquer maintenant
la famille!... Et tout entière au serment fait la nuit
même, elle se dit, superstitieuse, que peut-être Dieu
l'avait choisie pour la protéger. Elle se tourna vers Jean-
Baptiste et lui demanda :

— Quand serons-nous chez vous?...

— Ce soir.

— Et vous me jurez que vous m'aiderez à punir cet
homme?

— Ça, je vous le jure... En route, je vous conterai ça...

— Eh bien! ça y est! allez-y... passez chez moi, que
je prenne une valise et nous partons.

— A la bonne heure!...

Moins d'une heure après, Fraîchotte et Jean-Baptiste
suivaient la route de Sedan au Chesne.

Le même jour, ou plutôt la nuit suivante, vers deux
heures et demie du matin, la voiture se trouvait sur la
route de Grandpré à Autry.

Le cheval trottait, puis reprenait le pas, sans qu'on

tirât sur son mors, sans que le fouet cingla ses flancs.
C'est que les deux voyageurs qui étaient dans la voiture
dormaient comme des bienheureux; ils avaient dîné à
Vouziers, et Fraîchotte, épuisée, malade, lasse surtout,
s'était blottïe dans le fond, tandis que Jean-Baptiste
avait pris les guides sur le devant; enveloppé dans sa
limousine, il s'était endormi et se reposait sur la Grise,
sa jument, pour reconnaître son chemin. Le vent pouvait souffler, la pluie tomber, ils dormaient tous deux.
La voiture longeait le bois de Clémont.

Après avoir fait un coude, la Grise hennit et s'arrêta
d'un coup sec, qui fit rouler Aumoy dans sa voiture, et
qui réveilla en même temps la Fraîchotte.

— Eh! bon Dieu! qu'est-ce qu'il y a?... fit le paysan
en se relevant et en s'apprêtant à descendre.

— Ne descendez pas... tenez-vous sur vos gardes!...
cria Fraîchotte, tremblante, impressionnée par la nuit et
par ce réveil en sursaut... C'est quelqu'un qui a arrêté la
voiture.

— Ayez donc pas peur, fit le grand gars, et tant pis
pour celui-là.

Et il sauta de la voiture, brandissant son fouet qu'il
tenait par le bout. Il faisait clair de lune et l'on pouvait
voir assez loin sur la route.

Tout était désert.

— Ah çà! la Grise, qu'est-ce que t'as donc? tu ne sens
donc plus l'écurie à cette heure?

— Eh bien? demanda Fraîchotte, dont la tête gracieuse apparut illuminée par la flamme rouge de la lanterne.

— C'est rien, un sanglier ou un loup qui aura traversé
la route...

Jean-Baptiste remonta dans la voiture. Ils se pla-

11.

cèrent tous les deux sur la banquette; Fraichotte, fri-
leuse, tira même à elle toute la limousine gênant le
grand garçon qui tenait les guides. Remise de sa
peur, le sommeil reprit ses droits; elle se pencha sur
le côté de la voiture et ses yeux se fermèrent immédiatement. Aumoy tira les guides, la Grise fit quelques
résistances; cependant, elle marcha dix pas, puis elle
s'arrêta.

— Eh bien! donc!... la Grise, hue!... qu'est-ce que
c'est donc? Hue! hue!

La Grise se secoua, mais n'avança pas.

— Hue donc! hue donc!

Le cheval ne bougea pas.

— Ah! ça, verrat, tu veux donc du fouet?... Hue
donc!

Un coup de fouet vigoureux alla cingler les côtes de la
jument, qui hennit de douleur et recula.

— Hue donc! carcan! hue! hue!

Et, du fouet, des guides, Jean-Baptiste poussait la
bête.

La Grise piaffa, se cabra, secoua la tête, mais ne fit
pas un pas.

— Mais qu'est-ce qu'il y a donc? fit tremblante et
épouvantée la Fraichotte, regardant tour à tour la route
déserte et son compagnon.

La jument répondit en jetant dans l'air un lugubre
hennissement.

— Ah! mais, c'est pas tout ça! il y a quelque chose
de pas naturel ici...

— Oh! j'ai peur! fit Fraichotte en se reculant dans la
voiture.

— Je vas voir ça, dit Aumoy, et ça ne va pas être
long...

Il sauta à terre et prit sous la paille, dans la voiture, une clef de fer qui servait à serrer les écrous de l'essieu.

En le voyant s'éloigner, la Lison eut peur; elle cria :

— Attendez-moi! Ne me laissez pas seule; je veux être avec vous!

— Venez vite!

Il la prit dans ses bras et la posa à terre; puis aussitôt il mit la chaîne à la roue. Alors, brandissant sa clef, suivi par Fraîchotte, il s'avança sur la route et regarda. Il faisait clair de lune : on voyait à cinquante pas à la ronde.

Tout était calme et désert; les champs et les bois dormaient.

— Mais, bon Dieu! qu'est-ce que ça veut dire?... Je ne vois rien, moi... Est-ce que tu as du mal, la Grise?...

Et il revint regarder son cheval et le caresser. Sous sa main, il sentit que la peau fumante de l'animal frissonnait.

— Qu'est-ce que ça veut dire?... Il y a quelque chose d'extraordinaire ici : la jument a chaud, et elle tremble et ne tient plus debout!

— Retournons à Senuc... nous attendrons le jour là... le cheval n'avancera pas.

— Ah! mais non là! Faut que je voie ça de près... on a du sang, Dieu merci, chez nous... on n'a pas peur de ce qu'on ne voit pas.

Aunoy grimpait sur la petite côte dans laquelle la route était encaissée.

Fraîchotte dit crânement :

— Tant pis! je vais avec vous...

Ils montèrent ; ayant fait une dizaine de pas, Aumoy se retourna pour regarder autour de lui. Il ne voyait rien. Tout à coup, il sentit que Fraîchotte lui serrait le bras et s'approchait de lui. Il la regarda. Fraîchotte épouvantée, sans voix, lui montrait un cadavre étendu dans un sillon. La clarté de la lune le grandissait d'horreur ; le corps était presque nu.

Aumoy, se débarrassant de l'étreinte de sa compagne, s'avança vers le corps raidi ; il prit la main de la victime, qui était une femme : elle était froide. Un frisson lui couvrit le corps.

Il se retourna vers Lison et lui dit :

— C'est un accident peut-être.

— Oh ! mon Dieu ! est-ce qu'elle est morte ?

— Je le crains.

Épouvantée, Fraîchotte s'agenouilla et pria, pendant qu'Aumoy descendait vivement jusqu'à la voiture, prenait sa lanterne et revenait près le cadavre. A la lueur de la lanterne, il regarda ; voyant le visage ensanglanté, les cheveux dépeignés, les vêtements déchirés, il dit :

— C'est un assassinat !

— Oh ! mon Dieu ! fit Fraîchotte en se rapprochant.

Remis un peu de la première secousse, Jean-Baptiste tâta le pouls, puis plaça la main sous le sein de la malheureuse. Le pouls était éteint, mais le cœur battait encore.

— Elle vit..., dit-il, vite, aidez-moi.

Fraîchotte vint aussitôt.

Le paysan passa le bras sous le torse de la victime en disant :

— Soutenez-lui la tête... N'ayez pas peur ! On ne peut pas laisser comme ça une créature du bon Dieu mourir sans secours dans les champs.

Et, portant le corps dans ses bras, il se redressa :

— Vous, portez la lanterne et éclairez-moi... Marchez.

Fraîchotte, obéissante, prit le falot et éclaira le chemin.

C'était un curieux, mais lugubre tableau que celui de ces deux jeunes gens *portant* la morte. Sous les rayons de la lune, avec les éclairs fauves de la lanterne rouge, avec les grands partis-pris d'ombre de la nature, avec ce cheval qui hennit et recule sur la route en voyant son maître porter le corps sanglant.

A ce cri lugubre, Fraîchotte fit le signe de la croix.

Lorsque le corps de l'inconnue fut étendu sur la paille dans la voiture, un soupir s'exhala de ses lèvres.

— Elle vit, voyez-vous... Allons vite au pays ; prenez les guides et passez-moi le petit cruchon de kirch... ça ne peut pas être mauvais pour laver les plaies.

Pendant que Fraîchotte conduisait, Jean-Baptiste essuyait le sang qui couvrait le visage de la malheureuse qu'il avait recueillie.

On arriva bientôt à Autry ; la voiture entrée, la victime portée dans la chambre d'Aumoy, ce dernier troussa ses manches, lava le sang, coupa les cheveux, banda la plaie. Les yeux de la victime s'entr'ouvrirent, hagards, cherchant à se reconnaître.

Aumoy lui dit :

— Ayez pas peur... ici, c'est des amis et on vous sauvera.

Le paysan donna une chambre à Fraîchotte et revint dormir près de la blessée.

Jean-Baptiste s'était endormi de ce lourd sommeil qui suit les grandes fatigues ou les grands dangers conjurés, sommeil de plomb duquel on ne sort qu'après de longues heures et pendant lequel rien au monde ne vous éveillerait...

Au jour baissant, il vit qu'il avait fait plus que le tour du cadran. Quelques minutes, il chercha la cause qui l'avait obligé à coucher sur la paille et du linge au pied d'un lit.

Il se souvint de la nuit, de la femme blessée qu'il avait ramenée, et il courut aussitôt vers le lit : il était vide... Étonné, il sortit de la chambre pour se renseigner, mais c'était l'heure où tout le monde était aux champs.

Ayant vu le matin la voiture sous la remise, le cheval à l'écurie, les serviteurs de Jean-Baptiste, sachant le maître rentré, étaient partis au travail. Il ne trouva dans la maison que Fraîchotte, qui l'attendait seule dans la grande pièce qui servait à la fois de cuisine et de salle à manger.

Fraîchotte fut aussi surprise que lui du départ de celle qu'ils avaient sauvée.

Aumoy alla s'informer dans le village, et il apprit qu'effectivement on avait vu, vers huit heures du matin, une femme inconnue au pays, et qui avait la tête enveloppée de linges, sortir de chez lui et se diriger vers Condé.

Jean-Baptiste, ne voulant pas raconter ses aventures, dit que la femme était la servante d'une de ses parentes de Nouzon, qu'il avait ramenée la veille et qui devait, pendant le temps que cette dernière allait rester chez lui, passer quelques jours dans sa famille en Champagne.

Ceci dit, il se hâta de rentrer chez lui, et craignant d'avoir eu affaire à une voleuse, il fit un rapide inventaire de sa maison. Rien n'y manquait : au contraire, il

rouva, sur un meuble de la chambre, un papier avec
es mots :

« Merci !... Vous m'avez sauvé la vie. Bientôt je vous mon-
rerai que je ne suis ni une ingrate, ni une oublieuse. »

Ce billet avait été signé, mais on avait ensuite effacé
a signature en la griffonnant au crayon.

Intrigué, mais plus tranquille, Jean-Baptiste redes-
endit vers Fraîchotte.

Celle-ci reçut avec indifférence la nouvelle du départ
le la mystérieuse femme.

Aumoy dit alors :

— Vous n'avez pas dîné ?...

— Non.

— Mais je crève de faim, moi... nous allons bien vite
éparer ça.

Les apprêts furent courts ; le dîner fut rapidement
ervi et les deux convives y firent honneur, il faut le dire.
l'appétit satisfait, Jean-Baptiste, qui avait raconté à
Fraîchotte ce qu'il était et les rapports qu'il avait eus
lvec Martial, — avec quelques réticences cependant, —
ean-Baptiste dit à son hôte :

— Maintenant, ma fine, vous voyez ce que je suis...
ii vous voulez que nous nous mettions ensemble
)our arranger ce coquin-là, il faut... être franche,
lire carrément ce qu'il en retourne avec lui... et
oilà...

Fraîchotte était intelligente, elle avait compris qu'elle
lvait un véritable et utile allié en Aumoy ; elle croyait
lvoir plutôt péché par faiblesse que par vice, — ainsi
[ue toutes les natures fourvoyées qui n'ont qu'incon-
iciemment le discernement du bien et du mal — elle était
ranche, elle parla donc franchement.

Étonné de ce qu'il entendait, Jean-Baptiste regardait curieusement cette femme singulièrement encore fort jolie, ne s'expliquant pas l'amour qu'elle pouvait avoir pour celui qu'il ne connaissait que comme un vieillard. D'abord il fut plein de mépris, le paysan; mais en considérant le visage de la malheureuse, il la plaignit. C'est qu'elle était bien triste, la pauvre Fraîchotte, la chanteuse.

Les cheveux étaient négligés, un sillon d'ironique tristesse glissait de chaque côté de ses lèvres, le teint pâle; en parlant de Martial l'œil était furieusement brillant, mais les paupières rouges et gonflées montraient le passage des larmes. En voyant la morne tristesse gravée sur ce visage, le paysan sentit son cœur pris de pitié pour la dévoyée.

— Ainsi, dit-il, vous avez partagé la vie de cet homme, et vous n'avez pas craint qu'un jour sa chute vous entraînât ?

— Non, monsieur...

— Non?

— Que voulez-vous? je l'aimais!...

— Mais savez-vous que dans ses assassinats vous pouviez être accusée de complicité... et qu'alors il vous entraînait dans le sort qui lui était réservé?

— A cette époque, j'aurais voulu que ce fût vrai.

— Mais c'était la mort, malheureuse!

— Que voulez-vous? je l'aimais... C'était la mort, mais sur le même échafaud que lui... Complice de ses crimes, dites-vous, mais j'aurais réclamé la sévérité des juges pour qu'on nous exécutât ensemble...

— Seigneur bon Dieu!... c'était à ce point-là... est-il possible, que vous avez aimé... ce monstre?

— Que voulez-vous?...je voyais faux, je qualifiais courage ce qui était crime...

Jean-Baptiste la regardait sans trouver un mot à dire ; elle continua :

— Mais c'est à ce point que ma vie m'est indifférente maintenant..,

Aumoy, étourdi, écoutait l'expression de cet amour incompréhensible. Cette fleur parfumée greffée sur une ortie, ce rayon de soleil jaillissant de la boue.

— Autant aujourd'hui je désire le voir se tordant dans les dernières douleurs de l'agonie, autant à cette époque sa vie m'était chère ; je me disais : « Si on le tue, je me tuerai... »

La tête baissée, triste, lugubre, évoquant un passé misérable, elle continua d'une voix singulière :

— Vous qui naissez heureux, avec des parents, de la famille, vous ne savez pas ce que c'est que l'amour des pauvres qui n'ont jamais été aimés... On a mis tous les deux les dents à la même croûte dure... quand on mangeait. L'amour, c'est comme la mort, c'est ce qui fait égal le riche et le pauvre, tous les deux deviennent esprits dans l'amour. Mon amour pour lui était aveugle... Au fond, c'est moi peut-être qui ne valais pas mieux que lui : je savais que c'était une mauvaise créature, et je l'aimais tout de même... Je voyais mal... Cette nuit, quand j'étais pendue, j'ai eu comme un rayon qui m'a éclairée... et j'ai eu honte... Mais j'avais trouvé, alors, tous les raisonnements pour excuser cette passion... Je disais : l'amour n'est que par la haine.

Cette fois, Jean-Baptiste ouvrit la bouche, les narines, les yeux et exclama :

— L'amour, vous prouviez que c'était de la haine ?

— Oui ! Je disais pourquoi gardons-nous pour nous seule celui que nous aimons ; s'il est beau, s'il est bon, une autre peut l'aimer, la moindre fraternité nous défen-

drait cet égoïsme : haine ! — Nous sommes heureuses si,
sur son passage, il allume des regards d'envie... Celles
qui les ont sont prêtes à nous haïr... souvent même à
nous calomnier, nous amenons la haine...

Jean-Baptiste haussa les épaules en écoutant les para-
doxales théories de la Fraîchotte et dit :

— Ma chère amie, il était temps que ça finisse, vous
deveniez simplement folle... Et enfin où en êtes-vous
arrivée aujourd'hui?...

— J'ai plus de haine que je n'ai eu d'amour.

— A la bonne heure ! sur ce chapitre-là, nous nous en-
tendrons...

Le soir même, Jean-Baptiste Aumoy présentait à ses
gens la nouvelle femme de charge, sa parente, qu'il avait
ramenée de Nouzon sous le nom de Lison Aumoy.

Ça fit bien jaser deux ou trois jours au pays ; les malins
échangèrent des coups d'yeux significatifs, mais comme
Jean-Baptiste n'était pas un pauvre de l'endroit, on ne
parla que bas...

XIXI

« L'AMOUR EST COMME LE FEU, IL PURIFIE TOUT...
CE QU'IL NE BRULE PAS. »

Fraîchotte se fit vite à la vie nouvelle dans laquelle le
hasard l'avait jetée; elle avait de grandes souffrances

morales, mais quel remède est plus souverain que le calme et la tranquillité pour guérir ce mal!... Le lecteur a vu la confession franche de la malheureuse; à dater de ce jour il n'avait plus été question du passé... la Fraîchotte, se souvenant des occupations de son enfance, avait travaillé courageusement à la ferme.

Une seule chose avait été décidée entre eux deux, c'est que l'on ne s'occuperait de Martial que le jour où, suivant sa déclaration, il écrirait à Jean-Baptiste Aumoy.

Les jours, les semaines, le mois même s'étaient écoulé, et de nouvelles de l'affaire du testament, point...

Pendant ce temps; un phénomène singulier se produisait, qu'un observateur n'aurait pas manqué d'étudier. Peu à peu, le calme, l'assurance du repos, le travail journalier..., la conscience du devoir, étaient revenus à Lison la Fraîchotte, et avaient ramené en elle, sinon la gaieté au moins la quiétude de la campagne; la Fraîchotte ne chantait pas autant qu'autrefois, mais déjà, avec le jour, à l'heure où elle mettait sa petite chambre en ordre, on l'entendait jeter par la fenêtre ses trilles joyeux.

Au contraire d'elle, Jean-Baptiste Aumoy n'avait plus cette gaieté naïve et bavarde, il était devenu sombre et soucieux...

Le soir, à la table où tout le monde soupait, il avait fait placer la Fraîchotte en face de lui, et c'était elle qui faisait rire les gars... Lui, maussade, répondait aux questions de ses gens brusquement et comme ennuyé de leur présence; il n'avait de bonnes paroles et de sourires que pour la jeune femme qu'il avait recueillie.

Il arrivait parfois qu'il la regardait longuement; si eurs yeux se rencontraient, il souriait, un sourire lui était rendu... Il paraissait gai quelques minutes... il versait aux gens à plein verre!!... Puis tout à coup il pleurait, un souci traversait son front, et, comme furieux après lui, il jetait sa serviette et se levait en disant :

— Ah ça ! voyons, est-ce que vous allez coucher à table, vous autres?...

Et pendant que les gars se levaient, il sortait et allait faire un tour de jardin.

Un grand mois se passa ainsi, Fraîchotte, oubliant comme les oiseaux dont elle avait la voix, avait repris ses anciennes façons. Cette allure commune fut prise par les gens pour la brusquerie d'une bonne nature et chacun s'y habitua vite... On aima presque en même temps la cousine de M. Jean-Baptiste : Lison Aumoy, la Fraîchotte.

Un soir cependant, c'était vers la fin juin... le soir de la Saint-Jean... on avait bien fêté Jean-Baptiste... Aumoy, et, dame ! comme on sait s'amuser en ces bons pays, on avait bien bu... Fraîchotte, dans un costume tout pimpant neuf, était superbe, sa taille robuste jouait sans gaucherie dans une robe légère, elle était nu-tête et ses beaux cheveux pendaient dans un petit filet. Accoudé sur la table, Aumoy la regardait... Mais ce n'était plus le Jean-Baptiste que nous avons vu... non... il avait du linge fin, une belle cravate... ses mains étaient blanches, les ongles n'avaient pas ce bordé bleu habituel... et, ma foi, disons tout, il avait de la pommade sur les cheveux et sentait la rose ; ses gros yeux ronds comme les yeux des bœufs, ayant la même lueur calme, étaient fixés sur la Lison...

Le regard de Fraîchotte rencontra celui du paysan et l'incendia de sa flamme ; ce fut comme une commotion

subite qui secoua rapidement tout le pauvre gars. La
Fraîchotte éclata de rire en disant :

— Vous avez l'air d'un amoureux transi.

Aumoy rougit... il rougit du col de sa chemise à la
plante des cheveux... Mais il sourit... son regard resta
rivé sur celui de la Lison.

— Mais, monsieur Aumoy, dit-elle, pourquoi me re-
gardez-vous comme ça ?

— Si ça m'est agréable ! balbutia Jean-Baptiste.

A son tour, la Fraîchotte regarda fixement son sau-
veur. Celui-ci, qui commençait à s'habituer aux allures
étranges de son hôte, soutint le regard... et c'est Fraîchotte qui fut blessée, ses yeux se baissèrent...

Pendant cette scène muette, les gens de la ferme se
regardaient sans comprendre, trouvant, selon l'expression parisienne, qu'il y avait « un froid ».

Jean-Baptiste s'en aperçut, et pour cacher son trouble
et son émotion, il dit :

— Mais elle chante comme un merle... Faites-la donc
chanter...

— Oh ! je veux bien ! fit aussitôt la Fraîchotte, comme
pour secouer la torpeur dont elle était envahie.

Ce fut alors un brouhaha joyeux qui dura une grande
minute. Le silence rétabli, Aumoy dit :

— Nous vous écoutons, mademoiselle Lison.

Fraîchotte releva la tête : c'était la première fois que
Jean-Baptiste Aumoy l'appelait « mademoiselle ».

— Ecoutez, dit-elle... *La Fille des Champs.*

Et, d'une voix claire, elle commença :

> Le teint hâlé, les cheveux roux,
> La bouche fraîche, les dents blanches,
> Le nez mignon et les yeux doux,
> La taille jouant sur les hanches...

Le pied solide et bien chaussé,
Un blanc cotillon qui se prête
A son petit air balancé,
Laissant voir sa jambe bien faite.

Avis à celui-là
Qui le voudra.
Lire lon la,
Car voilà ce qu'il aura.

Le chœur entonna aussitôt le « Lire lon la », avec accompagnement de couteaux sur les verres.

Ça ne se noircit pas les yeux ;
Devant son miroir ça s'ajuste
Deux ou trois fleurs dans les cheveux.
Un fichu sur le cou robuste...
Ça court danser sous le tilleul.
Aux garçons ça n'est pas farouche ;
Soyez vingt ou bien soyez seul,
Ça vous embrasse à pleine bouche.

Et les paysans d'attaquer le « Lire lon la », tandis que Jean-Baptiste ne cessait de regarder la grande fille, semblant chercher son portrait dans sa chanson et croyant y voir un appel à sa plus secrète pensée.

Soignant la ferme et le bétail,
La voix haute, geste rapide,
Dès le matin, c'est au travail ;
Les bras sont rouges, mais solides...
Ça veille à tout, de près, de loin,
Et quand un fainéant fait son somme.
Ça vous l'éveille à coups de poing :
Elle aimera battre son homme.

On mit autour de la table la chose à exécution : les

femmes frappèrent les hommes... Et, comme ça fit rire,
après le refrain, Fraichotte continua :

> Elle aime assez le vin clairet ;
> Ce goût lui vient de son père,
> Et le gars qui l'épouserait
> Pourrait ainsi choquer son verre...
> Elle rend le bien qu'on lui fait :
> Une orange pour une pomme ;
> Mais si jamais on la trompait,
> Elle ferait souffrir son homme.

Ce fut un éclat de rire énorme...

Jean-Baptiste Aumoy se leva et vint près de Fraichotte,
qui n'y prit garde... Les gens de la maison trouvèrent
cela tout naturel ; c'était pour rire... Le patron était
enfin de bonne humeur...

La Lison continua :

> Comme bon sang ne peut mentir.
> Qu'elle a la beauté de sa mère,
> Que les amoureux vont venir,
> Qu'il faudra voir monsieur le maire...
> Voulant imiter ses parents,
> Elle promet, en bonne fille,
> Sa mère ayant eu douze enfants,
> D'être digne de la famille.

Le chœur reprit le refrain. Quand il eut fini, voulant
donner une dernière note, elle chanta seule les derniers
vers :

> Avis à celui-là
> Qui la voudra,
> Lire lon la,
> Car voilà ce qu'il aura.

Penché vers elle, tremblant, la serrant à ce point
qu'elle se retourna, Aumoy lui dit, l'œil en feu :

— Moi, je la veux, mademoiselle Lison ; je la veux, si c'est vous...

— Vous voulez vous moquer de moi... vos yeux sont de flamme...

— Les feux de la Saint-Jean, Lison !

— Ça ne dure pas, fit en riant celle-ci.

— Ne dites pas ça, mademoiselle, vous me feriez mourir !

Fraîchotte le regarda bien en face... et elle devint sérieuse.

Les paysans riaient et parlaient déjà de danser. Fraîchotte se retira. Aumoy, en la voyant se lever, lui tendit la main et la pressa ; la Lison lui rendit son étreinte... et lui dit en s'en allant :

— Vous êtes bon, vous !

Quand elle fut partie, Jean-Baptiste devint triste. — Il avait hâte d'être seul dans sa chambre ; plus d'une demi-heure après le départ de Fraîchotte, laissant les gens de la ferme s'amuser, il gagna sa chambre. En rentrant chez lui, il fut étonné de trouver sa porte ouverte; il alluma aussitôt sa chandelle, et vit sur la table de nuit une lettre. Elle ne portait aucune suscription. Stupéfait, il l'ouvrit et, reconnaissant l'écriture, sa main trembla. Il lut :

« Monsieur Jean-Baptiste,

« Seulement ce soir, j'ai vu en face le seul homme qui m'ait aimé... Oui, j'ai compris que ce que j'avais jusqu'alors pris pour de l'amour était le vice... J'ai vu ce soir que l'affection qui lie l'homme à la femme est faite de bonté. Hélas ! je ne peux plus être aimée ainsi, monsieur Jean, je suis une grande coupable, j'étais cependant née pour être comme les autres. Si celui que j'ai connu jadis avait été un travailleur, si, avec ses bras, il avait chassé la misère de chez nous... Fraichotte, mère de famille, serait près de lui aimante, reconnaissante et honnête.

« Monsieur Jean, vous ne m'aimez que lorsque je n'en suis plus digne, et moi, indifférente, je restais près de vous, sans croire à ce qui arrive... Vous m'avez sauvée et je vous aime aujourd'hui comme je n'ai jamais aimé, de larmes et de cœur.

« La coupable que vous avez enlevée à la justice, vous en demande pardon à genoux, monsieur Jean, je sais ce qu'est votre cœur. Je vous en prie, ne pensez plus à moi, abandonnez l'indigne, oubliez et pensez à l'avenir. Je ne peux ni ne veux vivre ainsi. Je n'ai droit de penser qu'à une chose ; la vengeance. Aidez-moi seulement en cette œuvre, monsieur Jean, je veux punir l'homme qui m'a faite ce que je suis, je veux sauver ceux qu'il va attaquer... Je ne veux pas être aimée, monsieur Jean...

« Pardonnez-moi et oubliez ce que vous m'avez dit ce soir, car je vous respecte et vous aime assez pour quitter la maison, si je devais y amener la honte.   « LISON »

Après avoir lu cette lettre, Jean-Baptiste Aumoy sentit qu'il aimait la malheureuse, car deux grosses larmes coulaient sur ses joues et ses lèvres dirent :

— Je t'aiderai à effacer ce passé-là... mais tu m'aimeras, Fraîchotte...

Il essuya ses yeux.

Pauvre gars, il aimait cette fille... il le sentait bien, et malgré le mépris qui emplissait son âme, malgré le dégoût que lui inspirait le souvenir du passé, le malheureux était bien forcé de se l'avouer à lui-même... il aimait, il adorait Fraîchotte.

— Allons, fit-il, larmes et regrets ne servent à rien...

12

Je ne veux pas, je ne peux pas oublier Fraichotte...
Coupable ou non, que m'importe! je la tire du mal
pour la remettre dans le bien... Demain, je lui parlerai.

Et, se croyant plus tranquille, il se coucha, mais il
s'endormit tard.

XV

UN VIEUX CHATEAU DANS LEQUEL ON VOIT DES FANTÔMES

Pendant le temps où nous avons conduit le lecteur à
Autry, des événements graves se passaient au pays dans
lequel a commencé notre histoire.

Un soir, deux hommes attendaient à la porte du petit
château de Nouzon. Nous disons soir, c'était la nuit, car
minuit venait de sonner; nous disons attendaient, c'est
se cachaient qu'il faut lire, car ils étaient tous deux
étendus sur l'herbe sous une haie.

Ces deux hommes, nos lecteurs les connaissent : l'un
était Martial, l'autre Marcassin, le Parisien.

Ce dernier disait :

— Il doit y avoir quelque chose de nouveau; sans ça,
il serait venu nous rejoindre.

— Mais c'est la troisième fois qu'il nous fait ainsi
attendre sans nous ouvrir.

— Dame! vous pensez bien que Bois-Sec tient à sa peau; s'il ne vient pas, c'est qu'il y a danger aussi bien pour lui que pour nous.

— Mais puisque je ne lui demande qu'une chose, nous ouvrir la maison.

— Il a répondu une chose plus simple encore...

— Qu'a-t-il dit?

— Que, depuis quelques jours, Cadet et son neveu, sur l'ordre de madame, font des rondes de nuit, avec le fusil, dans le parc, et que la maison est fermée chaque soir. Madame a reçu des avis qu'il y avait danger pour elle si elle ne surveillait pas.

— De qui cet avis?

— Bois-Sec ne le sait pas... c'est le bruit qui court, voilà tout... Vous pensez bien qu'il est rentré là pour faire le gros ouvrage; on n'y fait guère attention... il ouvre l'œil, l'oreille, quand les bonnes passent ou parlent, et voilà tout.

— Mais enfin cette situation ne peut pas durer; « je vous ai pris pour aller plus vite; » si on ne réussit pas ainsi, faisons un coup : entrons de ruse ou de force dans la maison.

— Mais puisque Bois-Sec, qui connaît son affaire, vous a dit : « C'est une chose qu'on peut faire pour une fois; je vous ouvrirai la porte, savez-vous? un soir. » Eh bien! ce matin il m'a fait parvenir un mot à Nouzon.

— Et ce mot dit?

— Il dit que, ce soir, il nous fera entrer coûte que coûte... et que nous restions là en face cet arbre.

— C'est là troisième fois...

— Justement, mon patron chéri... c'est la bonne... reposons-nous et attendons...

— Attendons... fit Martial, qui se coucha dans
l'herbe.

Pendant que les deux coquins veillent, nous entrerons
dans la maison. Depuis quinze jours, Bois-Sec était
entré dans la maison comme serviteur pour le gros
ouvrage; il frottait et balayait; son service étant tout
d'intérieur, il couchait dans les combles de la maison.
Les premiers jours, étonné des précautions qu'on prenait
pour garder la maison à la nuit tombée, il s'était informé
si c'était une habitude... On lui avait répondu que non,
mais que, depuis quelques jours, Mme d'Aumoy avait reçu
un avis anonyme lui disant que des malfaiteurs devaient
prochainement tenter un coup chez elle. Or, Cadet, le
vieux, avait été chargé de veiller à l'intérieur du château
la nuit, et son neveu, le garde, avec un aide, veillait sur
l'extérieur, ayant l'ordre de tirer sur tout ce qu'ils ver-
raient de suspect.

En entendant cela, Bois-Sec avait senti un frisson
dans son sang. Bois-Sec passa deux jours à étudier les
êtres de l'habitation... il apprit que le double des clefs se
trouvait avec cette étiquette : *Clefs des appartements de
Monsieur*... Bois-Sec le savait et il avait promis d'ouvrir
la porte en donnant le trousseau.

Or, le soir où nous sommes arrivés, prétextant la
fatigue, Bois-Sec avait quitté l'office un peu avant les
autres, pour aller se coucher. De l'air le plus naturel du
monde, il avait gagné le premier étage; au lieu de
monter, il passa la première, la seconde porte; il se
trouvait dans le couloir qui menait à la lingerie. Il traversa le magasin de linge et arriva dans le petit escalier
qui aboutissait à la chambre dans laquelle Cadet serrait des armes, des outils et les clefs. La porte en était
fermée; et ce n'était pas un obstacle pour Bois-Sec :

il se préparait à la crocheter lorsqu'il entendit des pas...

Dans le petit escalier se trouvait une espèce de cabinet de décharge. Bois-Sec s'y blottit; il tirait la porte sur lui, quand il vit Cadet qui descendait, sortant de la chambre. Il ne bougea pas, et, sûr d'être à l'abri, il songea à ce qu'il allait faire.

A tout prix, il voulait en finir ce soir-là, car, de jour en jour, la surveillance augmentait. Il fallait donc parvenir à la chambre de Cadet; c'était le difficile, car, à chaque instant, on allait et venait devant cette porte et dans la lingerie. Bois-Sec se souvint alors que tous les soirs, avant l'extinction des feux dans la maison, le vieux domestique sortait de sa chambre, et, pendant une demi-heure environ, se promenait dans le couloir, attendant que sa maîtresse se soit endormie.

C'est de cette demi-heure qu'il fallait profiter. Voici donc ce qu'il devait faire :

Pénétrer dans la chambre de Cadet pendant son absence, attendre la rentrée du vieux serviteur, lui sauter dessus, le bâillonner, l'attacher, l'enfermer, prendre les clefs, descendre par l'escalier, forcer la porte des appartements de monsieur, où on était certain de ne trouver personne, et descendre alors l'escalier particulier qui aboutissait au mur sur la route, juste à l'endroit où ses deux complices l'attendraient. Ils entraient, et pour la nuit les appartements du maître étaient à eux.

Le plan était audacieux et cependant réalisable par sa simplicité.

D'abord, il fallait commencer un peu tard, c'est-à-dire tout à fait à la nuit, ce qui plaisait à Bois-Sec, car i avait ainsi le temps de mûrir les détails de cette tentative.

12.

La plus grande difficulté était d'entrer dans la chambre de Cadet.

Bois-Sec s'était accroupi dans le petit caveau; il resta ainsi toute la soirée, cherchant vainement. Vers minuit seulement, l'idée jaillit de son cerveau.

Tout était muet dans la maison: les deux premières rondes de Cadet avaient eu lieu; l'escalier et le couloir seuls étaient éclairés.

Bois-Sec poussa la porte de son réduit; se glissant sans bruit dans le couloir, il grimpa à l'étage au-dessus de la chambre où se trouvaient les clefs. C'étaient les combles.

Bois-Sec se trouva devant la porte d'un grenier; il allait forcer la serrure, mais, pour le Loup, c'était un jeu d'enfant. En bas, il avait dû renoncer à l'effraction, craignant d'être entendu de Cadet qui veillait; mais là il était libre. Il tira son couteau, le glissa sous le pène, et d'une pesée ouvrit la porte. Montant alors une échelle de meunier, il se trouva dans un grenier bas de plafond et vide. A la lueur jetée par une lucarne, il se dirigea. La lucarne ouverte, il fallait se glisser sur le toit, ramper, afin de n'être pas vu par le neveu de Cadet et son aide qui rôdaient dans le parc.

C'est qu'il n'y avait pas de: qui vive! L'ordre était formel: tirer sur tout ce qui sortait de la maison autrement que par les portes.

Rampant comme une couleuvre, Bois-Sec arriva jusqu'à une cheminée; il se pencha et écouta. Le Franco-Belge eut un joyeux sourire: il entendait la voix de Cadet qui causait tout seul en fermant la porte de sa chambre.

Le plan de Bois-Sec était simple. Sitôt onze heures

sonnées, Cadet avait l'habitude de fermer les portes et d'aller dormir deux heures. C'est ce temps qu'il fallait choisir pour descendre par la cheminée dans la chambre, prendre les clefs et sortir le plus naturellement du monde chercher les autres.

Bois-Sec, dissimulé dans l'ombre que projetait le tuyau sur le toit, attendit une grande demi-heure. Au bout de ce temps, il se prépara, grimpant après la haute cheminée et se faisant petit pour n'être point vu ; il se trouva un moment suspendu, se tenant à peine. Un faux pas, une brique se descellant il glissait, roulait sur le toit et allait se briser le crâne sur les marches du perron.

Mais Bois-Sec ne pensait pas à cela ; son unique pensée était :

— Dépêchons-nous, nous avons presque deux heures... Une fois les clefs en main, nous sommes en sûreté, car nous pouvons, sans éveiller personne, aller et venir dans le grand appartement... nous protégeant et fermant les portes derrière nous.

Arrivé au faîte de la cheminée, il se glissa dans le trou noir, se soulevant des coudes et des genoux ; il descendit deux mètres environ... deux mètres encore: il devait être presqu'au but... Les pieds touchèrent... il chercha le vide de l'ouverture de la cheminée ; rien, tout était fermé, il portait sur quatre barres de fer croisées qui obstruaient le tuyau...

Ah ! le malheureux !... la sueur ruisselait sur son front noir de suie... il était prisonnier dans cet étui. En sentant l'invincible obstacle, des cheveux aux ongles, de la chair aux moelles, un frisson lui couvrit le corps.

Il n'y avait pas à hésiter ; il fallait remonter au plus vite... Avec une énergie sans égale, Bois-Sec remonta, après de longs efforts, épuisé, les mains en sang ; il s'accrocha au bord de la cheminée, sa tête sortait en tière du trou...

Il entendit le bruit sec de la batterie d'un fusil qu'on armait... Bois-Sec rentra aussitôt sa tête...

Plus d'une demi-heure il resta ainsi, immobile, le nez dans la suie, croyant qu'un des gardes l'avait vu et ferait feu dès qu'il verrait quelque chose bouger...

Effectivement, c'était le neveu du Cadet, qui, voyant surgir une masse noire à l'extrémité d'une cheminée, avait armé son fusil... Après dix minutes d'observation, il avait haussé les épaules et avait continué sa ronde.

Après avoir attendu une demi-heure, notre Franco-Belge sortit enfin de sa cachette. Cette fois encore le coup était manqué, bien manqué. On surveillait, il n'y avait plus à penser rôder dans les couloirs, les escaliers, et cependant il fallait en finir. Il réfléchit quelques instants, puis tout à coup, se frappant le front, il dit :

— Oh ! si cela se pouvait.

Et, rampant sur le toit, il gagna le côté de la route ; il se coucha sur le toit et regarda au-dessous...

— C'est ça ! fit-il, et la fenêtre est ouverte... Cette fois, j'y suis.

Et aussitôt il se glissa vers une fenêtre de grenier faisant saillie : au-dessus de la fenêtre, une bosse soutenait une poulie. Bois-Sec grimpa à la force des poignets et se suspendit à la poulie, prit la corde par ses deux bouts et se laissa glisser.

Une fenêtre était ouverte au-dessous ; il s'arrêta et s'y introduisit.

Il était dans la chambre aux outils du père Cadet.

Là il battit le briquet, et, à la lueur de l'amadou, il se dirigea. La porte de la chambre était fermée, mais en dedans, c'est-à-dire du côté où il se trouvait. Il fut donc tranquille.

Bois-Sec alla aussitôt regarder les trousseaux de clefs qui pendaient le long du mur ; il décrocha celui sur lequel était attaché un petit carton portant les mots : *Clés des appartements de monsieur.*

Enfin, il pouvait respirer, il était tranquille : le but était atteint.

Nous n'avons pas dit que Bois-Sec avait retiré ses chaussures et que, les ayant attachées par les lacets, il les portait sur le cou : il était donc pieds nus.

Il ouvrit la porte et sortit en la fermant soigneusement, afin de ne pas donner l'éveil dans la maison ; car le côté difficile de l'expédition, c'est qu'elle devait se faire au milieu d'une surveillance active sans donner l'éveil et surtout sans laisser de traces, car alors des précautions auraient été prises pour y remédier.

Bois-Sec se trouva bientôt au faîte de l'escalier ; il était déchiré et couvert de suie. Il essuya ses pieds sur un paillasson et enfila le couloir ; il trouva au bout le petit escalier qui conduisait à l'endroit où on l'attendait ; il ouvrit et descendit.

La petite porte donnant sur la rue étant ouverte, le Loup regarda s'il voyait son patron et son camarade.

Rien... pas un être... Tout paraissait désert.

Il craignit que ses deux complices n'eussent pas reçu son avis.

Il était plus de minuit.

Le vieux château dressait sa lourde silhouette dans la nuit ; les feuilles des arbres étaient immobiles, les pointes des hautes herbes restaient droites, dans l'air pas un souffle et autour du château de Nouzon pas un bruit. L'ombre des vieux frênes se couchait sur le petit ruisseau de la Boutelle, qui va se jeter dans la Meuse ; dans cette ombre et dans cette clarté lunaire, l'eau coulait brillante et sombre comme l'acier bruni. Au plus loin où Bois-Sec pouvait porter son regard, l'eau, reflétant la lune, se confondait avec le ciel blanc. Sur les berges, sur l'eau, dans les champs, rien ne vivait. A cette heure, tout était immobile, muet, désert. Pour l'artiste, à cette heure, la nature était splendide avec son blanc mat et ses ombres, avec ses odeurs d'eau et de limon, et ses parfums rudes de bois et de luzernes fraîches coupées.

La demie de minuit sonna.

Bois-Sec jeta dans l'air le hurlement lugubre de la chouette.

Aussitôt, dans les hautes herbes qui se trouvaient devant lui, au-dessus d'une haie, une tête parut, qui tourna et retourna comme pour regarder autour d'elle, sondant la route et les taillis, puis un corps jaillit.

Certain d'être seul, l'individu qui venait d'apparaître si soudainement, mit ses deux mains en soufflet sur sa bouche et imita à son tour le cri de la chouette ; puis, faisant un abat-jour de ses mains, il regarda autour de lui.

Bois-Sec ayant vu surgir l'individu sortit de la porte et, développant le compas de ses jambes longues et maigres comme des antennes, il se dirigea vers la haie. L'individu le voyant dit à mi-voix :

— Le voilà.

— Enfin, fit une voix.

Aussitôt et comme par enchantement, semblant sortir de la terre, des herbes, de la haie, un individu parut qui, en rampant, se dirigea vers Bois-Sec ... Quand il fut près de lui, il dit à voix basse :

— Nous voici. Eh bien ?

— Eh bien! ç'est une chose faite, répondit Bois-Sec
sur le même ton. Venez; c'est une bonne chose, ça, d'être
à quatre pattes et le long du mur même... Suivez-
moi...

En disant ces mots, Bois-Sec se mit à quatre pattes et
il longea le mur, suivi par Martial et Marcassin, jusqu'à
la petite porte; quand ils furent entrés, ils se redressè-
rent. Bois-Sec referma la porte et demanda :

— Avez-vous une lanterne?

— J'ai ça, dit Marcassin, et sans oreilles...

Et tirant de sous son paletot une lanterne sourde tout
allumée, il l'ouvrit et éclaira le petit vestibule dans lequel ils se trouvaient.

— Nous sommes dans l'escalier des appartements du
patron, dit Martial, qui connaissait la maison.

— C'est ce que vous avez dit, fit Bois-Sec.

— As-tu les clefs?

— Les voici.

— Très bien! pieds nus, tous, et montons.

Après avoir retiré leurs chaussures, ils montèrent au
premier étage, dirigés par Martial qui tenait la lanterne.

Bois-Sec avait remis le trousseau de clefs à Martial;
celui-ci connaissait à fond la maison; il ne cherchait pas
longtemps et se dirigeait comme s'il avait quitté l'habitation la veille. Arrivés au premier étage, ils s'arrêtèrent
pendant que Martial ouvrait la porte du petit cabinet de
toilette; c'était en traversant ce cabinet que le comte
d'Aumoy gagnait l'escalier dérobé par lequel il partait à
la chasse de grand matin.

La porte ouverte, ils entrèrent; ils furent pris alors
par cette odeur d'humidité qu'on sent dans les chambres

depuis longtemps fermées et privées de jour. Martial jeta
un rapide regard autour de lui, s'éclairant de sa lanterne ;
il eut un tressaillement en voyant encore pendu dans
le cabinet les vêtements du matin de Michel d'Aumoy.
Tout était dans l'état où cela était le jour du crime ; la
poussière avait couvert le tout d'une teinte grise et le
temps avait défraîchi les couleurs.

L'ancien garde ouvrit alors la porte qui communiquait
à la chambre ; il entra le premier et, ayant éclairé la
chambre, il recula aussitôt.

— Qu'est-ce qu'il y a ? fit à voix basse Marcassin
en se mettant sur ses gardes, qui était resté derrière
lui.

— On a transformé la chambre. Et il ferma la porte
sur lui.

En effet, la chambre toujours meublée de chêne, tendue
de tapisserie, ne semblait pas abandonnée ; le lit de
vieux chêne à colonnes torses avait été scié par le milieu,
les deux panneaux avaient été rapprochés, un marbre
avait été placé dessus et on avait fait un autel monté sur
trois marches. Sur cet autel était étendu un drap que
Martial, effrayé, reconnut à des taches que le temps
avait jaunies ; c'était le drap sur lequel le comte d'Aumoy
avait été couché après le crime ; un immense crucifix était
placé au milieu de l'autel, étendant ses deux bras vers les
hautes tapisseries qui pendaient le long des colonnes
'orses.

— Mais c'est une chapelle ! firent aussitôt les deux
acolytes de Martial.

Et, pris d'un respect soudain, ils se découvrirent et
marchèrent en se courbant. Bois-Sec fit même le signe
de la croix.

Les coquins avaient peur ; ils voulaient bien voler, mais

on ne leur avait pas dit que c'était dans une chapelle, et ils hésitaient.

Martial avait surmonté sa première impression, et, haussant les épaules, il avait été regarder derrière l'autel ; il était éloigné du mur de plus d'un mètre ; il regarda le panneau... le panneau était intact.

— Venez donc ici, imbéciles ! et donnez-moi les outils...

— Ah ! vous savez, fit le Marcassin en allant se placer près de lui, voilà les outils ; mais moi, je ne touche à rien ici, pour un tas d'or comme moi... Il me semble que je ne respire pas.

— Je voudrais bien être dehors, fit Bois-Sec.

Martial haussa les épaules ; il prit le ciseau à froid que Marcassin lui donnait et le glissa dans la jointure du panneau et de la moulure qui l'entourait au-dessus de la cimaise...

Les deux coquins, placés derrière lui, le regardaient curieusement.

Tous les trois étaient accroupis derrière l'autel.

A la première pesée, le panneau bascula.

— Enfin ! fit joyeusement Martial en voyant dans la cachette la grande enveloppe scellée des cinq cachets et un petit portefeuille à coté.

— C'est ce que vous vouliez ? fit dédaigneusement Marcassin.

Martial avait pris le portefeuille et la grande lettre ; il les avait mis dans sa poche et avait fermé la cachette.

Il allait se relever, lorsqu'il tendit l'oreille... Fermant la lanterne, il dit à voix basse :

— Chut!... j'entends du bruit...

— Bon Dieu ! fit Marcassin du même ton et ouvrant

13

un large couteau, j'étais sûr que nous serions pincés...
vous nous menez dans des églises !

Il se tut, car la porte qui communiquait aux appartements s'ouvrait, jetant un rayon lumineux dans la chambre sombre.

Les trois misérables étaient absolument masqués par
l'autel et par les tentures qui tombaient derrière. Ils
regardèrent, sûrs de n'être pas vus, et furent épouvantés
en voyant entrer un long fantôme.

Bois-Sec et Marcassin se serrèrent l'un contre l'autre,
faisant le signe de la croix, tremblant que le spectre ne
vînt sur eux.

Martial, l'œil fixe, les doigts crispés, sentait un frisson
lui couvrir le corps, des gouttes de sueur froide perlaient
de la racine de ses cheveux, qu'il sentait se hérisser sur sa
tête.

C'est que Martial reconnaissait ce spectre... Les trois
bandits regardaient... ils virent éclairée, par un flambeau
qu'elle tenait à la main, une femme toute vêtue de blanc,
dont les cheveux dénoués couvraient les épaules...

C'était Orphise qui venait prier.

Et, disons-le, les coquins pouvaient avoir peur, le
tableau était lugubre ; dans cette chambre obscure, les
grands vêtements blancs d'Orphise, sa pâleur, son regard
perdu dans sa pensée, sa démarche lente lui donnaient
l'allure d'un fantôme.

Martial, l'œil démesurément ouvert, regardait, épouvanté, tremblant de voir parler cette bouche qui savait.

A mesure qu'Orphise avançait vers l'autel, Bois-Sec et
Marcassin se reculaient, persuadés qu'ils avaient affaire
à un spectre ; et, croyant qu'il se dirigeait sur eux, Bois-
Sec multipliait ses signes de croix à l'infini, espérant
ainsi obliger l'esprit à la retraite.

La veuve du comte d'Aumoy s'agenouilla sur les marches de la chapelle, elle pria, puis embrassa le drap qui
couvrait l'autel et tendit vers le Christ ses bras suppliants
et dit :

— Seigneur, pardonnez-moi ! ma vie de remords ne
peut atténuer le crime. Seigneur, faites qu'il me pardonne là-haut ! et qu'il me protège, mon Jean...

La comtesse pria encore à voix basse, puis, s'étant
signée, elle se retira.

A peine fut-elle partie, que Bois-Sec et Marcassin se
relevèrent et se dirigèrent vers la porte par laquelle ils
étaient entrés, en marchant sur la pointe de leurs pieds
nus... Marcassin disait à voix basse :

— Vite, vite, partons, détalons... je n'ai plus une goutte
de sang dans les veines...

Comme Martial ne bougeait pas, il alla vers lui et lui
frappant sur l'épaule :

— Eh bien ! hé ! est-ce que vous êtes mort?...

— Ah ! fit-il en sursautant, c'est vous !

— Pardi ! donnez donc la veilleuse et ouvrez-la : il fait
noir comme dans une tombe.

Il ouvrit la lanterne en disant :

— Tu as raison, viens vite...

Ils se hâtèrent; Martial sortit sans détourner la tête ;
il ferma soigneusement les portes, et quelques minutes
après, accompagné de ses deux acolytes, il se trouvait sur
la route. Marcassin respira bruyamment alors.

— Ah ! bon Dieu de misère, en voilà une de passée
que je ne tiens pas à recommencer. Mais ça existe donc les
spectres ? Crédié ! elle aurait pu venir sur moi, j'aurais
pas eu la force d'y dire un mot...

— Sais-tu qu'une secousse comme ça... ça peut bel et
bien vous donner un refroidissement pour une fois.

— Je ne sais pas comment je respire encore...

Les trois misérables se dirigèrent vers Nouzon, à l'auberge où ils couchaient. Martial fit servir à souper dans sa chambre, et, en mangeant, il les paya. Au matin, ils partirent par le chemin de fer.

Seul, Martial, l'œil fixe, la pensée aux événements de la nuit, répétait d'une voix sourde :

— Oh! non! non! jamais je n'ai eu peur comme cette nuit.. Elle était terrible, mais bien belle, Orphise !

FIN DE LA PREMIÈRE PARTIE.

UNE FEMME DE BIEN

I

OÙ NOUS PRÉSENTONS ENFIN AU LECTEUR QUELQUES SYMPATHIQUES PERSONNAGES

Il était cinq heures du soir ; deux mois environ après les événements que nous avons racontés, un tout jeune homme à cheval suivait la route qui, traversant le bois de la Havetière, vient aboutir à Nouzon... Avant d'arriver à la ville, et sans que le jeune homme eût tiré sur les rênes, le cheval s'arrêtait devant une petite maison toute couverte de verdure et presque perdue dans les feuilles. Le jeune homme salua, et une jeune fille qui travaillait à une fenêtre lui rendit son salut.

— Bonjour, mademoiselle...

— Bonjour, monsieur Jean.

Pour échanger ces quelques mots, la jeune fille et le cavalier avaient rougi... mais rougi...

— Il a fait bien chaud cette journée...

— Oh ! oui, monsieur Jean... Voulez-vous vous rafraîchir ?

— Si ce n'était abuser de vous, j'accepterais...

La jeune fille se leva aussitôt, attachant peu d'importance à la réponse, et le jeune homme descendit de cheval et s'approcha de la fenêtre : tout cela s'était fait mécaniquement, comme une chose habituelle ; le cheval même, dès qu'il fut débarrassé de son cavalier, alla sur le côté de la route, à un endroit où sa présence habituelle était révélée par les longues morsures dont les arbres étaient couverts...

Le jeune homme, appuyé sur la fenêtre, attendait ; la jeune fille revint et lui donna un grand verre de ce bon vin rosé des Ardennes.

Quel regard ils échangèrent, les deux enfants amoureux !... La belle chose au reste que l'amour des jeunes, comme il chante gai sous les tonnelles vertes, et qu'il est doux aux lèvres le vin qu'on boit à deux, le vin raide du pays.

Il semble que l'on s'aime mieux en pleine nature. C'était un jour d'automne où le soleil est blanc, les feuilles jaunes et le ciel en cuivre ; le vent apportait au poumon le parfum fort des bois...

Le jeune M. Jean but son verre et regarda la jeune fille, et c'était un bien charmant tableau ; elle valait cette longue minute d'extase, la gracieuse enfant, dans son cadre de verdure, semblant de ses doigts menus travailler, et faisant véritablement le plus détestable ouvrage. Que d'embarras, que de confusion, et cependant que de désirs d'éprouver tout cela ; c'était bien là ce bon amour de l'enfant qui fait faire des châteaux en Espagne, qui ne donne que de bonnes et douces pensées, dont le but et le mobile sont purs comme l'âme de celui qui le ressent.

Elle se nommait Rose, un nom doux à prononcer comme la fleur qu'il évoque.

Mlle Rose avait des cheveux châtain-clair, presque blonds ; un nez fin dont les narines roses se dilataient dans le sourire ; ses yeux bleus étaient doux à l'ombre de leurs cils retroussés, et la peau paraissait plus blanche sous les sourcils bruns et épais. Les lèvres, finement arquées, souriaient toujours en laissant voir des petites fines dents d'un blanc nacré, enchassées dans des gencives peut-être un peu trop pâles... Ce sourire creusait dans les joues deux fossettes que le grand-père de Mlle Rose appelait « des nids à baisers ».

Ni trop petite ni trop grande, admirablement faite, la taille ronde et souple, gracieuse en tous ses mouvements... des mains adorables, des doigts fins à ongles roses... et tout cela avait dix-sept ans.

M. Jean, accoudé sur la fenêtre, la tête un peu penchée, admirait l'admirable créature, et comme le regard en dessous de Mlle Rose rencontra le sien, il dit, comme s'il pensait haut :

— Êtes-vous belle, mademoiselle Rose !

Oh ! alors, les petites oreilles nacrées de la belle enfant s'empourprèrent, et elle devint rouge de la colerette aux cheveux... mais elle sourit cependant.

Ne croyez pas que le garçon qui lui parlait fût un gaillard à main hardie, ayant le propos libre et passé maître en l'art d'aimer... point ; c'était le digne pendant de Mlle Rose.

C'était un assez grand garçon de dix-neuf ans ; il entrait dans sa vingtième année ; grand, bien pris, svelte, élégant, le geste était aisé, les mouvements rapides, et, quoique négligemment vêtu, on sentait en lui un homme distingué.

Il portait une jaquette sombre, un gilet de couleur claire, sur lequel retombaient les deux pointes d'une cravate de taffetas noir, une culotte grise collante, des bottes à l'écuyère ; de ses manchettes très blanches sortaient des mains fines élégamment gantées. Tout cela sentait la coupe des faiseurs parisiens ; il avait un petit chapeau rond qu'en ce moment il tenait à sa main, tombant le long du corps.

La tête était belle ; l'œil noir avait cette vivacité qu'on qualifie d'œil fripon : il était un peu enfoncé sous des sourcils très bruns et courbés d'une ligne pure ; les cils, noirs et très longs, faisaient encore ressortir les yeux ; le nez était droit et fin ; la bouche petite, avec des lèvres un peu épaisses, à peine ombragées de quelques poils follets ; une moustache naissante ; le visage était d'un ovale un peu long et la peau, encore duvetée, était d'un teint un peu mat ; ses cheveux, fins comme de la soie, étaient bien plantés, ils étaient plutôt châtain foncé que bruns.

Sur ses boutons de manchettes, très larges, était une couronne de comte sous laquelle, dressée comme une croix, était une épée rayonnante avec cette devise autour des rayons : *Je brille ou je brise*.

Ce grand et beau garçon n'était autre que l'unique héritier des d'Aumoy : le fils posthume du malheureux Michel d'Aumoy... c'était le comte Jean d'Aumoy.

Timide et réservé comme les enfants élevés par les femmes, il n'osait parler devant la jeune fille et il sentait qu'il avait cependant beaucoup de choses à lui dire... Après bien des efforts, il dit cependant :

—Il a fait un bien beau temps aujourd'hui.

— Oh ! oui, monsieur Jean.

— Oui, un temps superbe...

— Vous êtes sorti de bonne heure aujourd'hui ?

— Comme tous les jours, mademoiselle ; après le déjeuner, je suis parti par les bois la Dame et revenu par ici...

— C'est un joli chemin.

— Oui, notre pays... est adorable ; tout y est. Après la grande nature, il est un autre tableau bien doux, mademoiselle Rose.

Le rouge commença à revenir aux joues de M. Jean en disant ces mots ; mademoiselle, au contraire, dit avec calme :

— Quel autre tableau, monsieur Jean ?...

— Ne le devinez-vous pas ?...

— Moi, du tout.

Le jeune homme se lança tout à fait...

— Eh bien ! mademoiselle, c'est un tableau que je ne peux me passer de voir maintenant... il faut avant de rentrer que j'aie vu votre sourire. que j'aie entendu votre voix...

Ce fut cette fois Mlle Rose qui rougit.

— Ecoutez, mademoiselle Rose ; chaque fois que je viens, je me promets de vous dire quelque chose, et dès que je suis près de vous... je n'ose.

— Oh ! fit la jeune fille.

— Oui, je viens toujours avec l'intention arrêtée de vous parler sérieusement et...

13.

— Je vous écoute, monsieur Jean.

Le jeune homme allait parler lorsqu'il sentit qu'on lui posait une main sur l'épaule, et il entendit :

— Eh bien ! monsieur Jean, qu'est-ce que c'est que ça donc ! Voulez-vous fermer les oreilles, mademoiselle !

La jeune fille releva la tête avec inquiétude, mais elle sourit en reconnaissant celui qui les avait surpris... Le jeune homme s'était vivement retourné, et, voyant celui qui l'avait goguenardement interpellé, il lui tendit la main, en disant :

— Bonsoir, monsieur de Braux..,

— Bonsoir, monsieur le comte, fit le nouveau venu en prenant la main de Jean d'Aumoy...

Le jeune homme était bien un peu embarrassé, et il dit :

— J'ai fait une longue tournée à cheval... il a fait très chaud aujourd'hui... Lorsque je passai ici, mademoiselle Rose a eu la bonté de me donner un verre de vin...

— Voyez-vous ça !... et à la porte, par la fenêtre...

Mademoiselle Rose ouvrait la porte de la maison et sa charmante petite tête s'offrait à M. de Braux qui continua :

— Comment, Rose, tu ne pouvais pas prier M. Jean d'entrer ? tu ne pouvais lui offrir chez nous à se rafraîchir ? Comme une servante d'auberge au postillon qui passe, tu lui donnes un verre par la fenêtre... Qui t'a donc élevée ainsi, ma belle.

Et en disant cela avec bonhomie, M. de Braux avait monté les quatre marches du perron ; il avait pris Mlle Rose dans ses bras et il l'embrassait en souriant.

— Petit père, fit la jeune fille, je ne pouvais, étant seule, prier M. Jean d'entrer chez nous...

— Comment, cette vieille Catherine n'est pas là ?...

— Non, père, elle est allée au marché à Nouzon.

— Je lui ai défendu de te laisser seule.

— Mais il fallait bien faire les provisions pour le soir...

— Elle devait t'emmener avec elle... je le lui ai dit.

La jeune fille baissa les yeux et répondit :

— Elle le voulait, petit père... mais j'ai refusé... Ne la gronde pas, j'ai absolument refusé...

— Ah ! ah ! fit en riant et en regardant Jean d'Aumoy M. de Braux, elle a dû partir vers quatre heures...

La blonde Rose releva la tête et dit naïvement :

— Mais oui, petit père, quatre heures et demie.

Elle vit que le jeune comte se mordait les lèvres, et seulement elle comprit et, rougissant, elle se tut.

— Mon cher monsieur Jean, excusez-moi. Vous savez, il faut être sévère avec la jeunesse... et permettez-moi de réparer les... négligences de cette enfant et de cette vieille bête. Entrez donc... vous êtes en promenade et vous avez le temps...

— Vous êtes trop bon, monsieur de Braux.

— Nous allons, — puisque vous avez chaud, — vider une bouteille de notre petit rose qui mousse... Allons, ma mignonne, laisse-là ton crochet, fais les honneurs de notre petite maison ; va au caveau chercher la fine bouteille.

La jeune fille sourit à son père et échangea avec le jeune comte un long regard plein de passion et de pureté, puis elle rentra dans la maison pour exécuter ses ordres.

M. de Braux fit entrer le jeune comte, entra lui-même, et, toujours avec ce ton bonhomme, plein d'aménité, de sans-gêne et de franchise, il lui dit :

— Vous savez, monsieur Jean, vous êtes ici chez vous ; mettez-vous à votre aise. Je vous demande la permission de ne point me gêner.

— Oh ! monsieur de Braux, je ne suis pas un inconnu...

— Vous voyez, j'en abuse.

Et, en disant ces mots, il ôtait gaillardement sa redingote et passait à la place un veston de velours. Il apportait sur la table, devant laquelle il avait fait asseoir son hôte, deux verres bien blancs et un grand pot de tabac... de contrebande. Il décrocha d'un râtelier une longue pipe de terre, artistement culottée, il en offrit une au jeune homme ; mais celui-ci, lui montrant un porte-cigare bien garni, lui dit :

— Je vous remercie, monsieur de Braux, je ne fume que le cigare.

— J'étais comme vous à votre âge... C'est au service que j'ai perdu cette coûteuse habitude, car je suis un vieux soldat, moi... J'ai des façons de caserne qui doivent vous paraître bien singulières... Je ne suis convenable qu'avec la petite...

— Vous êtes, monsieur de Braux, le meilleur homme que je connaisse...

— Hum ! hum !... J'ai surtout cette qualité d'être le père de Rose, fit en riant l'ancien militaire.

Le jeune comte fut assez embarrassé de cette brusque sortie ; il remarquait que c'était avec obstination que M. de Braux revenait sur ce sujet.

La jeune Rose rentra. Le père de Braux avait pris un siège et s'était placé à table, devant le jeune comte d'Aumoy. En bourrant sa pipe, il dit à sa fille :

— Rosette débouche-nous la bouteille, verse-nous, et assieds-toi... près de nous.

Comme le jeune comte et la jeune fille paraissaient surpris, l'ancien soldat dit au premier :

— Ce n'est pas pour la faire trinquer... C'est pour entendre un peu ce que nous allons dire... car je suis très heureux de vous avoir rencontré aujourd'hui, monsieur Jean... Depuis longtemps, je désirais vous voir et causer avec vous.

Le jeune homme regarda avec inquiétude le père de Rose.

Celui-ci, calme, avec le plus grand flegme, allumait avec soin sa longue pipe belge.

Disons tout de suite ce qu'était physiquement le père Debraux.

D'abord disons qu'il ne s'appelait pas absolument ainsi ; son nom était « de Braux » ; mais nous lui laissons le soin d'établir plus loin sa généalogie.

Grégoire de Braux, que chacun nommait « le père Debraux », avait environ cinquante ans ; il paraissait son âge. A trente-cinq ans, il semblait déjà en avoir cinquante, car ses cheveux étaient tout blancs. Nous dirons tout à l'heure comment ce phénomène se produisit en une seule nuit.

C'était un grand gaillard, dont le ventre pointu faisait saillie sur de longues jambes nerveuses et maigres ; le visage était crâne, l'air bon ; on sentait dans l'ensemble la bonté, l'audace et le froid courage. Sur le front fuyant, les cheveux, absolument blancs, coupés à la Titus, formaient l'étoile ; les favoris courts venaient joindre la moustache grisonnante et taillée en brosse ; le nez était ferme de dessin et un peu foncé en couleur, ce qui indiquait une passion, mais une affection sérieuse pour le petit vin ardennais. L'œil, enfoncé sous l'arcade sourcilière, était bleu foncé ; les lèvres étaient épaisses,

presque lippues. Le cou était serré dans un col de crin
qui l'obligeait à se tourner tout d'une pièce. Vêtu d'une
redingote et ficelé dans un gilet qui avait quarante-sept
boutons, il marchait droit, portant haut la tête. Grégoire
de Braux se coiffait sur l'oreille d'un petit chapeau aux
bords bien cambrés ; ses longues jambes se perdaient
dans un vaste pantalon à la hussarde. Il marchait toujours à grands pas, la main gauche dans le pantalon, la
main droite portant sa canne, qu'il tenait comme un
sabre ; en marchant, il sifflait toujours et faiblement,
pour lui seul, une marche : il prétendait que cela
l'aidait à marcher.

C'était un ancien capitaine d'infanterie. N'ayant jamais
pâli au feu, très brave, sans forfanterie, il avait fait
froidement les campagnes d'Afrique, le siège de Rome
et avait quitté le service après la guerre de Crimée ;
c'est là qu'il avait été fait officier de la Légion d'honneur ; c'est là qu'en une nuit ses cheveux avaient
blanchi...

Voici l'histoire :

Le général C... avait besoin d'un officier intelligent
qui voulût bien aller relever l'emplacement d'une batterie qui détruisait nos travaux en face le mamelon
Vert... le capitaine de Braux s'offrit ; il partit la nuit,
remplit sa mission et s'égara si heureusement qu'il se
trouvait en plein camp ennemi. Il s'était assis à l'abri
d'un pli de terrain, cherchant le moyen de sortir de
cette situation ; entendant des voix derrière lui, il se lève
à demi et regarde. Quatre officiers supérieurs russes
étudiaient le terrain, s'entretenant d'un plan projeté.
Son mouvement brusque révéla sa présence : les officiers
se retournèrent... le capitaine déguisé en paysan feignit
de dormir.

Celui qui paraissait être le chef l'aperçut :

— Ah ! ah ! fit-il en français, on nous écoutait ; je vais lui boucher les oreilles.

Et, armant un pistolet, il abaissa le canon de l'arme sur le malheureux. Un des officiers releva le bras du chef. Si indifférent qu'un soldat en guerre soit à la mort d'un homme, il existe des soldats qui hésitent à tuer les enfants, les prêtres ou ceux qui ne se défendent pas.

— Il dort... un coup de feu donnera l'éveil. Peut-être, au reste, n'a-t-il rien entendu... il n'a pas bougé.

— Qu'importe, reprit le premier, voici qui ne fera pas de bruit.

Et glissant son pistolet dans sa ceinture, il tira son épée et en dirigea la pointe sur le malheureux ; le fer touchait la poitrine... Grégoire de Braux ne bronchait pas.

— Attendez, fit l'officier qui déjà avait relevé l'arme.

Et mettant genou en terre il glissa avec précaution sa main sous la veste du capitaine.

— Oh ! il dort, allez... le cœur bat régulièrement.

— Pas de sang inutile, fit alors le chef avec indifférence, en remettant son arme au fourreau.

Et les officiers partirent. Quelques minutes après, le capitaine ouvrait un œil, puis deux, se relevait, regardait autour de lui, respirait bruyamment... et courait au camp, raconter au général ce qu'il avait entendu.

— Tiens ! fit le général C... en l'écoutant, il neige donc ? Vous avez les cheveux blancs.

C'était à la suite de ce fait qu'il avait été nommé officier de la Légion d'honneur. Blessé quelque temps après, il revint en France, donna sa démission et se maria.

De ce mariage naquit — dix mois après — mademoiselle Rose-Amélie de Braux.

Le capitaine de Braux devint veuf quatre ans après son mariage. Adorant sa femme et cependant très gêné dans ses habitudes par elle, il s'était promis, en raison de cette adoration et de son peu d'aptitude à l'esclavage du mariage, de ne jamais se remarier : il avait tenu sa promesse.

Devant sa fille, le capitaine ne jurait jamais ; mais dès qu'on était « entre hommes » c'était un feu roulant de juremens mêlés de gaillardises. A cheval sur le point d'honneur, furieux d'avoir eu une fille, il la veillait incessamment, se promettant bien de ne la donner qu'à un gaillard sérieux, qui porterait son nom assez crânement pour l'obliger à mêler ses armes aux siennes.

Le capitaine avait conservé dans la vie civile ses habitudes militaires : il se levait à sept heures du matin, été comme hiver. A cette heure, la bonne devait avoir déposé, sur la table d'un cabinet spécial, du cœur haché, du chenevis, des feuilles de chou hachées, du millet et des échaudés.

Il faut dire que le capitaine de Braux avait une passion : les oiseaux ; tout le mur du rez-de-chaussée, du côté du jardin, était enveloppé par une volière dans laquelle était vingt espèces d'oiseaux, tous oiseaux de France : il n'aimait que ceux-là. C'était le capitaine lui-même qui leur faisait et leur donnait la nourriture. A sept heures du matin il faisait la pâtée et la distribuait ; à sept heures et demie, droit comme un I, vêtu d'un pantalon à la hussarde, retenu par des bretelles, en bras de chemise, le cou bouclé dans son col de crin, il entrait dans ses cages en sifflant une marche.

Tous les oiseaux voletaient autour de lui ; il sacrait alors deux ou trois jurons bien sentis : c'était sa façon de se rincer la bouche.

Souvent le capitaine racontait une embuscade africaine dans laquelle il avait tué trois ou quatre Bédouins :

— Le premier, nom d'un tonnerre, ma balle lui casse le crâne ; sacré n..., le second avance sa boule de cirage, ma balle lui fracasse la mâchoire et sort par l'œil ; quelle affaire, sacré b..., je n'ai que le temps de prendre le fusil des mains de mon ordonnance, un troisième montre son nez large comme un coup-de-poing, tonnerre ! v'lan ! entre les deux yeux...

Et il était joyeux comme tout ; si, à cette heure, un individu était venu se flatter d'avoir tué une fauvette ou un pinson, il l'aurait traité de la belle façon ; son raisonnement était simple, il disait :

— Lâche !... moi, c'est aux hommes que je m'attaque...

Le capitaine se levait matin, à dix heures, il criait dans l'escalier de la chambre de sa fille :

— Rose, on a sonné la soupe.

Mademoiselle Rose descendait tendant à son père ses joues fraîches sur lesquelles le capitaine faisait retentir deux baisers sonores comme un coup de clairon, et on déjeunait ; le déjeuner se prolongeait jusqu'à une heure... le capitaine montait se mettre en *tenue* et la canne à la main, après avoir embrassé sa fille, il descendait vers Nouzon, au café de la Petite-Place...

Le capitaine criait en entrant :

— Garçon, un gloria, ma pipe et *mon* journal...

Le journal du capitaine de Braux c'était le *Journal officiel,* il ne consentait jamais à lire que deux choses, les promotions et le sommaire de l'Assemblée... Dès qu'il voyait : « Le ministre de la guerre prend la parole... Discussion sur l'armée », il lisait la séance. Quand il voyait : « Loi sur les sucres, projet de loi sur le traité avec l'Angleterre », il haussait les épaules en disant :

— En ont-ils du temps à perdre... faut bien qu'ils s'occupent...

Si un habitué disait :

— Mais que voulez-vous donc qu'ils fassent, capitaine.

— Comment ? ce que je veux qu'ils fassent, nom d'un tonneau ! rien qu'une bonne loi là !... « Tout le monde obéira au gouvernement ! » v'lan ! voilà l'organisation civile... et mettez-moi à la tête un lapin qui commande. Après çà, une bonne loi sur l'armée : « Tout le monde est soldat et doit marcher, » v'lan ! et avant quinze jours tout le monde serait là-bas et çà irait... qu'est-ce que çà me f... à moi leur discussion de drapeaux, j'en connais qu'un, celui de la France... Nom d... avec leur gouvernement et leurs partis... il n'y en a qu'un, la nation... Voilà ma politique à moi... prenez tous les journalistes, fourrez-les dans un pétrin et pilez-moi là-dessus... et dans quinze jours nous serons tranquilles...

Benoît... du feu et un besigue... Maintenant, monsieur, je suis à vos ordres, vous me devez ma revanche d'hier...

Et deux minutes après, le capitaine jouait avec un habitué son gloria en trois mille liés au besigue.

A cinq heures moins un quart, il se levait, gai s'il avait gagné, maugréant s'il avait perdu, et regagnait sa demeure. Il arrivait vers cinq heures... il allait don-

ner de l'eau aux oiseaux... et venait prendre son absinthe en fumant sa pipe à la fenêtre pendant qu'on
mettait le couvert.

Le capitaine disait qu'il ne prenait jamais d'absinthe
au café pour ne pas donner un mauvais exemple à la
jeunesse...

— A un vieux troupier, çà se pardonne... Et puis
nous sommes des anciens, nous... du temps où on les
faisait solides. Avec la génération d'aujourd'hui, ils en
mourraient en un mois.

On dînait à six heures et demie, on se levait de table
à huit heures ; à huit heures dix, un ancien compagnon
d'armes du capitaine arrivait, et l'on faisait des parties
de piquet à vingt-cinq centimes... Tous les jours, les
deux amis se disputaient... jamais ils ne se fâchaient.

Le soir où nous avons présenté le capitaine au lecteur, il revenait du café. Quand il fut assis devant son
jeune hôte, le capitaine lui dit :

— Monsieur Jean, je n'y vais pas par quatre chemins
avec vous... Voici la chose : tous les jours, à la même
heure, vous passez ici... Nous nous sommes connus en
soirée à Charleville, c'est très bien... Si vous veniez me
rendre visite, ce serait tout naturel... Mais c'est ma Rose
à laquelle vous venez dire un petit bonjour...

Le jeune homme regardait le parquet sans oser lever
les yeux.

Le capitaine continua :

— Je sais le manège que vous faites depuis qu'il a
commencé : j'aurais pu le faire cesser si j'avais craint
quelque chose, mais je sais qui vous êtes et j'ai laissé
faire, sachant bien que le comte d'Aumoy ne pouvait
avoir l'intention de mal agir vis-à-vis du comte de
Braux... Je vous le répète, monsieur Jean, je n'y vais

pas par quatre chemins, moi... Quelles sont vos intentions ?

Le jeune comte se leva, mis à l'aise par la rude franchise du vieux soldat, et dit d'une voix claire :

— Mes intentions, capitaine, sont telles que vous les avez jugées, dignes du gentilhomme auquel je m'adresse et dignes de celui que vous voulez bien recevoir chez vous. Monsieur le capitaine de Braux, j'aime Mlle Rose de Braux, et je l'aime comme elle mérite d'être aimée... Je serais heureux et fier si son père m'accordait sa main.

— Très bien... la main... fit le capitaine se levant en mordant sa moustache pour cacher son émotion et en tendant sa main loyale au jeune comte d'Aumoy. C'est entendu !... Maintenant, vous savez, je vous retiens à dîner... et pas un mot de cette affaire. On n'en reparlera que lorsque j'aurai vu Mme la comtesse... Vous savez, la famille, c'est la chancellerie de l'amour... Rose ! enlève le vin et donne-nous deux verres et de l'absinthe ! M. Jean dîne avec nous.

La jeune fille, rouge, confuse, n'avait pas osé lever les yeux en entendant la brusque mise en demeure de son père ; c'est seulement lorsque le jeune homme lui avait répondu qu'elle l'avait remercié par le plus doux sourire qu'on pût voir.

Le jeune homme voulut alléguer que, n'ayant prévenu personne chez lui, on l'attendrait et qu'il risquait d'inquiéter sa famille. Mais M. de Braux lui dit :

— Allons donc ! allons donc ! on n'inquiète pas sa famille pour si peu ; vous n'êtes pas une jeune fille... et ce n'est pas la première fois que vous oubliez l'heure de l'appel.

Jean répondit doucement :

— Monsieur de Braux, vous vous trompez, jamais ma mère ne m'a attendu... Il y a eu dans notre famille une grande douleur... depuis ce malheur, ma mère est inquiète à la moindre minute de retàrd... je le sais, et je me fais un devoir de ne jamais lui donner ce supplice...

Le capitaine regardait le jeune homme dans le blanc des yeux pendant qu'il parlait ; lorsqu'il eut fini, il lui tendit la main en disant joyeusement :

— Très bien ! jeune homme... très bien ! Nous vivons à une époque où ces sentiments-là ne courent pas les rues... aujourd'hui, la jeunesse trouve drôle de rire des parents ; leurs craintes, leurs tourments passent pour des infirmités... C'est bien, monsieur le comte, et la plus grande preuve d'amour qu'on puisse donner à sa mère est de lui obéir... et je vous en aime mieux... Seulement, je suis obstiné, moi... et vous dînerez avec nous...

— Comment cela ?

— Vous allez écrire, là, un mot à votre maman, que vous me faites l'honneur de dîner avec moi... et que si au dessert elle veut venir prendre le ca...

Le capitaine s'arrêta en voyant les signes que sa fille lui faisait pour le rappeler aux convenances.

Eh ! tonnerre de... Au diable... faut excuser ça, des habitudes de troupier ; vous savez, pas de cérémonie... Voilà...

Le jeune comte, obéissant et heureux surtout de l'idée du capitaine qui conciliait son désir de rester avec la volonté qu'il avait de ne pas faire de mal à sa mère aimée, écrivit aussitôt à Mme d'Aumoy.

Le jardinier porta la lettre.

Le capitaine n'était pas riche, mais il jouissait d'une

petite aisance qui lui permettait d'avoir pour la maison
la vieille Catherine et pour le jardin et le gros ouvrage
un jeune gars d'une quinzaine d'années... C'est ce dernier qui partit chez Mme d'Aumoy.

Le capitaine fit l'absinthe. Oh! c'est que pour lui
c'était toute une affaire et une grave affaire... il ne parlait pas, et sa main s'étendait pour demander le silence
à ceux qui devaient trinquer avec lui...

Il versait d'abord goutte à goutte l'eau froide sur la
terrible liqueur, et lorsque se formait dans le verre les
gros nuages cotonneux, il sondait si la purée était faite...
Alors, après dix secondes d'attente, il passait à l'opalé,
c'est le remplissage du verre, qu'il faisait selon le degré
où il voulait prendre son *perroquet*.

Après, posant la carafe, faisant claquer son pouce sur
le médium pour accompagner la première mesure d'une
marche qu'il sifflait, il regardait les verres à travers du
jour... et s'écriait :

— Maintenant, vous allez me goûter ça... c'est la vraie
absinthe... l'absinthe apéritive bien faite, c'est bon et
sain ; gâchée et tripotée par tous vos blanc-becs, c'est un
vrai poison... et, vous le savez, pour la faire comme ça.
il faut être amateur... On ne l'apprend pas... Tenez, mon
cher comte, goûtez-moi ça...

Maintenant, mon cher ami, permettez-moi une chose,
je vais vous parler franchement... je sais qui vous êtes,
je n'ai donc rien à vous demander... Il n'en est pas de
même de moi, qui vis comme un ours...

Le jeune homme faisait des signes de dénégation...

— Permettez, cher monsieur Jean, à ça près de deux
ou trois écarts chez de vieux amis de la famille que je
fais à cause de l'enfant, je suis un ours... qui aime ses
Ardennes pour leur côté sauvage, parce que je suis sau-

vage, moi; mais... de vous c'est différent; tout le monde
dit : c'est le plus charmant garçon, le plus distingué, le
plus instruit... Je vous aurais peut-être mieux aimé,
plus... plus... enfin je me comprends... Mais j'ai su une
histoire de chasse où, avec vos petits airs sainte n'y touche,
vous vous êtes conduit très bien... Tant qu'à madame
votre maman, lorsqu'elle sort, tout le monde se découvre..
On dit d'elle : *la femme de bien;* quand on veut citer
une bonne action faite par quelqu'un, on dit : Il s'est
conduit comme Mme d'Aumoy... donc, rien à dire...
Mais sur moi, c'est autre chose, vous ne me connaissez
pas...

— Mais, capitaine, je vous promets que...

— Ne vous inquiétez pas, je ne dirai pas de mal de moi,
et je vais plus loin : à plus juste titre que Jean-Jacques
Rousseau, je commencerai en disant : « Si un homme fut
meilleur que moi, qu'il le dise s'il l'ose. »

— Capitaine, ce n'est pas ce motif qui me faisait
agir.

— Je le sais fichtre bien ! Mais voici la chose : j'ai une
petite situation, la vôtre est supérieure, il faut bien
l'établir... je ne suis pas des gens qui font d'un mariage
une affaire ; cependant, je ne veux pas non plus que le
lendemain de la noce les mariés soient comme des
petits saint Jean ; ce serait très laid, et je ne le souffri-
rais pas...

Et le capitaine eut un franc éclat de rire. Il continua :

— Pour ce qui est de la fortune, j'ai quinze mille
francs de rente ; j'en mange juste la moitié, le reste est
à cette enfant-là. Voilà quatorze ans qu'il en est ainsi,
comptez ce qu'elle a de dot... Non, je ne dis pas tout :
elle a, vu ce que la maman lui a laissé, deux cent beaux
mille francs... Voilà l'affaire... Maintenant arrivons à

la famille : Mlle Rose-Armandine de Braux a quelque
prétention à descendre de Charles de Gonsague. S'il vous
prenait envie de vous en assurer, il y a dans un coin
des papiers roussis sur lesquels on lit sa signature, qui
ressemble à une croix et la date, « 1641 ...» Tout cela
n'est rien, mais je m'honore, moi, de noblesse plus
récente.

Le capitaine but une longue gorgée d'absinthe.

La vieille Catherine rentrait avec les provisions. Le
capitaine lui jeta un terrible coup d'œil, et la jeune fille
saisit l'occasion pour aller préparer le salon où l'on
devait recevoir M. le comte Jean à dîner et puis pour
éviter un récit qu'elle connaissait trop.

— Voici donc en deux mots ce que je suis...

Le vieux soldat se leva, ôta sa calotte et dit :

— Je suis le fils du colonel de Braux... le colonel de
Braux, monsieur, que Victor Hugo a oublié dans son
récit de la grande bataille, la glorieuse défaite de
Waterloo, monsieur...

Le jeune comte Jean regarda le capitaine. Il était
superbe à voir, et le jeune homme au cœur français se
serait bien gardé de l'interrompre, sachant qu'il allait
trouver dans son histoire un peu plus d'amour... et
plus de haine pour l'avenir.

— Il y a des heures, jeune homme, où je crois que
j'assistais à la bataille. Mon père me l'a tant contée...
et là-bas, sur le champ même, il me menait, enfant,
à l'endroit où il était tombé... D'abord, à chaque anniversaire, le père me conduisait là... Voyez-vous, nous
prenions la diligence ; en deux jours, nous étions à
Hougomont... Vous ne comprenez pas ça, vous autres,
jeunes gens ; on ne vous a pas bercés de ces mots:
« Aime ta patrie ! » Au contraire, on vous a fourré le

nez dans les idées de principes : monarchie légitime, monarchie constitutionnelle, république... Nous autres — eux autres, je veux dire, — rien de tout ça... ils n'avaient qu'une devise : *Patrie !*... Je vois mon père quand nous arrivions à Hougomont, le soir du 18 juin; nous avions laissé notre carriole à Braine-l'Alleud, et à pied nous gagnions le petit village ; nous nous arrêtions devant une ferme qui était abandonnée, presque en ruines alors... Mon père se découvrait. L'œil fixe, l'oreille tendue, je l'écoutais avec émotion lorsqu'il disait :

« C'est ici, Grégoire... Souviens-toi ! »

Alors il continuait :

« C'est cette nuit, lorsque la dernière heure du 18 juin sonnera, que la ferme d'Hougomont va s'emplir de cris et de râles... les gens du pays disent, mon fils que la nuit d'anniversaire, les ombres des combattants viennent combattre encore... Mon fils Grégoire, ne l'oublie pas : il y a vingt ans jour pour jour que la France, vaincue et épuisée, revint chancelante cacher dans la terre natale ses aigles bossuées. Pauvre drapeau de Valmy !... sa hampe était hachée, sa flamme haillonnée ; il était sale... mais de poudre seulement ! »

Et mon vieux père pleurait, monsieur ! il pleurait comme un enfant... comme je pleure en ce moment, sacré nom de nom !...

Grégoire se pocha les yeux avec sa manche.

Le jeune comte, vivement ému, n'osait parler ; il écoutait, heureux d'être témoin de cette grande passion si française : l'amour du pays.

Le capitaine de Braux était lancé, il poursuivit :

— Voyez-vous, monsieur Jean, on ne connaît vraiment ce dernier effort de nos armes vaincues que par ceux qui étaient là... Vos historiens...

14

Le capitaine haussa les épaules...

— Vous ne savez pas ce que fut Waterloo... Napoléon avait dit : « Soldats, pour tout Français qui a du cœur, le moment est venu de vaincre ou de périr, » et le 15 juin, avec 130,000 hommes et 350 pièces de canon, il avait franchi la Sambre ; il comptait surprendre l'ennemi, mais il fut prévenu par quelques traîtres, et Blücher, que les soldats appelaient le maréchal En-Avant, averti du péril, eut le temps de concentrer ses troupes à Ligny. Un combat terrible s'engagea le 16 juin, Ligny fut deux fois pris et repris ; le général Gérard s'y maintint pourtant et l'ennemi se mit en retraite. Ceux-là, rejetés sur Namur, il fallait songer aux Anglais ; le 17 juin, Napoléon, ayant détaché le maréchal Grouchy avec deux corps de cavalerie et deux d'infanterie pour suivre Blücher, se rendit aux Quatre-Bras avec le restant des troupes qui avaient combattu à Ligny... Wellington s'était mis en retraite, couvert par une simple arrière-garde. Vers sept heures du soir, les cuirassiers de Milland, envoyés en reconnaissance, firent connaître que l'armée anglaise était en position sur les hauteurs du mont Saint-Jean...

Le capitaine avait pris un morceau de craie et, à mesure qu'il parlait, il traçait le plan... et la marche des corps ; le jeune comte, plein de cette flamme que nous avons si grande en ces jours, suivait attentif. Ce studieux auditeur animait le capitaine, qui sentait revivre en lui son glorieux père. Il continua :

— Vous voyez bien l'affaire, monsieur Jean... il était trop tard pour engager la bataille : Napoléon fit camper son armée là... en avant de Rosemond, près la route de Nivelle, en disant :

— A demain.

Il pleuvait ; les vieux grognards, roulés dans leurs man-
teaux, s'endormaient dans les seigles, les jeunes se chauf-
faient autour des feux allumés dans le camp, les grands
gardes veillaient. *Lui*, insouciant de la pluie qui fouet-
tait dru, un peu penché sur son cheval blanc, dont la
housse à N et couronne d'or se perdait dans la nuit,
suivi de Bertrand et de deux aides-de-camp, montait la
hauteur de Rosemond. L'uniforme vert à revers blancs,
la plaque, la croix, le grand-cordon rouge, tout cela
était caché par la redingote grise, dont le col relevé
cachait à demi le visage, le petit chapeau dégouttait de
pluie. Arrivé au sommet, sur le plateau, il arrêta son
cheval et regarda au plus loin.

Longtemps il resta ainsi, perçant de son regard d'aigle
la nuit pluvieuse, et il redescendit souriant, disant à mi-
voix :

— A demain, messieurs les Anglais !

Napoléon regagna alors son quartier général ; le sar-
ment pétillait dans la grande cheminée de la chambre
de la ferme ; on déroula la carte sur la table, — comme
nous faisons, monsieur Jean, — j'entends encore mon
brave père : l'empereur retira sa redingote mouillée ; il
était en uniforme de chasseurs de la garde ; tête nue,
les mains sur le dos, silencieux, il regarda ; puis, s'étant
fait dire les noms des routes et des chemins, ayant noté
les placements des corps, il s'accouda sur la table et de
son ongle fit un V dont la pointe aboutissait ici, le Mont-
Saint-Jean, et les deux ailes là et là, près Grenappe et
Nivelles... Alors Napoléon se redressant gagna la cheminée, se chauffa en lui tournant le dos, puis gai, souriant, il dit aux officiers qui l'entouraient :

— Belle journée demain, messieurs ; ce petit Anglais
a besoin d'une leçon...

Toute la nuit il fut debout, plaisantant avec tout le
monde ; jamais on ne l'avait vu si gai... Entre quatre et
cinq heures, des renseignements arrivèrent. Une brigade
de cavalerie anglaise allait prendre sa position de combat au village d'Obain. L'armée anglaise était prête pour
la bataille...

— Tant mieux, s'écria Napoléon, j'aime mieux les
culbuter que les refouler...

Il regarda la carte étendue sur la table, puis se tournant, il dit :

— Il me faudrait un homme, intelligent et brave,
pour relever une position...

Un colonel s'avança qui dit :

— Je suis aux ordres de Votre Majesté !

— Ah ! fit l'empereur, vous, de Braux ?... vous êtes
justement l'homme qu'il me fallait... Il faut réussir ou
mourir, et je vous connais !

Mon père ayant reçu les ordres de l'empereur partit
aussitôt... Deux heures après il revenait, le bras traversé
par une balle ; avant de se laisser panser, il venait rendre
compte de sa mission...

— Vous êtes blessé ? fit l'empereur...

— Ce n'est rien, sire... ma mission terminée, je me
ferai panser.

Et le colonel de Braux, la main dans les boutons de
son uniforme pour soutenir son bras, raconta ce qu'il
avait vu...

— Très bien ! fit l'empereur, qu'on panse le colonel ici.

Le pansement ne fut pas long ; pendant ce temps, l'empereur dictait des ordres. En se retournant, voyant
encore le colonel près de lui, il dit :

— Colonel, il faut vous rendre à l'ambulance et vous
reposer...

— Sire, fit mon père, je ne serai blessé que ce soir !

— C'est bien, colonel. Alors à table... et hâtons-nous, messieurs...

Sur la petite table de la ferme six couverts étaient dressés ; l'empereur, les maréchaux et mon père, sur un signe de l'empereur y prirent place.

Le déjeuner ne fut pas long... Vous savez qu'il ne flânait pas à table, lui, tant pis pour ceux qui avaient encore faim... A huit heures un quart, il dictait l'ordre de bataille ; à neuf heures, l'armée s'ébranlait au bruit des clairons, des fanfares, des tambours... Tonnerre ! mais le malheur, c'est que les convois étaient en retard, les soldats avaient le ventre creux, ils avaient à peine dormi et ils étaient mouillés ; il fallut attendre qu'un rayon de soleil séchât un peu le terrain, pour permettre aux équipages de manœuvrer sans s'embourber. A onze heures, le soleil paraît et la bataille commence.

En disant ces mots, le capitaine se courba sur la table, l'œil en feu, indiquant fébrilement du doigt les points qu'il désignait.

— Ici on attaque le château d'Hougomont où s'appuie la droite des Anglais ; le but est d'attirer de ce côté les forces de l'ennemi... Si l'ennemi dégarnit son centre, nous coupons les Anglais que nous rejetons vers les Flandres, loin des Prussiens... C'est alors une vraie bataille qui dure quatre heures... Mais les Anglais gardent leurs positions... Pendant ce temps-là, Ney lance son corps sur la Haie-Sainte et soixante-douze canons mitraillent le plateau du Mont-Saint-Jean... Nom de nom !.. cette fois, monsieur Jean, ça y était... Le désordre commença à se mettre dans les rangs ennemis... Ney veut profiter du mouvement de retraite qu'il voit dans les lignes

14.

anglaises ; il veut faire porter une partie de son artillerie
sur les positions mêmes de l'ennemi... Mais voilà que, le
feu cesssant, les Anglais raffermissent leurs lignes et les
pièces de douze engagées dans les terrains défoncés par les
pluies ne peuvent avancer... Wellington lance deux régi-
ments à fond de train... Ces brigands-là coupent les traits,
tirent les chevaux, sabrent les artilleurs... une bouche-
rie !... Mais, tonnerre ! arrive ici la cavalerie française
qui charge à son tour et nous délivre... Le malheur, c'est
que nous perdions là une grande partie de nos pièces de
position... Ça ne fait rien, en avant, bon Dieu ! Ney
s'empare de la Haie-Sainte, et voilà une seconde fois
les Anglais culbutés et leurs fuyards portent, jusqu'à
Bruxelles, la nouvelle de la défaite de Wellington...
C'est à ce moment qu'eut lieu la fameuse charge. Ah !
si vous aviez entendu le colonel de Braux raconter
ça... ça fait frémir !... Vous êtes jeune, vous avez lu la
charge des cuirassiers, de Victor Hugo ? — Le chemin
creux d'Ohain comblé de cadavres... c'était comme un
pont... Le chemin comblé, les cuirassiers passèrent et
hachèrent la cavalerie envoyée pour massacrer nos
mourants... Mais cette cavalerie, en se repliant, démas-
qua soixante pièces de canon qui vomirent la mitraille
sur nos rangs... Nom d'un tonnerre ! le colonel de Braux
était là, monsieur Jean... hommes, chevaux tombaient
éventrés... Le combat continuait toujours... Onze fois,
monsieur le comte, nos cavaliers, renforcés de volon-
taires, officiers mêlés aux soldats, chargèrent les lignes
anglaises... Les carrés ennemis se rompaient et se refor-
maient. Eh ! bon Dieu ! si notre infanterie avait été libre,
disait le colonel, c'en était fait de l'armée anglaise. C'est
que c'étaient des hommes, les Anglais, allez ! A sept
heures, nos cavaliers étaient rejetés du plateau ; à huit

heures, l'empereur ordonne l'attaque générale... nos soldats s'élancent, jeune et vieille garde, en avant!!...

Et le cap'taine de Braux criait comme s'il était au feu,
à ce point que, dans l'interstice de la porte entr'ouverte,
parurent les têtes inquiètes de Mlle Rose et de la vieille
Catherine.

— Les carrés anglais sont entamés... V'lan! pan! pan!
pan! anéantis. Il paraît, racontait mon père, qu'on demanda à Wellington, calme au milieu d'un feu épouvantable :

— Qu'ordonnez-vous?

— Rien! répondit-il.

— Vous pouvez être tué. . que celui qui vous rempla-
cera connaisse votre pensée...

— Ma pensée... c'est de tenir ici jusqu'à mon dernier
homme...

— Ça y était, monsieur Jean, nous les écrasions encore,
il l'avouait, l'Anglais... Ses soldats vaincus fuyaient en
pleine déroute... Patatra! une vive canonnade éclate à
l'extrême gauche de l'armée.

— Enfin, c'est Grouchy! s'écria Napoléon.

Sang Dieu! nom d'un tonnerre!... c'était Blücher, à
la tête de trente mille Prussiens. Nos soldats se disent :
Mais nous sommes trahis!... Un traître pousse le cri :
« Sauve qui peut! » et la déroute commence. La vieille
garde forme six carrés : cinq sont détruits, un seul reste
debout, celui de Cambronne, qui refuse de mettre bas les
armes et qui repond aux sommations des habits rouges
par le mot que vous savez...

Et le fils du colonel de Braux, se dressant crânement,
s'écria :

— Sang Dieu! monsieur d'Aumoy, on est aussi fier
d'une semblable défaite que d'une victoire... Ces soixante

douze mille hommes des nôtres avaient vaincu deux fois dans une journée cent cinquante mille ennemis...

Monsieur le comte d'Amoy, Mlle Amélie-Armandine-Rose de Braux est la petite-fille du colonel comte César de Braux, qu'on retrouva le lendemain portant en écharpe le drapeau de son régiment (l'aigle avait servi de mitraille dans nos derniers coups de canon); il était au milieu des morts du sixième carré de la garde... il avait dix-sept blessures. Mais nous sommes des hommes de fer, à cette preuve que dix ou douze ans plus tard il fit celui qui vous parle, en laissant à sa race une mission... Vous m'avez compris, monsieur le comte?... Les venger!

Et nerveux, le vieux capitaine frappa d'un vigoureux coup de poing la table sur laquelle il avait dessiné la bataille de Waterloo.

Le jeune comte d'Aumoy, vivement impressionné, lui serra la main, comme pour accepter la mission du vieux patriote.

Mlle Rose dit alors :

— Messieurs, le dîner est servi.

Le couvert avait été dressé dans la salle à manger d'été, c'est-à-dire dans une petite pièce donnant sur le jardin, par une grande porte vitrée et deux fenêtres; les murs étaient couverts de ce papier gai qui représente un treillage dans lequel courent des capucines et des volubilis, un papier à la mode créé par le décorateur artiste de Paris, Charles Salagnad, celui qui est arrivé à faire des vrais tableaux avec le papier peint, et dont la vitrine de la rue Royale est presque un musée.

L'ameublement était de bambou... La table dressée au milieu de la salle était couverte d'une grande nappe blanche sur laquelle Mlle Rose avait brodé en rouge

les chiffres et la couronne des de Braux... On avait tiré
de l'armoire les verres à pied... en cristal, taillés aux
chiffres de la famlille, la porcelaine, portant toujours
les initiales et la couronne; l'argenterie neuve était
sortie de ses écrins; les carafes étaient pleines du vin
rosé ardennais, mais à côté se dressaient la bouteille
ventrue bourguignonne et la bouteille au long col du Bor-
delais... toutes deux couvertes de l'irréparable outrage
des ans.

Le vieux capitaine sourit en voyant son couvert bien
dressé... en voyant son vieux vin miroiter à travers le
col des bouteilles dans les reflets du soleil couchant... Il
désigna un siège à sa droite pour le comte d'Aumoy,
celui de gauche à sa fille.

Assis, il frappa sur l'épaule du jeune homme en lui
disant sans façon :

— Ah! vous m'allez, vous, monsieur Jean.

Le jeune homme, radieux, lui répondit :

— Si vous saviez comme je suis heureux d'être estimé
par un Français tel que vous...

— Un Français, un bon Français, allez, répéta tristement le vieux capitaine... et qui souffre bien de vivre
aujourd'hui... Enfin ne parlons plus de ça.

Le dîner fut gai pour tous, pour les deux jeunes
gens, heureux de se trouver ensemble et d'avoir con-
sacré ce droit de ce jour... gai pour le vieux soldat, qui
avait trouvé ce qu'il rêvait, un gendre digne de son
enfant; et surtout parce qu'enfin il avait à peu près
terminé une affaire qui l'embarrassait chaque fois qu'il y
pensait.

Après dîner, lorsque le compagnon du capitaine vint
faire sa partie, les deux jeunes gens causèrent. Vous
vous dites que cette causerie devait être douce à entendre?

Point; ils avaient tant de choses intéressantes à se dire qu'ils ne parlèrent que de banalités; tout ce que dirent les lèvres fut nul. Mais quelle éloquence dans ce que dirent les yeux!

Vers dix heures, le jeune homme montait à cheval pour retourner chez lui. Oh! que la nature lui sembla belle à cette heure; la Meuse coulait plus douce, le ciel était plus clair, les étoiles plus brillantes, et le vert des bois et des champs embaumait. Lorsqu'il arriva au petit château, sa mère l'attendait.

Elle le reçut avec un bon sourire, et le jeune comte, après l'avoir embrassée, lui dit :

— Mère, tu ne m'en veux pas?

— Et de quoi? mon ami.

— De t'avoir abandonnée ce soir.

— Non, mon Jean, je sais ce que ton âge exige, mon enfant... Je dois désormais m'habituer à te voir négliger un peu la maison...

— Que voulez-vous dire? demanda le jeune homme surpris.

— Je ne te ferai qu'une prière, Cadet a son neveu qui t'a connu enfant, lorsqu'il l'était lui-même, il t'est tout dévoué, je voudrais que tu sois toujours accompagné par lui.

— Mais je suis très prudent, mère, ne crois pas que je veuille m'habituer à oublier l'heure des repas. A quoi me servirait-il, au reste ?

— Mon enfant, tu n'as pas souffert!

— Mais, mère chérie, ce pauvre Cadet n'éviterait rien, hélas!... Lorsque mon pauvre père succomba, il était accompagné de son garde fidèle...

La comtesse d'Aunoy devint livide... elle répondit d'une voix sourde :

— C'est vrai!... va seul... seul... toujours seul, mon fils...

Le jeune homme vit le changement qui s'était soudainement opéré; il embrassa sa mère en lui disant :

— Oh! mère chérie, je t'ai fait de la peine en ne rentrant pas ce soir... et ton mal terrible te revient, tu as eu peur... si tu savais, mère, pour quelle raison j'ai consenti à te quitter ce soir.

Orphise releva la tête et regarda son fils.

— Mère, va te reposer... va te reposer... je ne te quitterai plus... ce soir, je ne veux rien te dire... mais demain... oh! demain, tu seras bien heureuse.

La mère regardait son fils, cherchant vainement à comprendre ce qu'il voulait dire. Celui-ci l'embrassa encore à pleine bouche et dit joyeusement :

— Bonsoir, mère... bonsoir! Oh! demain tu seras bien heureuse...

Et le jeune homme sortit du salon pour gagner sa chambre. Orphise seule, sombre, pensait...

— Dieu est juste... et c'est là qu'est le châtiment.

II

LES PETITES JOIES DU CAPITAINE DE BRAUX

Le surlendemainde ce jour, c'était un grand remue-ménage dans la petite maison du capitaine de Braux la vieille Catherine s'était levée au petit jour pour préparer la pâtée des oiseaux et les habits de cérémonie du capitaine...

A six heures et demie, Mlle Rose retirait l'édredon qui était sur la rampe de sa fenêtre, ce qui indiquait que sa chambre était faite, car Mlle Rose avait été élevée à se soigner elle-même; nous avons dit, au reste, que le capitaine était connu sous le nom de Debraux... ses familiers seulement savaient qu'il était comte... Le capitaine avait des idées arrêtées sur l'éducation des femmes :

— La femme n'a de raison d'être, pour l'homme, qu'étant mère de famille et ménagère... Si c'est pour autre chose, pas besoin de mariage... Les femmes sont préparées, parfumées, comme des objets de luxe, et on peut changer... On doit aimer une femme pour ses qualités ; je me fiche pas mal des yeux en amande, des cheveux blonds et tout le train du diable... si je suis forcé de laver le... nez de mes moutards !... La beauté, c'est comme la peinture à la colle, ça ne dure pas ; les qualités, ça reste... Tonnerre de... Jeanne d'Arc avait des taches de rousseur, le nez épaté, l'œil sans teinte, et l'historien de son temps dit qu'elle était loin de se parfumer... ça ne l'a pas empêchée de ⸢sauver la France. Isabeau de Bavière était une jolie personne, la veuve Scarron aussi, la Dubarry était fort belle... et les trois coquines ont perdu notre pays. Sans Mme Ève, encore une jolie, est-ce que nous en serions là ?

Il ne connaissait que les femmes ménagères, et il avait élevé sa fille dans cette idée. Gare à celui qui aurait trouvé que Mlle Rose n'était pas la plus jolie jeunesse de Nouzon cependant.

Nous disions que Mlle Rose s'était levée matin, et procédait à sa toilette, ayant fait son petit ménage...

A six heures, par exception, le capitaine avait donné
la pâtée à ses oiseaux... puis, après avoir tué le ver,
c'est-à-dire pris le vin blanc, il était remonté dans sa
chambre et avait crié de sa voix de stentor :

— Catherine, vieille mâtine, allez-vous monter mon
uniforme?

C'est que, la veille, M. Jean était venu, au nom de sa
mère indisposée, prier M. et Mlle de Braux à déjeuner
au petit château de Nouzon... Le capitaine avait dit du
coup :

— Et pourquoi pas donc?... C'est entendu, à dix
heures, heure militaire, on y sera...

Et c'est pour se rendre à cette invitation que le vieux
soldat et sa fille se préparaient.

Quand le capitaine, boutonné comme un prêtre, descendit de sa chambre, il secoua d'importance la vieille
Catherine, parce que... mademoiselle n'était pas encore
là.

Mlle Rose parut enfin; en voyant les grosses lèvres
boudeuses et le front plissé de son père, elle dit :

— Oh! père, tu es de mauvaise humeur?..

— Qui est-ce qui dit que je suis de mauvaise humeur?...
c'est encore cette vieille bougresse de Catherine!... Je
n'ai rien, sang Dieu! je suis sérieux, mais point de mauvaise humeur...

— Alors, petit père... embrasse-moi et ris.

— Oh!... gamine, va! fit le vieux soldat en faisant
claquer sur le front de sa fille un bon baiser...

Et, pour lui obéir, il siffla aussitôt la sonnerie du
salut.

Sanglé dans sa redingote, le chapeau un peu sur l'o-
reille, le capitaine offrit le bras à sa fille et se dirigea
vers la demeure de Jean d'Aumoy. Il faisait un temps

magnifique; il traversa la ville droit, superbe, fier d'avoir au bras sa fille, heureux des murmures flatteurs qu'il entendait sur leur passage... C'est que Rose était bien la plus charmante et la plus gracieuse jeune fille qu'on pût voir.

La blonde enfant était ravissante, le bonheur resplendissait sur son visage; elle avait du rose sur les joues et du soleil dans les yeux : sa toilette de Parisienne sentait bien un peu la province, mais elle était si gracieusement portée; ses cheveux, qu'elle secouait en tendant son cou un peu long, flottaient sous le vent d'automne, elle marchait souple, légère, de cette marche jeune que dépeint si bien ce vers :

Même quand l'oiseau marche, on sent qu'il a des ailes.

Le visage du capitaine de Braux était rayonnant en voyant les femmes se mettre sur les portes et en devinant qu'on disait :

— C'est Mlle de Braux... elle est jolie... elle a l'air comme il faut...

S'il n'avait eu un bras pris par celui de sa fille, l'autre par sa canne, il aurait assurément salué tout le monde... En voyant les têtes sur les portes, il lui semblait qu'il passait une revue, et quelle revue!...

Après une demi-heure de marche, ils arrivèrent devant le petit château...

Si l'on se mettait ainsi sur les portes, c'est que les visites de M. Jean d'Aumoy à Mlle Rose de Braux étaient depuis longtemps commentées par tout le monde, et c'est que, avec la méchanceté habituelle des bavards de petite ville, on avait été jusqu'à dire que le capitaine avait surpris les relations des deux jeunes gens et avait obligé le jeune comte au mariage, en le menaçant...

La chose se fait, ajoutait-on... mais il était temps...
Et les vieilles filles renchérissaient en disant :

— Elle a été adroite, la sainte-nitouche !

Heureusement pour elles, le capitaine supposait qu'on
disait tout autre chose.

Cadet, habillé en garde, ouvrit au capitaine, et droit
comme un I, une main sur la couture de la culotte,
l'autre à l'oreille, il lui donna le salut militaire ; le capitaine, droit et raide, rendit le salut avec sa canne qu'il
tenait comme un sabre, et il marcha au pas en sifflotant
jusqu'au perron, où vinrent les recevoir Orphise d'Aumoy
et son fils.

Mme d'Aumoy, pâle dans le cadre de ses cheveux
bruns, s'avançait vers eux ébauchant un sourire, sourire
triste comme un rayon de soleil dans un soir d'automne.
Elle salua le capitaine et lui tendit la main ; celui-ci lui
baisa le bout des doigts, convaincu qu'il était dans les
règles les plus strictes des convenances, puis Orphise
accueillit avec un air heureux la gentille Rose et, l'attirant vers elle, l'embrassa deux fois, échangeant avec son
fils un regard de satisfaction.

— Madame, fit le capitaine, j'ai l'honneur et le bonheur de vous connaître, vos vertus vous ont fait remar-
quer de tous et je suis bien heureux, madame, de pouvoir aujourd'hui me trouver avec celle dont les pauvres
ont si bon souvenir.

— Monsieur le capitaine, je vous remercie des éloges
que je ne mérite guère, et j'ai dit à mon fils tout le bonheur que j'éprouvais à son choix... je vous remercie,
monsieur de Braux, d'avoir bien voulu accepter l'invitation de la veuve en dépit des convenances...

— Les convenances, madame, sont faites pour les imbéciles, dit le capitaine brutal comme un coup de canon.

Mlle Rose tirait la redingote de son père, mais celui-ci passa outre et continua :

— Et, Dieu merci, madame, nous ne sommes pas de ceux-là... et puis, franchement, entre nous, j'aime mieux qu'on cause sans détour... nous parlerions deux heures pour ne rien dire... allons au fait... Vous m'avez fait l'honneur de m'inviter, parce que, pour une femme, c'était gênant, embarrassant, d'aller demander la main d'une jeune fille. Vous me priez de venir, je viens moi, sans scrupule... est-ce ça, madame?... je suis venu pour vous dire : ça me va, madame la comtesse!... voilà.

Et M. de Braux cherchait vainement à prendre la main de sa fille, qui, toute confuse, le tirait par derrière... Orphise souriait au brave capitaine et lui tendant la main, elle lui dit :

— Vous avez bien raison, monsieur, les phrases servent à ceux qui veulent se tromper; heureusement, nous ne sommes pas de ceux-là; capitaine, votre bras... Jean, offre le bras à ta fiancée... vous permettez, capitaine.

— Tonnerre de... Pardon!... je l'ordonne, monsieur Jean.

On passa au salon. Orphise mit le capitaine à son aise, cette nature loyale lui plaisait ; elle devinait qu'elle faisait le bonheur de son fils, et son visage, si triste d'ordinaire, reflétait cet espoir.

Quelques minutes après, la cuisinière vint annoncer que le dîner était servi, et, malgré lui, le capitaine dit :

— Sapristi, c'est drôle ça, moi qui suis toujours gêné chez le monde... je ne me reconnais pas : il me semble qu'ici je suis chez moi.

— Mais j'espère que ce sera ainsi, capitaine, dit Orphise.

On se mit à table; une seule personne était tremblante

et embarrassée, c'était Mlle Rose, qui craignait toujours qu'on interprétât mal les allures brusques de son père.

Pendant le déjeuner, ce fut le capitaine qui fit les frais de la conversation ; Orphise regardait sa future bru et son fils. En voyant les regards d'amour que les jeunes gens échangeaient, elle se sentit heureuse.

Il fallut aborder la question sérieuse, et ce fut la comtesse d'Aumoy qui commença :

— Monsieur de Braux, dit-elle, la fortune de mon fils n'est pas considérable ; cependant, je lui laisse tout ce qu'avait son père. Dès que mon enfant sera marié, je vivrai dans les deux pièces de l'appartement de mon mari, je reprendrai la chambre qu'il occupait et je vivrai là... j'ai peu de chose, mais ce peu me suffira.

— Madame, je me trouve assez embarrassé, car la situation de Mlle de Braux est inférieure... pour le moment, à celle de votre fils.

— Monsieur, reprit Orphise, nous ne discutons pas, nous nous éclairons ; les enfants s'aiment et cela est tout pour nous, puisque nous savons qu'ils seront heureux.

— Bravo ! madame, voilà qui est parlé... tout ce que vous avez est pour votre enfant, tout ce que j'ai est à la mienne... C'est entendu, conclu ; il ne reste plus qu'à fixer le jour.

— Dans deux mois, si vous voulez.

— Deux mois, c'est entendu... Pour tout ce qui est des affaires, vous ferez ce que vous voudrez : vous cherchez le bonheur de votre enfant ; moi, celui de la mienne. Ils s'aiment, le bonheur de l'un doit donc faire le bonheur de l'autre... et nous ne pourrons pas manquer de leur être agréables...

— Je vous prie de m'écouter une seconde, monsieur de Braux ; la fortune de mon fils s'élève au chiffre de deux cent mille francs, plus quelques propriétés et terres. Je demande en grâce à mon fils de me donner une partie de l'habitation qui est restée fermée depuis la mort de mon mari, et que nous ouvrirons pour le mariage de mon fils... sa chambre et le cabinet de toilette; j'ai d'abord ainsi une sortie sur la petite voûte qui me permet d'être chez moi sans les déranger.

— Je voudrais bien voir que votre présence les dérangeât.

— Peut-être est-ce le contraire? je suis d'une nature triste, et les jeunes amours me feraient du mal.

— Allons donc! c'est pas possible!

— Je vous en prie, monsieur de Braux...

— Est-ce que votre fils vous le refuse?

— Non, monsieur, mon fils m'adore; mais quelquefois les jeunes filles n'aiment pas la présence des parents chez eux... et je ne... peux pas quitter cette maison.

— Nom d'un nom! mais j'espère bien que si l'envie me prenait de venir dans cette maison, grande comme une caserne, mon fils ne me le refuserait pas... et ma fille a besoin, madame, d'avoir devant elle l'exemple de la femme honnête, fidèle au delà de la mort.

Orphise devint livide; elle s'appuya sur le bras du capitaine; celui-ci, la regardant, dit aussitôt :

— Ah! mon Dieu, qu'avez-vous, madame?...

La comtesse se dompta et, se forçant à sourire, elle dit vivement :

— Rien, rien..., la vue de ces enfants me rappelle un temps heureux.

Le capitaine n'agissait pas comme tout le monde ; il avait, ainsi qu'il le disait, l'habitude de mettre « les pieds dans le plat ». Il se leva donc et dit sans préambule :

— Mes enfants, nous venons de causer avec Mme la comtesse et nous sommes parfaitement d'accord.

Jean regardait en souriant le capitaine, et Mlle Rose, au contraire, toute rougissante, regardait son assiette... On se doute bien que les deux amoureux ne s'étaient pas un instant occupés de ce que disaient les *vieux*... Le capitaine continua d'un ton dont il aurait dicté un ordre :

— Voici ce qui est convenu... Mlle Rose de Braux est fiancée à M. Jean d'Aumoy. Ceci est absolument entendu ; ils se marieront dans deux mois. Monsieur Jean d'Aumoy, je vous permets d'embrasser Mlle Rose... ajouta le capitaine en riant :

Rose, pourpre, tendit sa joue, et le capitaine étant obéi, il reprit du même ton :

— Maintenant, voici les conventions et conditions : Mlle de Braux apporte à son époux environ cent vingt mille francs ; M. d'Aumoy en apporte presque le double... en outre, Mme la comtesse d'Aumoy cède son château à son fils, qui rouvrira à cette occasion les appartements de son père, fermés depuis sa mort, et Mme la comtesse habitera la partie de la maison qui lui conviendra... Ceci est-il bien entendu ?

— C'est à moi que vous demandez cela, capitaine ? fit le jeune homme en se levant et allant embrasser sa mère... Ma mère sait bien qu'elle ne peut pas me quitter... Je sais bien, mère, que sans moi depuis longtemps tu ne serais plus de ce monde.

Orphise embrassa son fils, pendant que le capitaine disait :

— Et vous, mademoiselle, votre avis, car aujourd'hui vous faites nos volontés, mais alors vous ferez les vôtres...

— Moi, père, je désire qu'on me reçoive dans la maison, et ne me croirai toujours que chez ma mère.

Orphise attira vers elle la blonde enfant, et approchant sa tête de celle de son fils, elle les unit d'un seul baiser.

— A la bonne heure, fit le capitaine ému : finissons gaiement par une petite...

Il se retint ; il était temps, il allait dire : par une petite chanson, et quelles chansons formaient le répertoire du capitaine !

— Une petite... promenade, fit-il.

Sa fille le remercia du regard.

A ce moment, Cadet entra et dit un mot à la comtesse.

Celle-ci répondit :

— Pourquoi n'avez-vous pas dit de revenir... que je ne pouvais recevoir ?

— Madame, on a tant insisté que je n'ai pas osé...

— Je ne puis aujourd'hui.

— Madame, fit le capitaine, je vous en supplie, considérez-nous comme des amis. Si vous voulez nous rendre heureux, ne vous gênez pas...

— Vous êtes bien aimable, monsieur de Braux... j'abuserai de votre permission. Alors, faites un tour de jardin, et dans deux minutes je vous rejoins.

— C'est cela ! fit le capitaine ; marchez devant.

Les deux jeunes gens se levèrent.

Orphise dit à Cadet :

— Faites entrer au salon, j'y vais tout de suite... Capitaine, ajouta-t-elle en se tournant vers M. de Braux, je sais que vous êtes fumeur et vous êtes ici chez vous.

La figure du capitaine s'illumina.

— Vous devinez tout, madame...

Mme d'Aumoy sortit.

Jean offrit le bras à Rose, et ils obéirent au capitaine qui avait déjà tiré sa pipe de sa poche et qui dit en la bourrant :

— Allons, la jeunesse, marchez devant ; je vous suis.

Cadet introduisait un homme dans le salon et lui disait :

— Monsieur, veuillez attendre un instant ; Mme la comtesse va venir.

La comtesse d'Aumoy était dans ce dernier éclat de beauté de la femme qui a passé la quarantaine ; l'œil était pur, la bouche toujours fraîche, mais plus sévère, le nez fin, la peau mate, ses cheveux d'un noir de jais, encadraient magnifiquement sa figure. Un peu d'embonpoint avait transformé sa grâce en charmes, et la vie austère et honnête avait placé sur son visage le calme de la sérénité... pas une ride n'accusait le passé douloureux et terrible ; un seul pli, presque invisible dans le calme, traversait le front, et indiquait une pensée qui revenait sans cesse. Elle était simplement vêtue, d'une longue robe monastique, dessinant à peine la taille, robe de couleur sombre, dans laquelle la tête et les mains ressortaient plus blanches.

La comtesse entra au salon, celui qui l'attendait vint vers elle... C'était un homme de trente-cinq à quarante ans, portant toute sa barbe, mis avec une certaine élégance ; il dit à Orphise :

— Madame, excusez, je vous prie, l'insistance que j'ai mise à vous voir, mais l'affaire pour laquelle je viens est de la plus haute importance.

15.

— Monsieur, c'est moi qui vous prie au contraire de m'excuser... Par extraordinaire, aujourd'hui, j'avais du monde et c'est le motif qui m'avait obligé à vous prier de repasser... Puis-je savoir à qui j'ai l'honneur de parler?

— Madame, vous ne me connaissez pas, je me nomme Laitram... j'habite Sedan... je m'occupe d'affaires...

— Bien, monsieur... et à quoi dois-je l'honneur de votre visite?...

— Je suis prêt à vous le dire, madame.

Les grands yeux bruns d'Orphise étaient fixés sur le visage calme du nouveau venu, mais celui-ci semblait obstinément vouloir se trouver à contre-jour. La comtesse lui indiqua un fauteuil, en prit un elle-même, et s'asseyant lui dit :

— Monsieur, je vous écoute...

Il sembla à Mme d'Aumoy que celui qui lui parlait était un gandin de province, et qu'il tournait ainsi la tête pour dissimuler le fard et le blanc qui lui couvraient les joues.

— Madame, dit l'individu, il est venu chez moi, ces jours-ci, un de vos parents...

— De mes parents?...

— Oui, madame ; un d'Aumoy d'Autry...

— Ah! oui, monsieur, je sais ce que vous voulez dire ; ils sont parents, mais depuis longtemps nous ne nous voyons pas... même du vivant de M. le comte d'Aumoy, mon mari.

— Cet homme est venu me voir ; héritant récemment de son père, il avait trouvé dans les papiers différentes pièces qui lui faisaient supposer qu'il avait quelques droits à demander une révision de l'héritage de son oncle, le comte d'Aumoy, lorsque l'heure de rendre à son fils ses comptes de tutelle serait venue.

Orphise regardait fièrement celui qui lui parlait. Voyant qu'elle n'avait devant elle qu'un chargé d'affaires... de cette race qui, n'ayant jamais su faire ses affaires, pour vivre se met à faire... à défaire celles des autres, elle répondit froidement :

— Je crois, monsieur, que ces droits ne sont pas fondés ; il me semble qu'il est un peu tard pour les faire valoir, car voilà plus de vingt ans que j'ai eu le malheur de perdre mon mari. Cependant, le notaire de M. le comte Jean, mon fils, est le notaire de la famille ; vous pourrez chez lui faire vos réclamations ; il vous renseignera, et le jour où des comptes devront être rendus à mon fils, vous agirez, monsieur.

— Madame, la mission que j'ai est fort embarrassante.

Orphise releva la tête.

L'homme continua :

— Si je n'avais à faire valoir que les droits ordinaires, cela serait simple... mais il n'en est pas ainsi.

— Que voulez-vous dire, monsieur ?

— Madame, mon client est le propre neveu de M. le comte Michel d'Aumoy.

— Mais, monsieur, les biens de M. le comte Michel, mon mari, auraient pu revenir à sa famille s'il n'avait pas eu un héritier légitime : son fils...

— M. le comte avait laissé un testament ?...

— Oui, monsieur ; un testament qui datait de quelques années après notre mariage, et qui attribuait le retour de ses biens à sa famille s'il ne devait pas avoir d'enfant ; le ciel a heureusement permis qu'il en soit autrement... Je dis heureusement, monsieur, parce

que j'ai le bonheur d'avoir un fils... et parce que mon
mari était absolument en désaccord avec les personnes
que vous représentez...

— Madame, M. Aumoy sait tout cela...

— Alors, d'où viennent ces réclamations tardives ?...

— Ces réclamations viennent, madame, à une époque que le père de M. Aumoy avait fixée lui-même, parce
que, je vous le répète... ses droits ont un caractère
spécial...

— Je ne vous comprends pas...

— Si nous plaidions, madame, nous gagnerions...
Nous avons pour cela les pièces nécessaires... C'est ce
que nous voulons éviter...

Orphise, inquiète, regarda encore celui qui lui parlait ; mais celui-ci, froid, impassible et obstinément
tourné à contre-jour, ne sourcillait pas... La comtesse
dit vivement :

— Monsieur, je vous prie de m'expliquer ce que vous
voulez dire, car je vous avoue n'y pas comprendre un
mot... Je ne m'explique pas que, plaidant, vous puissiez
gagner ni que vous vouliez en arriver là... Vous semblez
venir me proposer un arrangement, un compromis...
Alors, monsieur, soyez clair, que je sache la valeur de
vos réclamations... et à quoi elles prétendent.

— Vous saurez cela d'un mot... elles prétendent à
tout...

— A tout... même à déposséder mon fils ?

— Absolument, madame.

Malgré la gravité de la situation et le calme ordinaire
de sa nature, la comtesse ne put réprimer un rire dédaigneux.

— Maintenant, monsieur, fit-elle, je vous en prie,
dites-moi sur quoi repose ce droit.

— C'est fort simple, fit celui qui avait déclaré se nommer Laitram, en se levant et en saluant avec impertinence la comtesse qui riait. C'est fort simple, madame, ce droit repose sur un testament olographe du comte Michel d'Aumoy, écrit quelques jours avant sa mort, et dans lequel il déclare que, sachant qu'il ne peut avoir d'enfant, il veut mettre la fortune des siens à l'abri d'une... d'une illégitimité ; il lègue tous ses biens à son neveu Aumoy...

Orphise se recula effrayée, effrayée de ce qu'elle entendait et de la voix qui lui parlait et qu'elle croyait reconnaître... Elle sentit se glisser dans son sang un froid mortel. Est-ce que la justice de Dieu allait l'écraser sous sa faute, en la punissant dans la seule chose qui l'avait fait vivre : l'amour de son fils !..,

Elle demanda, anxieuse...

— Qui êtes-vous, d'abord ?...

L'homme se dirigea vers la fenêtre, souleva le rideau de façon à éclairer son visage, et changeant de voix il dit à la comtesse :

— Qui je suis ?... regardez-moi !

Le regard d'Orphise se fixa sur celui qui parlait, et reculant en le reconnaissant, elle s'écria :

— Martial ici !... que voulez-vous ?

Martial — c'était lui — dit d'un ton calme :

— Pas de cris, madame ! parlez doucement... qu'on ne soit pas tenté d'écouter aux portes, car on entendrait de vilaines choses !

— Je n'ai rien à entendre de vous !... Sortez, sortez !

— Non, madame... Si j'allais conter au dehors ce que je viens vous dire, vous vous en repentiriez; je ne viens pas vous menacer, je viens m'entendre avec vous.

Orphise, domptée par ce sang-froid, pensa justement.

qu'il était préférable d'écouter le misérable. En le chassant, elle avait tout à craindre de sa colère, non pour elle — depuis longtemps le sacrifice de sa personne était fait — mais pour son fils, dont elle pouvait perdre l'affection sur un seul mot de l'ancien garde du comte Michel.

— Parlez, alors, expliquez-vous, dit-elle, suffoquée par la surprise en reconnaissant Caulot... Caulot, qu'elle espérait ne jamais revoir.

— Madame, fit Caulot, asseyez-vous ; ce que j'ai à vous dire est long.

Désireuse d'en finir au plus tôt et de voir partir cet homme, elle obéit.

Martial commença aussitôt :

— Il y a vingt ans, madame, que vous m'avez chassé, honteusement chassé, et cependant je n'étais pas plus coupable que vous. Depuis, vous avez vécu heureuse, aimée, estimée... Nous avions commis la faute ensemble : vous en avez eu le bénéfice, et moi j'en ai eu le châtiment. Vous pensez bien que je n'ai pas accepté mon sort sans me dire : « J'aurai mon tour ! » Je me suis effacé, je me suis fait oublier dans une vie nouvelle... Vous me croyiez loin, bien loin, mort peut-être... Cependant, madame, j'étais-là, près de vous, à quelques lieues d'ici ; je guettais pour me venger à l'heure venue ?

En entendant ces menaces, la nature courageuse d'Orphise s'était réveillée ; elle se dressa et écouta attentive... Aux derniers mots, elle dit :

— L'heure de vous venger est venue, et vous êtes ici pour cela... Savez-vous que je n'aurais qu'à ouvrir cette porte et à crier à ceux qui m'entourent : « Voici le meurtrier du comte Michel ! » pour qu'on vous saisît et vous livrât à la justice.

— Non, madame Orphise, non, ce que vous dites là

n'est plus possible, j'encourrais tout au plus le mépris
de ces gens-là... la justice n'a plus rien à voir dans cette
affaire qui a vingt ans de date... il y a prescription... je
suis ici et je n'ai rien à craindre ; il n'en est pas de
même de vous, madame.

En entendant cette déclaration que le coquin exagé-
rait à dessein, Orphise pâlit ; elle sentit que la seule
arme qu'elle avait contre lui était brisée, et qu'elle devenait absolument à sa merci... Pleine de terreur, elle
demanda :

— Mais que voulez-vous, enfin?... que venez-vous faire
ici ?...

— Je ne vous ai pas trompée, madame, je suis le
mandataire d'un parent de votre mari qui a tout perdu
à la naissance de votre enfant...

— Et que veut-il?

— Il veut contester sa légitimité...

— Que me dites-vous là? exclama aussitôt la comtesse
effrayée.

— La vérité, rien que la vérité...

— Et, reprit Orphise, pour contester la légitimité de
mon enfant, il a été vous trouver et il vous a pris pour
témoigner d'une semblable chose...

— Non, madame, il est venu me proposer de faire son
affaire... maintenant je suis homme d'affaires... Il est
venu et il m'a donné des preuves...

— Des preuves de quoi?

— De la valeur de sa revendication.

— Que me dites-vous là?... fit la comtesse, portant ses
mains à son front en sentant déjà le trouble envahir son
cerveau... des preuves !

— Oui, madame, je ne vous ai pas dit un mot de trop...

il m'a livré un testament olographe du comte Michel d'Aumoy...

— Que dit ce testament?

— Ce testament, madame, vous déshérite, vous et votre fils... fils posthume du comte.

— C'est impossible! vous venez, vous l'avez dit, vous venger, et vous avez inventé...

— Ecoutez, Orphise...

La comtesse se dresssa, en entendant ces mots, comme sous une injure; Martial haussa les épaules et reprit :

— Madame la comtesse, je suis, dans cette circonstance bien plus un allié qu'un ennemi, et je viens, je vous l'ai dit, pour m'entendre avec vous... Si j'obéissais à ce que vous me disiez tout à l'heure : « Allez chez notre notaire », madame, vous seriez perdue. perdue sans ressource ; vous ne survivriez pas au scandale... et votre fils, dont l'avenir serait brisé, n'aurait d'espoir que dans le suicide...

Etourdie de ces révélations, tremblante, inquiète, sentant instinctivement qu'il y avait un grand malheur au fond de tout cela, et pensant que le coquin venait chez elle pour lui vendre un papier, sans valeur devant la loi, mais dangereux devant l'opinion, elle lui dit :

— Qu'est ce testament? Voulez-vous m'en dire le contenu?...

— Oui, madame; et quand je l'aurai lu, vous comprendrez que ce n'est pas le mandataire d'un parent avare qui vient chez vous, mais un ami... plus qu'un ami.

La comtesse fit des efforts pour dissimuler le dégoût que lui inspiraient les déclarations de sympathie du misérable.

Celui-ci, sous prétexte de mieux voir, se plaça devant la fenêtre, lui tournant le dos, et pouvant ainsi suivre

sur le visage de la comtesse l'effet de la lecture. Il tira
la copie de son portefeuille et lut :

« Faible de santé, mais sain de corps et d'esprit, dans
la conviction d'une fin prochaine, j'écris ce testament qui
devra annuler un testament précédent fait en faveur de
ma femme, Orphise d'Aumoy, née Lebeau.

« En raison de motifs que je tiens à garder secrets, je
modifie ainsi qu'il suit mes volontés premières, lesquelles
privaient ma véritable famille des bénéfices de mon
héritage :

« 1° Tous mes biens, hors la propriété de Nouzon et ses
dépendances, seront divisés en deux parts égales ;

« 2° Orphise Lebeau, ma femme, jouira jusqu'à sa
mort de l'usufruit d'une de ces parts ;

« 3° L'autre part reviendra immédiatement à Jean-
Baptiste-Michel Aumoy, cultivateur à Autry, mon neveu ;

« 4° La propriété de Nouzon restera la demeure de ma
veuve, Orphise Lebeau, sans qu'elle puisse la vendre,
hypothéquer ou louer ; du jour où elle cessera de l'habiter, ou après son décès, ladite propriété et ses dépendances
appartiendront à la commune de Nouzon. Je désire qu'elle
soit transformée en hôpital pour les malades et les vieillards, les terres en dépendant étant d'un rapport suffisant
pour l'entretien de cette maison.

« Telle est ma volonté. Si le ciel m'avait donné un
enfant, tous mes biens lui eussent appartenu. Si cette
faveur m'arrivait encore aujourd'hui, ce testament serait
nul. Mais ces dispositions sont faites dans l'assurance que
ma race légitime doit s'éteindre avec moi ; les déclarations des célébrités médicales qui ont prolongé ma vie

sont formelles à cet égard. Ces déclarations, écrites et signées, sont jointes au présent.

« Nouzon, 20 mars 1851.

« JEAN-MICHEL D'AUMOY. »

Orphise, effrayante de pâleur, livide, se soutenait à un meuble pour ne pas tomber.

Martial, la regardant en face, lui dit d'un ton singulier :

— Madame la comtesse, comprenez-vous, maintenant que je sais que le jeune Jean n'est pas le fils de Michel... comprenez-vous le sentiment qui me fait agir?...

La comtesse recula épouvantée; elle devinait enfin la pensée de l'assassin de son mari...

Après avoir plié soigneusement le papier qu'il venait de lire, Martial Caulot le serra dans son portefeuille. Calme, il étudiait sur la physionomie mobile de la comtesse l'effet qu'avait produit sa lecture...

La malheureuse se trouvait surprise par un doute affreux ; son front était plissé, ses grands yeux noirs brillaient d'un feu étrange, ses mains se tordaient en déchirant les garnitures de sa longue robe, ses ongles labouraient ses chairs. D'abord, elle sembla prête à tomber; elle succombait sous l'immensité de la douleur; elle pleura les bonnes larmes sacrées du repentir et de la punition méritée... Se souvenant du crime, elle parut accepter le châtiment, et déjà Martial souriait, croyant être maître de la nature rebelle qui l'avait si cruellement dompté...

Il se trompait; cette faiblesse ne dura que quelques minutes. Pensant à la situation de son fils, elle réagit contre elle et chercha des forces dans le péril même. Sa nature de fer ne pouvait, ne devait pas se briser sous

cette émotion de la première minute. Voyant le danger
en face, elle résolut de lutter, et comme honteuse de sa
faiblesse, de ses pleurs, elle se redressa et revint se placer en face de Martial.

Ce n'était plus la jeune fille superbe qu'il avait connue
là-bas, entre les Alpilles et les Cévennes, la belle Orphise,
aux yeux pleins de flammes, aux lèvres lourdes et rouges, au sourire provocant; c'était la mère du comte Jean
d'Aumoy... c'était la femelle qui va défendre son petit.

Elle était terrible, farouche; son front était plissé, ses
sourcils noirs, froncés sur les yeux, ne pouvaient perdre
dans l'ombre la lueur fauve de son regard; ses lèvres
étaient blanches...

Elle dit d'une voix rude :

— Si c'était vrai!... je vous tuerais tous les deux!

Il y eut un tel accent de vérité dans ces mots, que le
misérable recula...

Et, saisissant ses cheveux de ses mains crispées, elle
dit dans un éclat de désespoir :

— Mais ce passé qui me tue se placera donc toujours
devant moi... lorsque j'ai tout fait pour me relever, je
retomberai donc toujours; mais la faute est donc sans
pardon, quoi qu'on fasse!... Mais pour sortir de l'abîme
dans lequel j'étais tombée, de cette boue, de cette fange,
de ce vice, je me suis déchiré le cœur et l'âme et, lorsque, épuisée de cette lutte, sans force, poussive, je me
crois oubliée, sinon pardonnée... on viendra encore me
frapper avec cela.. et qui! qui!... le criminel... Oh! non!
non!

Et montrant le poing au misérable, effrayé de cette
rage folle, elle s'écria :

— Quoi qu'il advienne, si mon fils sait un mot de cela,
oh! sur Dieu, sur lui, je le jure, je te tuerai!

Et, retombant sur sur son canapé, se tordant de douleur, la tête dans ses mains, la malheureuse disait :

— Son fils! son fils! oh! non... Dieu est bon, il ne
m'a pas donné ce châtiment.

Martial était, avant tout, un homme adroit ; il ne s'attendait pas à un effet répulsif aussi puissant, mais il s'attendait à une lutte sur un autre terrain. Il pensa qu'en
l'état où était la comtesse, il valait mieux la laisser seule
et éviter un scandale qui ne manquerait pas d'arriver
dans l'état nerveux où elle se trouvait. Il se dit avec raison que le plus difficile était fait, puisque la comtesse
savait qu'il avait entre les mains les preuves de sa faute.
Il pensa qu'il n'avait plus à s'occuper de l'affaire ; il
n'avait qu'à attendre, Orphise ne pouvant rester longtemps sous la crainte d'une révélation. Martial prit une de
ses cartes et la plaça sur la table, en disant d'une voix
douce et respectueuse :

— Madame, je me retire ; je laisse ma carte sur cette
table, et me tiens à vos ordres le jour où vous voudrez
me parler... Je n'avais autre chose à vous dire que ce
que vous savez... Madame la comtesse, je vous salue
bien.

Et faisant la révérence, le coquin sortit du salon.

La comtesse ne se retourna pas. A la colère, à la rage,
au désespoir succédait la douleur ; elle sanglotait.

Martial partit, et rencontrant Cadet, il lui dit :

— Mon ami, Mme la comtesse me semble indisposée,
envoyez-lui ses femmes.

— Ah! mon Dieu! là! fit Cadet effrayé, c'est son attaque
qui lui prend... Merci, monsieur ; au revoir, je ne vous
reconduis pas... Je cours chercher la femme de chambre.

Martial sortit souriant. Suivant le bord de la Meuse
pour gagner la gare de Nouzon, il pensait :

— Maintenant j'aurai d'elle ce que je voudrai... Je n'ai plus qu'à attendre...

Chemin faisant, il rencontra trois promeneurs : Rose au bras de Jean d'Aumoy et le capitaine de Braux... Il s'arrêta un instant, surpris, en regardant le jeune homme.

— Oh! c'est étrange! fit-il.

Le capitaine avait vu le mouvement, et mécontent du regard jeté sur les deux jeunes gens, il dit à Jean :

— Est-ce que vous connaissez cet individu?

— Non, fit Jean.

— Voilà un particulier qui ornerait joliment une potence.

Martial continuait sa route, mais il avait entendu.

III

CE QUI SE PASSAIT DANS LE CABINET D'UN CHEF DE POLICE

La préfecture de police était alors une vieille bâtisse lugubre, aux fenêtres grillées, aux escaliers noirs, aux murs gras. Si le lecteur, nous suivant à l'heure où Martial se présentait chez la comtesse d'Aumoy, veut bien traverser la cour étroite et sombre, appuyer à gauche, grimper deux étages, il se trouvera devant une porte sur laquelle on lit :

N° 3. — CABINET DU SOUS-CHEF
Sûreté.

La porte ouverte, il verra devant son bureau M...
mettons Jeandry.

M. Jeandry était un homme de quarante à quarante-
cinq ans, petit et maigre, mais maigre à voir le jour
au travers. Sa tête semblait vissée dans le corps, tant le
cou était long ; on pouvait compter les vertèbres de la
naissance de l'épine du dos. Atteint de calvitie, sa mine
allongée lui faisait une tête d'oiseau. Ses yeux noirs et
petits, enfoncés sous l'arcade sourcilière, avaient la somno-
lence des yeux du chat ; le nez était droit, les oreilles
immenses, la bouche fine : comme il lui manquait deux
dents, il portait constamment, en parlant, son mouchoir
sur sa bouche.

A l'heure où nous entrons dans le cabinet du sous-
chef de la sûreté, une de nos connaissances, Misère, est
devant lui.

— Ainsi, résume M. Jeandry, vous êtes convaincu que
tous les contrebandiers de ces départements forment
une bande, et que cet homme est à leur tête ?... que le
crime du bois de Sugny, celui de la route d'Autry sont
l'œuvre de cet homme et de ces gens...

— Oui, monsieur.

— Vous êtes d'avis qu'il ne le faut pas arrêter, mais
le surveiller, afin de connaître ses complices.

— Oui, car nous n'avons pas de preuves, et chez ces
gens, les preuves abondent.

— Bien... Maintenant, dites-vous, il existe une femme
qui sait beaucoup de choses...

— Oui, monsieur Jeandry, Lison dite Fraichotte.

— C'est bien cela, Fraichotte : elle résidait à Sedan et

est disparue... Cette femme sait... et il faudrait trouver
cette Fraîchotte... les femmes,c'est notre force.

— C'est absolument mon avis.

— Mais pourquoi ne voulez-vous pas accepter cette
tâche?

— Je ne refuse pas, monsieur Jeandry.

— Alors que venez-vous me demander?

— Voici en deux mots : je vous demande de me laisser
cette affaire entre les mains, certain qu'avec les renseignements que j'ai déjà... que j'arriverai bientôt à pincer
du même coup tout le monde... Je vous ai dit ce qui
était... On m'a refusé un jour de l'argent, j'ai cherché
à en gagner avec eux... Ce Caulot m'a trompé, il m'a
joué comme un enfant; je reviens à vous, mais je suis
connu d'eux tous... je suis suspect... Je viens donc vous
demander de me donner un homme sûr qui pourrait m'aider... Je le garderai et bientôt nous aurons atteint notre
but.

— Je vous comprends... mais vous connaissez les
gens que j'ai amenés pour cette affaire; vous connaissez
tous les hommes de ma brigade... choisissez...

— Ce n'est pas cela

— Que voulez-vous donc?

— Je voudrais un homme à part, inconnu aux gens
de votre brigade et connu dans le pays... et surtout
connaissant le pays.

— C'est très difficile ce que vous me demandez là, ce
n'est guère parmi les Ardennais que nous recrutons nos
agents.

— Je le sais, c'est difficile, mais c'est ce qu'il faudrait
cependant.

M. Jeandry réfléchit quelques minutes et dit :

— J'ai bien là une lettre d'un individu, d'un pays

environnant, qui me demande un entretien pour des révélations et me faire découvrir une bande de coquins en protégeant une famille honnête... Vous savez l'importance de ce genre de renseignements : c'est la plupart du temps un lâche qui veut se venger par des calomnies d'un homme duquel il a peur... et puis on ne s'improvise l'homme que vous demandez.

— C'est vrai... et ce n'est pas cela qu'il me faut.

— Voulez-vous le voir à tout hasard ?

— Oh! mon Dieu ! je veux bien.

— Je suis obligé de sortir... cet homme doit venir aujourd'hui.. attendez-le..

Le sous-chef chercha dans sa correspondance : trouvant la lettre qu'il cherchait, il la lut et dit :

— Il sera ici à trois heures.

Et regardant sa montre, il ajouta :

— C'est-à-dire dans dix minutes.

— J'ai peu d'espoir... enfin, je verrai toujours...

— En tous cas, il n'est pas inutile de le voir. Peut-être cet homme est-il envoyé vers nous pour nous dépister?

— Ce serait bien maladroit... c'est un peureux et un niais.

— Enfin, voyez, je vous laisse, faites ce que vous voudrez.

— Comptez sur moi.

M. Jeandry mit ses papiers en ordre, ferma soigneusement ses tiroirs, ce qui fit sourire Misère et sortit.

Resté seul, ce dernier prit la place du sous-chef, et accoudé, la tête dans ses mains, il pensa.

Il était ainsi depuis une demi-heure environ, lorsqu'on frappa discrètement à la porte.

— Entrez! fit-il.

Celui qui entra, nos lecteurs le connaissent : c'était un assez beau garçon de vingt-cinq à trente ans, au nez fort, aux yeux gris-bruns, à la bouche souriante. Il portait par-dessus son paletot une blouse bleue.

Embarrassé devant le regard de Misère, qui ne le quittait pas, il tournait et retournait sa casquette dans ses mains, attendant qu'on l'interrogeât.

— Que désirez-vous?

— Monsieur, je viens chercher la réponse à une lettre que j'ai adressée au chef de police arrivé de Paris pour organiser une ligne d'agents bourgeois sur la frontière.

— Oui, je sais... Comment vous nommez-vous?

— Jean-Baptiste Aumoy.

— Que faites-vous?

— Je suis propriétaire-cultivateur à côté d'Autry. Misère, étonné, dit:

— Votre demande est étrange dans votre position, et pour vous écouter et attacher un prix à vos déclarations, il nous faudrait savoir les motifs qui vous les font faire.

— Je vais vous les dire en deux mots, monsieur: c'est mon amour... et ma haine.

Misère, étourdi, regarda celui qui parlait, pour s'assurer qu'il n'avait pas affaire à un fou.

— Que me dites-vous là?

— La vérité, monsieur.

— Expliquez-vous.

— Mon Dieu! monsieur, c'est bien simple, j'aime une femme qui a failli être assassinée par un coquin qui vit dans notre pays, un misérable qui a organisé une bande avec laquelle il se livre à la fraude.

— Tiens, tiens, fit Misère.

— Je hais cet homme, et vous concevez ce que je voulais dire ; je sers ainsi mon cœur et ma haine.

16

Misère observa quelques minutes l'individu qu'il avait devant lui et reprit:

— Votre lettre dit que vous voulez nous offrir vos services.

— Oui, monsieur.

— Que vous avez de curieuses révélations à faire... C'est sur cet homme?

— Oui, monsieur.

— Parlez, je vous écoute.

— L'homme dont je vous parle, monsieur, passe pour un homme d'affaires; il réside à Balan, près Sedan.

— Tiens! fit Misère en dressant l'oreille.

— Vous allez chez lui et vous voyez le cabinet d'un juif, qui vend et qui achète de tout, soi-disant se charge de transports pour la France et l'étranger. La vérité, c'est que cet homme a une bande à sa solde, qui a nom *les Loups.* Cette bande, très habilement dirigée, exploite notre pays; lorsque les douaniers sont sur le qui-vive et qu'ils ne peuvent se livrer à la contrebande, ils volent sur les routes ou dévalisent les maisons.

Misère, en entendant Jean-Baptiste, avait réprimé le mouvement de surprise et de joie que cette révélation lui faisait. Il trouvait justement l'homme qu'il lui fallait dans l'individu qui se présentait, c'est-à-dire un homme connaissant le misérable qu'il voulait prendre en flagrant délit . Il dit avec calme:

— Cet homme, dites-vous, est chef de bande? il a organisé la contrebande... et le brigandage dans les Ardennes?

— C'est cela!

— Cette révélation est grave, mais il faut le prendre sur le fait.

— Oh! ce n'est pas tout... Je dis là ce que je sais, mais la personne dont je vous parlais...

— La personne ?

— Oui... celle que j'aime.. en sait long sur lui, et de très, très graves choses.

— Alors, que voulez-vous ?

— Mon Dieu ! monsieur, voici la chose... La personne que j'aime a à se plaindre de cet homme, je vous l'ai dit, elle en a peur... et je viens vous révéler ce qu'il est, je viens le dénoncer pour que nous puissions vivre tranquilles sans avoir à le redouter, d'autant plus que nous rendons ainsi un véritable service au pays...

— Vous avez bien fait.

— Monsieur, ce gaillard-là a assassiné déjà un homme qui était son maître alors ; il a ensuite fait disparaître, sans qu'on ait su ce qu'elle était devenue, une femme qu'il avait épousée... J'avais été chez lui porter des papiers pour une affaire, il a gardé mes papiers et il fait mes affaires à son profit.

— Vous pouviez l'en empêcher.

— Non, monsieur. Je le voudrais bien, car, sur des conseils, j'avais renoncé à cette affaire, parce qu'elle jetait le malheur dans une famille ; par une fatalité étrange, je me suis adressé justement à cet homme, le seul qui avait un intérêt à savoir ce que je lui disais.

— Quel est cet homme ? demanda Misère, pour faire les choses suivant l'usage, car il savait bien de qui il était question.

— Cet homme porte le nom de Claude Martial, mais son véritable nom est Martial Caulot.

— Claude Martial... Claude Martial... fit Misère, cherchant dans ses papiers ; il me semble que cet homme nous est déjà signalé.

— Tant mieux, alors... tant mieux... Vous le connaissez, eh bien ! monsieur, c'est la plus grande canaille...

— Vous avez sur lui des renseignements précis?

— Oh! tant que vous voudrez... surtout elle...

— Qui, elle?

— Elle... dont je vous parlais... celle que j'aime.

— Ah! oui... mais qu'est celle que vous aimez?

— Monsieur, elle se nomme Lison, dite Fraîchotte.

— Fraîchotte! fit Misère sursautant.

— Qu'avez-vous?

Se remettant aussitôt, Misère dit avec le plus grand calme :

— Le nom est singulier! Vous nous dites que cette personne a des renseignements très précis à nous donner.

— Oui, monsieur, très circonstanciés... des choses incroyables.

— Il faudrait que nous puissions la voir immédiatement.

— Mais, monsieur, cela est très facile.

— Elle est ici?

— Oui, monsieur.

— Vous l'avez amenée avec vous?

— Oui, monsieur.

— Très bien.

— Et, pour vous le prouver, je vais immédiatement à l'auberge, où nous sommes descendus, la chercher.

— Non! non! fit vivement Misère, c'est inutile... Il ne faut pas brusquer les choses... Vous êtes avec nous...

— Corps et âme!

— Eh bien! revenez demain à pareille heure.

— Demain...

— Oui; je suis le secrétaire du chef qui dirige ici, et, d'après vos déclarations, ce que vous avez à dire est des plus graves : il faut donc que vous vous adressiez directement au chef.

— Ah ! bien, je comprends... Je viendrai demain avec elle.

— Oui, avec elle... ou plutôt qu'elle vienne seule.

Misère était connu de Fraîchotte ; il ne pouvait la recevoir et se trouvait obligé de faire continuer l'enquête par M. Jeandry.

Misère continua son enquête intime et, après avoir tiré de Jean-Baptiste tout ce qu'il savait, lui fit promettre de revenir le lendemain avec Fraîchotte. Aumoy se retira plus tranquille ; on allait enfin le débarrasser du misérable envers lequel il avait été trop confiant. Quand il revint à l'auberge, Fraîchotte l'attendait.

— Eh bien ! demanda-t-elle, avez-vous vu quelqu'un ?

— Oui, oui, j'ai vu l'homme qu'il nous faut, j'ai tout dit, et demain on vous attend à votre tour pour dire ce que vous savez.

— Bien ! Qu'allez-vous faire ?

— Lison, je vous ai dit que je suivrais vos conseils jusqu'au bout.

— Alors, vous allez partir ?

— Oui, je serai de retour demain soir.

— Avez-vous tout dit ?

— Non, nous avions convenu que je ne parlerais du testament qu'après avoir entendu la comtesse...

— Eh bien ! allez.

— Vous voyez que je fais tout ce que vous voulez.

— Oui... Vous êtes un bon et brave garçon...

— Et sans vous... vous savez, oh ! ma foi... c'est à vous que je dois de rester ce que j'étais... Au revoir, mademoiselle Lison... à demain ; car je rentrerai tard et vous serez couchée.

— Au revoir.

Et Jean-Baptiste se rendit au chemin de fer ; quelques

16.

heures après, il était à Nouzon ; il se dirigeait vers le petit
château de Mme d'Aumoy. Lorsqu'il arriva, il fut reçu
par Cadet, qui lui dit qu'il était impossible de voir la
comtesse ce jour-là.

— Ce matin, nous avions du monde, ajouta-t-il, et
Madame a eu sa crise, les invités ont dû partir, et M. le
comte est resté quelque temps près de sa mère ; maintenant elle va mieux, mais elle repose, il est impossible de
la voir. Revenez demain. Je ne vous offre pas de voir
M. le comte, il est sorti pour aller donner des nouvelles
aux personnes qui étaient là le matin...

— C'est bien ! fit Jean-Baptiste, je reviendrai demain...
Et il gagna l'auberge où il devait passer la nuit.

En effet, après le départ de Martial, la comtesse avait
eu une crise terrible ; on avait dû la porter dans sa
chambre ; quand le capitaine était revenu avec sa fille et
le comte Jean, elle avait attribué son indisposition à
l'émotion.

Le capitaine et Mlle Rose s'étaient retirés en faisant
bien promettre à M. Jean de donner des nouvelles dans
la soirée.

Ce dernier était resté au chevet de sa mère. Mais, au
bout d'une heure, Orphise déclara qu'elle était beaucoup
mieux, qu'elle n'avait plus besoin que de silence et de
repos...

Et sur son insistance, son fils s'était retiré ; il avait
fait seller un cheval, et par le grand tour s'était dirigé
vers les bois de la Havetière.

Seule, la comtesse s'était accoudée sur son oreiller et
elle avait songé aux événements du matin.

Martial vivait, la cause de tout, celui qui l'avait perdue,
qui l'avait rendue criminelle, celui qui l'avait fait veuve...
il vivait... Et lorsqu'elle croyait qu'il n'y avait plus de

témoin entre Dieu et elle, elle voyait surgir son complice menaçant... Les suppositions du misérable étaient fausses, mais elles pouvaient se produire et faire un scandale auquel elle ne survivrait pas.

Sa personne était peu, mais son fils!... mais cette union arrêtée du matin même... Que faire?... Traiter avec le misérable? Orphise n'y voulait pas seulement songer... Il ne lui restait que cette ressource extrême des faibles : le suicide! Mais Orphise était mère, et sa mort ne protégeait pas son fils des manœuvres criminelles du coquin; au contraire, elle n'était plus là pour démentir formellement ses déclarations... Que faire?

Et l'œil fixe, accoudée, la main crispée dans les cheveux, la comtesse pensait :

— Mais d'où vient ce testament? Comment l'a-t-il eu? Peut-être est-il apocryphe?

En pensant ainsi, Orphise cherchait à se tromper elle-même. Elle se souvenait des derniers jours de son mari. Le mariage allait mal, et un jour il avait menacé de préparer l'avenir. C'est à ce moment sans doute que fut fait ce testament. Mais, dans le dernier mois, le calme était revenu; on avait décidé le renvoi du garde. A cette époque, les deux époux vivaient dans la plus parfaite intelligence. Pourquoi le comte n'avait-il pas détruit le testament à cette époque?

La comtesse crut avoir trouvé l'explication : le crime avait été commis par Martial pour voler ce testament. Depuis cette époque, il le gardait, et ne se présentait qu'à l'heure où les comptes allaient être rendus au mineur. Il n'avait pas l'intention de plaider. Il voulait vendre le testament.

Tout le reste de la journée, toute la nuit, la malheureuse chercha le moyen de sortir de cette affreuse situation. Au matin, elle était résolue à faire acheter le testament ; elle ne voulait plus revoir le misérable. Là était une autre difficulté : par qui ? à qui pouvait-elle confier un pareil secret ?

Son fils était venu prendre de ses nouvelles le matin ; elle était tout à fait remise, et venait de se lever, lorsque sa femme de chambre vint lui dire qu'on voulait lui parler.

Elle s'enferma, craignant que ce ne fût encore Martial. Apprenant que c'était un parent, elle donna ordre de l'introduire au salon.

IV

OU JEAN-BAPTISTE AUMOY RACHÈTE SES FAUTES

Cadet avait conduit Jean-Baptiste Aumoy au salon lorsque la comtesse y entra. On juge de l'embarras du paysan devant sa tante. Nous l'avons dit, Orphise était très belle encore ; elle était imposante dans sa grande robe brune.

— Monsieur, fit-elle, on m'a dit que c'était un parent qui demandait à me voir ?

— Oui, madame, je suis... votre neveu.

— Mon neveu ?

— Je suis Jean-Baptiste Aumoy, d'Autry.

Orphise regarda aussitôt le paysan ; elle ne s'était pas trompée, on revenait encore pour la même affaire. Le regard qui enveloppa Jean-Baptiste contenait tant de mépris qu'il en rougit jusqu'aux oreilles...

— Ah ! c'est vous, monsieur ; c'est vous qui avez remis entre les mains d'un tiers un testament prétendu olographe du comte d'Aumoy ?...

— Comment, madame, vous savez ?...

— Que venez-vous me proposer, monsieur ?... Dites vite ; je préfère finir avec vous... Vous vouliez vendre ce testament... ou, — c'est d'un sentiment qui vous honore, — perdre par un scandale ceux dont vous portez le nom... dites votre prix, monsieur.

Rien ne put rendre l'accent de la comtesse ; confus, ne sachant comment se tenir, n'osant lever les yeux, Jean-Baptiste restait écrasé par ce mépris calme.

— Je vous écoute, monsieur mon neveu, dit Orphise.

— Mais, madame, vous vous méprenez absolument sur mes intentions ; je viens tout repentant vous dire : J'ai été assez misérable pour livrer ce secret à un nommé Claude Martial, et je viens chercher, avec vous, les moyens de l'empêcher de s'en servir...

— Que me dites-vous là ? fit la comtesse surprise...

— Je vous dis la vérité, madame... car je suis bien malheureux de ce qui est arrivé.

La comtesse, étonnée de ce qu'elle entendait, était très embarrassée ; elle ne savait si elle devait croire aux regrets de son singulier parent ; d'un autre côté, elle se trouvait gênée de savoir dans son secret un jeune homme.

Elle avait besoin de penser un peu à la ligne de conduite qu'elle devait suivre ; elle voulait, en outre, s'assurer de la valeur des déclarations de Jean-Baptiste.

Elle prit le parti le plus sage, celui d'écouter, d'observer, en faisant parler le jeune homme.

C'était facile. Jean-Baptiste Aumoy ne venait pas faire de la diplomatie ; il venait, plein de remords et de regrets, jugeant plus sainement sous les conseils de Fraîchotte, la repentie, depuis le jour où elle avait vu la mort d'aussi près, il venait, disons-nous, avouer franchement à sa parente qu'il acceptait l'héritage de son oncle tel qu'il était : c'est-à-dire nul pour lui ; et il venait se mettre à la disposition de la comtesse pour placer Martial Caulot dans l'impossibilité de nuire.

Orphise lui dit :

— Pour croire maintenant à la sincérité de vos déclarations, je suis prête à vous entendre.

— Sur quoi, madame ?

— Sur ce que vous avez fait avec ce... misérable. Parlez. Je sais déjà, et jugerai ainsi si vous êtes franc et si j'ai en vous un ami ou un ennemi.

En disant ces mots, Orphise lui désigna un siège et en prit un elle-même.

S'étant assis, Jean-Baptiste commença :

— Madame... ma tante... voici la chose. L'oncle d'Aumoy avait un jour fait un testament qui déclarait que, sachant ne devoir pas avoir d'héritier, il voulait que sa fortune retournât à sa vraie famille... j'entends dire par là à ceux qui portent son nom... Ce testament, mon père en avait une copie, et il savait l'endroit où il est.

— Le comte avait remis à votre père une copie de ce testament ?

Jean-Baptiste fut un instant embarrassé ; mais pensant que les moyens employés étaient inutiles à la cause, il n'en parla pas ; il répondit :

— Oui, madame ma tante ; ce brouillon fut remis à mon père, et, de plus, mon oncle dit à mon père que l'original se trouvait dans tel et tel endroit.

Le côté difficile du récit était passé, et Jean-Baptiste s'étant essuyé la bouche continua :

— A la mort de mon pauvre père, je fus appelé près de lui. Il me dit ce que je viens de vous conter, et que lorsque votre fils atteindrait sa majorité, j'aie à faire valoir mes droits. Il ajouta que la chose offrait une difficulté : c'est que nous n'avions en main que la copie du testament, lequel était dans un endroit qu'il m'indiquait dans la maison de notre oncle... Or, il fallait être prudent, le testament pouvant avoir été détruit, ou, si la chose était sue, on pouvait le détruire ; il fallait, avant de rien commencer, se procurer ce testament, tout entier de la main du comte d'Aumoy.

— Que fîtes-vous ? demanda vivement Orphise.

— Je vous le dis, mon père m'indiqua un vieux juif, habitant près Sedan, sous le nom de Claude Martial... Il me dit que si je faisais l'affaire de moitié avec cet homme, j'étais certain de la réussite ; il se chargerait de tout et en cas d'insuccès, je ne courrais aucun risque.

La comtesse était devenue rouge, puis pâle, en entendant prononcer le nom de Martial ; se domptant, froide, elle demanda :

— Votre père connaissait cet homme ?

— Oui, madame... ma tante.

— Il vous a dit ce qu'il était ?

— Non, pas lui.

— Pas lui ! répéta la comtesse en fronçant les sourcils.

— Non, madame, mon père ne le consulta que comme homme d'affaires, j'ai su ailleurs que c'était un coquin... et c'est pourquoi je viens vers vous... C'est bien plus

encore, madame... ma tante, vous allez voir.. écoutez-
moi.

— Continuez, dit la comtesse.

— Mon pauvre père mort, je m'occupais de mettre en
ordre toutes nos petites affaires de famille ; je me souvins
de ce qu'il m'avait dit, et un jour j'allai chez cet homme...
je lui offris l'affaire ; il accepta aux conditions que je lui
posais... il se chargeait de s'emparer du testament...
Depuis cette époque, j'ai changé d'idée sur les conseils
d'une jeune femme... veuve, que j'aime et à laquelle j'ai
conté cela... J'ai voulu tout reprendre... je n'ai jamais pu
voir mon homme et, chaque fois, il m'a fait répondre que
l'heure de s'occuper de cela n'était pas venue, qu'il laissait
l'affaire de côté et que le moment arrivé il me ferait
venir... pour nous entendre définitivement... Je crus à
cela, car nous n'avions rien risqué... Cependant, toujours sur les conseils de mon amie, je vous adressai de
temps à autre une lettre anonyme qui vous invitait à
veiller...

— Ah ! c'est vous ?...

— Oui madame... ma tante, et vous n'avez rien vu ?...

— Rien !...

Orphise avait attentivement écouté Jean-Baptiste ; en
l'observant, elle vit que le brave garçon ne mentait pas ;
il avait compris à temps la lâcheté, l'infamie dont il allait
être le complice, et il revenait très franchement pour
essayer de réparer le mal probable. Plus calme en se
sentant un allié aussi utile, elle dit aussitôt :

— Alors, cet homme n'a entre les mains qu'une copie
du testament ?

— Oui, madame, une copie de ma main...

La malheureuse femme respira... Une copie, ce n'était
rien, moins que rien : elle demanda :

— Et vous savez que ce testament existe véritablement ?

— Il existe...

— Et vous savez où il était placé ?...

— Oui, madame.

— C'est ici !

— En cette habitation, dans la chambre de mon oncle le comte, derrière le panneau de la tête du lit ; il avait dans la boiserie fait faire une cachette, qui se trouve, dans les sculptures de chêne, occuper le milieu.

— Venez, venez ! dit vivement Orphise.

Elle traversa les couloirs absolument déserts à cette heure, suivie par son neveu ; elle ouvrit les appartements de son mari ; malgré lui, le paysan se découvrit en entrant. Elle entra dans la chambre devenue une chapelle et s'agenouillant aussitôt... Aumoy restait à la porte, la bouche ouverte, étonné de trouver un autel où il croyait trouver un lit... et sous le coup d'une secrète terreur...

Ayant prié, la comtesse se releva et lui dit :

— Venez...

Il obéit... Ils trouvèrent tout de suite la cachette ; en partant hâtivement, les voleurs l'avaient mal fermée..

La comtesse fouilla... elle était vide. Jean-Baptiste chercha à son tour.

Orphise se releva découragée et Aumoy dit :

— Ah ! le coquin, il est venu !

— Je suis perdue, dit la comtesse.

— Pas encore, ma tante... ce n'est pas tout et, au reste, j'aime mieux le dire ici.

En étendant son bras sur l'autel, il dit :

— Madame la comtesse, mon oncle Jean-Michel n'est pas mort d'accident, je le jure ! il est mort assassiné par ce coquin-là... et j'en ai la preuve...

Orphise tressaillit et devint livide, et craignant que la

17

phrase qu'elle entendait n'en voulût dire beaucoup plus que ce qu'elle exprimait, elle se tut. Les mots : « J'ai des preuves ! » résonnaient terribles et menaçants à son oreille. Elle pouvait se perdre par un mot imprudent ; elle resta silencieuse et attendit.

Jean-Baptiste continua :

— Oui, madame, oui, j'en ai les preuves ; celui qui a assassiné le comte, c'est celui qui tient aujourd'hui le testament.

— Venez, dit Orphise, désireuse de ne pas rester plus longtemps dans ce lieu et craignant qu'un esprit invisible ne vînt ajouter un autre nom à l'accusation.

Aumoy la suivit ; il entra avec elle dans le grand salon.

Plus calme, et de l'endroit où elle se retrouvait et de l'allure de son neveu, qui semblait la plaindre et non l'accuser, Orphise lui dit :

— Causons sérieusement.

— Je vous écoute, madame.

— Ce testament, alors, a été volé par lui ; il est entre ses mains, et il peut faire savoir à tous ce qu'il contient ?

— Oui, madame.

— Que croyez-vous qu'il faille faire pour éviter la honte de cette... calomnie ?

— Il faut lui faire immédiatement savoir que vous allez l'accuser de l'assassinat du comte.

— Que lui importe cette accusation... il y a prescription.

— Comment, prescription ?

Et Jean-Baptiste resta tout coi, les yeux fixes, la bouche ouverte.

— Oui, il y a plus de vingt ans... et il ne craint plus rien.... rien que le jugement de l'opinion publique, ce qui lui importe peu.

Le paysan réfléchit longuement, puis il répondit :

— Pardon, nous pouvons prouver une chose : c'est qu'il a assassiné pour voler... et alors, on peut ne pas le punir pour le meurtre, mais on l'empêchera de profiter du vol.

— On verra le testament...

— Il est faux, et la preuve, c'est que j'en ai un semblable.

— Que dites-vous ?...

— Je dis que j'ai le brouillon du testament écrit par le comte... le brouillon, où le dernier paragraphe est biffé... Je puis bien dire, moi, que c'est lui qui a fait un faux en l'ajoutant...

— Non, ce n'est pas un moyen... c'est la vérité qu'il faut... Quelle preuve avez-vous du crime ?

— Un témoin, une femme qui, alors enfant, a tout vu, tout entendu.

— Et cette femme ?

— Cette femme est prête à tout pour vous, madame... elle sait bien des choses sur le misérable.

— Où est-elle ?

— A l'heure où je suis ici, elle est chez les agents.

— Quels agents ?

— Les agents de police.

— Que fait-elle là ? demanda Orphise effrayée.

— Elle raconte ce qu'elle sait sur le misérable, et elle s'offre à le livrer au plus tôt à la justice.

— Elle raconte ce que vous m'avez dit ?

— Non, madame ; elle ignore ce que contenait le testament... Ce qu'elle sait, c'est qu'il a assassiné votre mari, et elle m'a fait jurer de vous le dire pour que vous en obteniez vengeance.

— Il est trop tard ! dit la comtesse.

— Non, madame... Oh! vous n'êtes pas sa seule victime... il s'est marié, et sa femme est disparue... il a voulu tuer celle dont je vous parle, et celle-là, madame, n'a jamais osé dire qu'elle l'avait vu un matin, dans les bois de La Grandville...

— Le jour du crime?

— Oui, madame.

— Cette femme y était?

— Elle y était.

— Et elle vous a conté ce qu'elle a vu?

— Oui, madame.

— Ce qu'elle a entendu?

— Oui, elle m'a tout dit... Oh! c'est un fameux gueux, allez!

La comtesse, pâle, hésitait à faire une autre question; enfin, se domptant, elle dit:

— Vous pourriez me retracer cette scène de la dernière heure?

— Si vous le voulez, et dans tous ses détails.

— Oh! je vous en prie!... dites, dites!

La comtesse s'accouda et cacha son visage dans ses mains pour écouter.

— Vous pensez bien, madame, que ces secrets-là, ça reste gravé dans la mémoire de ceux qui y étaient: or, la personne que je vous dis m'a tout conté; elle était enfant alors, elle avait treize ans, elle était en service chez des bourgeois à Issancourt: elle allait un matin à Neufmanil... elle avait marché vite, l'enfant, elle était fatiguée et se reposait sous bois, lorsqu'elle vit déboucher deux chasseurs... Le bois où elle se trouvait était réservé... craignant d'être grondée si on la voyait là, elle se cacha... alors elle vit, à dix pas, ce que je vais vous dire...

La comtesse, haletante, écoutait.

— Le premier qui marchait était M. le comte ; il était de mauvaise humeur parce qu'il n'avait rien rencontré depuis le matin... il chassait sans chien. Celui qui le suivait était le garde Martial Caulot. Lison le regardait et vit qu'il examinait les cartouches de son fusil. Le comte, fatigué, s'arrêta un moment et se plaignit à son garde de ce qu'il l'avait mal dirigé... Martial, ennuyé de ses reproches, lui répondit sèchement et en haussant les épaules : « Je n'en suis pas cause. » Vous savez quelle nature fière avait l'oncle ; en voyant les façons de son domestique, il dit du ton hautain que vous savez : « Sais-tu, Colot, que je n'aime pas tes réponses, que j'aime encore moins les gestes qui les accompagnent ; tu deviens trop libre chez nous, mon garçon, et dans l'intérêt de tous, il est utile, je crois, que tu nous quittes... » Vous voyez d'ici l'allure noble de l'oncle Michel... Mais le coquin fut insolent ; il répondit dédaigneusement.

La comtesse écoutait, attentive.

Jean-Baptiste continua :

— Il haussa encore les épaules et dit : « Parce que vous me payez pour faire mon service, est-ce que, mon travail fini, je dois subir encore votre mauvaise humeur... » Le comte se retourna tout d'un coup et, fixant son garde, il lui dit : « Tu dois subir ce qu'il me plaît... au reste, je veux te parler une bonne fois... Mᵐᵉ la comtesse est trop bonne pour toi ; elle se souvient trop qu'elle t'a connu enfant... et cela me déplaît... je trouve que maintenant tu es de trop chez nous ; je ferai pour toi le nécessaire, mais tu partiras de la maison... M'as-tu compris ? » demanda le comte ; alors Martial releva la tête et lui répondit : « J'ai compris que vous venez de décider votre mort, monsieur Michel... On ne me chasse pas comme un laquais, moi, et je ne quitte les gens que lorsqu'ils sont morts. » Et, en disant ces mots, le misérable mit le comte en joue... et...

Orphise suivait, sur le visage de Jean-Baptiste, les impressions de son récit, et, pour employer une figure familière, mais juste, elle buvait ses paroles. Le voyant hésiter, elle lui dit :

— Achevez, achevez...

— C'est que... c'est embarrassant.

— Embarrassant... Et, en répétant ce mot, elle sentit le froid se glisser dans ses veines... Martial avait parlé ! Courageusement, elle se dressa, s'imposa d'être forte et dit :

— Dites. Pour me défendre, il faut que je connaisse les calomnies.

— Au reste, madame ma tante, je ne vous connaissais pas, je vous connais maintenant, et je connais le gueux... ce qu'il a dit a peu de valeur... je continue : Il mit le comte en joue ; l'oncle, plus rapide, saisit son fusil et l'arma pendant que le bandit disait : « Michel, si je suis venu chez toi, c'est que ta femme m'y a fait venir, » et il rit au nez du comte...« Misérable, cria celui-ci en l'ajustant, meurs donc, chien enragé, de la main de celui qui t'a nourri. » Il tira, mais le coquin resta debout et éclata de rire en lui disant : « Grand niais, tu croyais donc que j'avais laissé du plomb dans tes cartouches ? » Le comte alors, furieux, perdu, saisit son fusil par le canon et se précipita sur le garde pour lui casser la tête d'un coup de crosse...Martial fit feu de ses deux coups et votre malheureux époux tomba foudroyé.

La comtesse, l'œil fixe, avait tout écouté ; quand Jean-Baptiste eut achevé son récit, elle pensa :

— Il n'a pas dit un mot, lui !...

Voyant qu'elle ne parlait pas, qu'elle restait immobile, perdue dans ses pensées, Jean-Baptiste continua :

— La petite le vit alors s'assurer qu'il était bien mort; mais, effrayée de ce qui venait de se passer sous ses yeux, elle se sauva en rampant ; quand elle sortit du bois, le garde était sur la route ; il n'y avait pas à hésiter : se sauver, c'était risquer un coup de fusil... marcher calme, c'était le salut, elle marcha donc et, comme les gens qui ont peur, elle se mit à chanter... il l'accosta, lui demanda d'où elle venait, et, la voyant calme, il la laissa passer...

La comtesse pensait toujours. Jean-Baptiste la regarda une minute, puis lui dit :

Maintenant, madame ma tante, vous savez la vérité... Que voulez-vous faire ?

— Ce que je veux faire!... fit-elle comme sortant d'un rêve.

— Oui... il faut se décider vite...

Orphise releva la tête, et se faisant forte pour le mensonge, elle dit :

— De la calomnie, il reste toujours quelque chose ; cependant, je dois, pour mon fils, braver la calomnie.

— Oh ! madame, je vous connais, maintenant, et dans le pays tout le monde est comme moi... Après nos déclarations, personne ne croira cet homme.

— Que me conseillez-vous donc ?

— Il est déjà accusé ailleurs... Dénoncez-le ici, il sera arrêté demain, et il ne tardera pas à être condamné.

— Je ne voudrais m'adresser à la justice qu'à la dernière extrémité.

— Que voulez-vous faire alors ?

— Vous êtes bien mon ami, dites-vous?

— Oh ! madame, c'est lorsque j'aurai racheté le mal
que je vous ai fait, que je serai récompensé par celle
que j'aime...

— Vous ferez ce que je vous demanderai pour atteindre ce but...

— Je vous le jure ! Parlez !

— Voici ce que vous allez faire... Sous deux jours,
vous verrez ce misérable...

— Moi ! fit Jean-Baptiste avec une grimace.

— Il ne faut que vous et moi dans cette affaire ..

— Vous avez raison !...

— Vous lui direz que vous savez qu'il est venu me
trouver...

— Il est venu !...

— Oui !... Et que s'il ne rend pas le testament volé,
au risque du scandale, je le dénonce comme assassin.
Vous lui conterez ce que vous m'avez conté, et vous lui
direz que vous avez un témoin de son crime.

— Vous me disiez qu'il y avait prescription...

— C'est vrai ! mais son but à lui est tout entier dans
les accusations portées contre moi, et ce que cette
jeune fille a entendu détruit tout... A l'heure suprême,
pas une accusation contre moi n'est sortie des lèvres de
mon mari.

— C'est vrai !... Eh bien! vous avez raison... c'est une
bonne idée, ça... J'irai... et avec un gars de chez moi,
pour plus de sûreté... et nous verrons bien... Traqué
là-bas, ici... et autre part... nous verrons bien s'il en
réchappe... Madame ma tante, je me retire.

— Et quand saurai-je ce que vous avez fait ?

— Après-demain je vous reverrai... et ce sera pour
vous demander mon pardon.

— Vous l'avez déjà...

— Au revoir, madame ma tante.

Et le gars sortit.

Quand la porte se fut refermée, Orphise se laissa choir dans un fauteuil. Immobile, l'œil fixe, de grosses larmes coulèrent sur ses joues, et un rire amer crispa sa bouche, puis elle dit à mi-voix :

— La femme de bien !... quel châtiment !

V

ENTRE LE LOUP ET LE RENARD

Jean-Baptiste Aumoy, plus léger de cœur par sa confession, partit aussitôt pour retrouver Fraichotte ; il arriva le soir. Celle-ci l'attendait. Elle lui raconta que toutes ses déclarations avaient été très attentivement écoutées par M. Jeandry, qui lui avait recommandé le plus grand secret, d'autant plus qu'on voulait s'emparer du misérable et éviter un procès scandaleux, gênant pour eux, puisqu'il montrerait les vices d'une administration qui permettait dix années d'impunité aux crimes les plus flagrants. Le chef Jeandry avait donc recommandé le retour immédiat au foyer, le secret absolu, et de se tenir prêt au moment où on aurait besoin d'elle ou de Jean-Baptiste. Le soir même, ils partirent, dans

17.

la nuit; ils arrivaient à Autry, et le lendemain matin, Aumoy seul partait pour Sedan.

Arrivé vers midi, il se rendit à Balan et frappa à la porte du père Martial. La vieille Bavet vint lui ouvrir; en reconnaissant le gars, elle dit aussitôt :

— Notre monsieur n'est point là, il est en voyage.

— Vous me dites toujours la même chose.

— Faut-il que je vous dise des choses qui ne sont pas ?

— C'est ce que vous faites, puisque des gens du pays m'ont dit qu'on l'avait vu ce matin.

— Il est reparti... et voilà tout...

La vieille allait fermer la porte, mais Jean-Baptiste avait prudemment passé sa jambe et l'en empêcha...

— Ah ça, vous allez m'empêcher de fermer, vous ?

— Absolument, fit Jean-Baptiste qui, l'écartant, entra dans la cour et ferma la porte derrière lui.

La vieille Bavet s'écria furieuse :

— Voulez-vous sortir, ou j'appelle au secours.

— Faites-le donc ! Je verrai le père Martial.

— Je crie au voleur, si vous ne sortez pas...

Aumoy restait calme devant la vieille, qui criait si fort qu'une fenêtre s'ouvrit... Martial parut.

— Qu'est-ce donc que ces cris ? demanda-t-il.

— C'est le mauvais garnement que vous savez, qui m'a frappée pour entrer...

Martial, voyant Jean-Baptiste, lui dit :

— Ah ! c'est vous ; je ne puis vous recevoir aujourd'hui... je n'ai rien de nouveau... revenez dans huit jours...

— Pardon, monsieur... aujourd'hui, je ne viens pas pour moi, je viens de la part de Mme la comtesse...

— Mme d'Aumoy ! fit vivement Martial ; montez. F^J

il ferma la fenêtre et vint ouvrir la porte pendant
que la vieille Bavet, furieuse, dirigeait le paysan en
grognant :

— Il est fou, maintenant, notre maître : il dit oui, il
dit non ! et au premier mensonge qu'on lui dit, il croit !...
Allons... montez là ! vous !...

Martial, dans le premier costume qu'il portait lorsque
nous l'avons retrouvé à Balan, c'est-à-dire le père
Martial, ouvrit à Jean-Baptiste, le fit asseoir et se plaça
devant son bureau, à contre-jour suivant son habitude.
Malgré sa force sur lui-même, il ne pouvait se dompter
entièrement ; on sentait à ses gestes fébriles l'impatience curieuse qui le dévorait ; il dit très vite :

— Votre affaire était en marche, et probablement la
comtesse vous a fait appeler.

Le paysan se tenait sur ses gardes ; il avait besoin,
lui aussi, de certains renseignements.

— Justement, fit-il ; vous avez été la voir ?...

— Oui !

— Elle espère que vous n'avez pas le testament entre
les mains.

Martial se dirigea vers sa chambre sans dire un mot
et tira la porte sur lui.

Le paysan se leva aussitôt et regarda par le trou de la
serrure. Il vit Martial pousser un meuble de toilette,
lever deux carreaux et tirer une petite caisse de fer
qu'il ouvrit et dans laquelle il prit un portefeuille.

Le paysan n'eut que le temps de reprendre sa place.

Martial entra ; il ouvrit le portefeuille, en tira un
papier timbré et le montra à Jean-Baptiste en disant :

— Le voici... Vous voyez que je me suis occupé de
l'affaire...

— Oui, je vois...

— Eh bien ! que vous a-t-elle dit ?

— Elle veut entrer en arrangement... Elle demande le secret le plus absolu et combien vous voulez de ce papier...

— Mais nos conditions sont toujours les mêmes, n'est-ce pas ?

— Comment cela ?

— Nous partageons.

— Oui, eh bien ?

— Eh bien ! je veux tout, et je vous donnerai la part convenue.

— Ceci n'est pas un arrangement.

— Quel est celui que vous croiriez acceptable ?

— Je voudrais que vous fixassiez le prix auquel vous abandonneriez cette affaire et me rendriez ce testament.

— Vous voulez une réponse absolue ?

— Absolue.

— A aucun prix... dit lentement Martial.

— Que dites-vous là ?

— Je dis mon dernier mot sur cette affaire... Mon prix, c'est Mᵐᵉ la comtesse d'Aumoy qui le saura... seule, lorsqu'elle me fera demander...

Jean-Baptiste se mordit les lèvres, mais ayant conscience de l'appui qu'il avait contre le coquin, il résolut d'agir comme lui, c'est-à-dire de parler franchement ; il dit donc :

— Ce testament sera lettre morte alors, dès que je serai sorti d'ici...

— Que ferez-vous ?

— Je ferai une renonciation au bénéfice de ma tante...

Martial éclata de rire ; Aumoy devint rouge jusqu'aux oreilles.

— Vous êtes jeune, monsieur Jean-Baptiste ; vous

oubliez que j'ai un traité signé par vous et que j'ai le droit de réclamer des indemnités...

— Mais je vous les offre.

— Non pas, je veux qu'un tribunal statue...

— Vous voulez le scandale.

— Vous l'avez dit: tout, ou le scandale.

Jean-Baptiste était de son pays, la colère lui montait au cerveau; il avait été calme jusque-là, mais en lisant bien au fond de l'âme de bouc du coquin, il avait peine à se contenir; il se dressa et la voix haute, il dit:

— Voici la vérité, monsieur Martial Caulot...

Martial, en entendant ce nom, se leva à son tour, et serrant vivement le testament, il se tint sur ses gardes.

— Oh! je vous connais, continua Aumoy, se plaçant devant lui les mains dans ses poches. J'ai vu ma tante et je lui ai demandé pardon du mal que je voulais lui faire et je lui ai dit qu'à tout prix je rachèterais ma faute. Monsieur Martial Caulot, vous refusez de me rendre le testament... que vous avez volé?

Les dents serrées, l'œil plein d'éclairs, Martial dit:

— Je refuse!

— Eh bien! en sortant d'ici, je vais faire ma renonciation; puis je vais chez le procureur et je lui déclare que mon oncle, Jean-Michel d'Aumoy, a été assassiné par son garde, Martial Caulot, pour lui voler un brouillon de testament.

Martial était devenu livide; il allait s'élancer sur le paysan pour éteindre dans sa gorge, en l'étranglant, la terrible accusation.

Mais Jean-Baptiste avait froidement tiré de sa poche un revolver, et il en faisait sortir la tige d'arrêt.

Martial recula en disant :

— Vous mentez! vous n'avez pas de preuves... Celle qui m'accuserait se perdrait elle-même... elle s'est perdue en vous le disant.

Jean-Baptiste haussa les épaules.

— Vous croyez que c'est ma tante qui m'a conté ça, et vous dites qu'elle se perdrait, la sainte femme. Allons donc! elle est au-dessus de vos calomnies!... Celle qui me l'a dit, vous l'avez déjà voulu tuer, et cependant vous n'aviez pas reconnu en elle l'enfant qui chantait sur la route de Neufmanil, en sortant des bois de La Grandville, où elle venait de vous voir assassiner votre maître, le comte Michel.

Martial était atterré de ce qu'il venait d'entendre.

Jean-Baptiste continua froidement :

— Vous voyez que je vous connais bien, et que j'avais pris mes précautions; je n'ai pas l'intention de vous tuer... mais je suis résolu à me défendre.

— Enfin, que voulez-vous ?

— Je veux d'abord que vous m'écoutiez... Je sais que vous avez connu une malheureuse fille qui se nommait Fraichotte, je sais qu'un jour vous l'avez voulu tuer en la jetant d'un toit; je sais que, quelques mois avant cela, vous vous êtes débarrassé de votre femme, c'est-à-dire que vous avez prétendu qu'elle était morte à Nice, aussitôt vous avez vendu les biens et vous êtes venu vous installer ici sous le costume que vous portez... Votre femme n'a jamais été à Nice et jamais depuis on ne l'a revue... Je sais dans tous ses détails l'assassinat commis par vous sur mon oncle d'Aumoy... et je sais que vous êtes à la tête d'une bande soi-disant de contrebandiers, mais véritablement de brigands...

En entendant l'Ardennais, le coquin grinçait des

dents et ses ongles s'enfonçaient dans la paume de ses
mains.

— Mais que voulez-vous?

— Je veux que vous me rendiez le testament, je veux
vous l'acheter plutôt.

— Et si je vous le rends, vous vous tairez...

— Je n'ai pas dit cela... fit Jean-Baptiste jouant toujours avec son arme.

— Hein !

— Je vous achète pour remplir ma parole... parce
que ma parole c'est quelque chose, je vous dois... mais
du moment où vous serez payé, nous sommes dé-
gagés... et je ne vous le cache pas — je suis loyal — je
n'hésiterai pas à vous dénoncer pour mettre à l'abri ma
tante d'Aumoy et Fraîchotte que je protège.

— Ah! vous me dénoncerez...

— Demain !

Martial pensa quelques minutes. Si Jean-Baptiste
n'avait pas été armé, il n'aurait pas hésité: il en savait
trop pour vivre, il l'aurait étranglé... de tous côtés, il
était immédiatement arrêté, la comtesse risquait d'être
perdue, mais il l'était également, et Martial tenait avant
tout à sa peau. Rien ne l'assurait qu'en refusant de rendre le testament, le paysan ne se servirait pas de son
arme. Il eut un méchant sourire que Jean-Baptiste ne
vit pas, et relevant la tête il dit:

— Je veux bien céder... mais voici mes conditions.

— Dites !

— Avant demain vous ne vous occuperez pas de moi...

— C'est entendu !...

Jean-Baptiste ne risquait rien, la chose était faite.

— Et vous me donnerez trente mille francs ?...

— C'est trop, je ne le puis... j'ai sur moi juste la moitié de cette somme... et donnant donnant...

— Si vous n'avez que cela, je suis forcé d'accepter... donnez !

Jean-Baptiste compta les quinze billets qu'il tira de son portefeuille. Martial les compta à son tour et donna le testament... Jean-Baptiste regarda la date, la signature... et, l'ayant soigneusement mis dans sa poche, il dit :

— Vous avez été bien inspiré, monsieur Martial... J'étais décidé à vous brûler la cervelle si vous me l'aviez refusé...

Martial sentit un froid lui parcourir le sang... Jean-Baptiste lui dit en se retirant :

— Maintenant, un dernier mot, je suis loyal, moi. Loup, je vous ai arraché les dents ; garde à vous, les chiens sont lancés...

Martial releva vivement la tête, Jean-Baptiste était déjà dehors.

— Que veut-il dire, fit-il inquiet... les chiens ne me trouveront pas ! et tu verras bientôt que je peux mordre...

Il réfléchit quelques minutes et dit à mi-voix :

— Sa menace me dit clairement qu'il n'est pas prudent de sortir... le niais croit qu'il a le vrai testament ! les sots, ils pensent qu'on me blesse et que je ne me venge pas !... Je pars de cette maison ; si je suis poursuivi ou pris, une perquisition sera faite par la police... ce papier devient une pièce de conviction et va à son adresse en les frappant... sinon je reviens... et revenant, c'est moi qui retrouve le papier. C'est cela...

Et, sortant de sa poche un petit portefeuille, il y prit le testament.

— Le voilà, le papier que vous vouliez avoir... Vous l'aurez, mes bons. Et, en disant ces mots, il plia le vrai testament, le mit sous une large enveloppe sur laquelle il écrivit :

« Papier de famille.

« *Pour remettre au plus tôt à M. le capitaine de Braux,*

à Nouzon. »

Et il alla placer cette lettre dans la cachette de la chambre que nous connaissons, pensant :

— Comme il ne restera rien ici, ils ne manqueront pas de fouiller le parquet ; s'ils ne trouvent pas le papier, j'ai la ressource de le prendre tôt ou tard ; mais, forcément, le jour où on le trouvera, je serai vengé !

Il remettait le carreau, lorsqu'il entendit frapper à la porte secrète du magasin ; il se leva aussitôt et alla ouvrir en disant :

— Enfin, le voilà !

Marcassin entra.

— Salut, patron ! dit-il. A-t-on de l'ouvrage pour ce soir :

— Oui, et un travail très pressé... Va vite chercher les hommes.

— Tous ?

— Oui... et que tout le monde soit ici dans une heure.

— Ici ?... Il y a donc du neuf ?

— Va vite, tu le sauras.

— J'y cours... Une bonne affaire, patron ?

— Mais oui... cours... une grande affaire et un grand danger...

Marcassin répondit, joyeux :

— Ah !... à la bonne heure au moins, on va s'amuser !

Et il sortit aussitôt pour aller chercher ses compagnons.

Nos lecteurs ont appris, par Jean-Baptiste, que Fraichotte avait été faire sa déclaration ou plutôt sa déposition à l'agent Jeandry. Les renseignements de la Lison étaient précis ; ils corroboraient ce qu'avait dit Misère. Il ne s'agissait donc que de s'emparer au plus tôt du misérable ; l'agent en cherchait les moyens lorsqu'une personne vint frapper à son cabinet ; il fit ouvrir par Misère, et une femme de quarante-deux ans entra... La mise de la nouvelle venue dénotait la plus profonde misère...

— Que voulez-vous, madame ? demanda l'ancien associé de Martial.

La femme releva la tête et, voyant Misère, elle jeta un cri et se recula stupéfaite en disant :

— Vous ici ! vous !

Il sembla à Misère qu'il connaissait cette voix ; il prit la femme par la main et l'emmena devant la fenêtre.

— Mais, sangdiou ! je ne me trompe pas... C'est Mme Vandelowen !...

— Vous ici ! exclama encore la malheureuse toute tremblante... Vous, son complice !

Misère n'était pas embarrasé ; son chef savait le rôle qu'il avait joué ; il était seulement surpris.

— Madame, fit-il sans que son mensonge amenât la moindre rougeur sur son front, je croyais, en servant celui que vous savez, faire votre bonheur à tous les deux.

— Monsieur, je sais qui il était, qui vous êtes... et c'est ce que je viens déclarer ici.

— Voyez comme ça se trouve, ma pauvre dame, vous me prenez pour un méchant homme ; vous l'avez dit : pour son complice... J'ai été sa dupe... et la preuve, c'est que c'est moi qui l'ai dénoncé.

La veuve Vandelowen, la femme de Martial, regarda
le chef ; voyant que celui-ci acquiesçait de la tête, elle
se rassura.

— S'il est quelqu'un que je m'attendais à voir ici,
assurément ce n'est pas vous.

— Vous me croyiez morte ?...

— Je ne vous l'aurais pas dit... mais le coquin l'avait
assuré ; vous étiez morte, disait-il, à Menton, près de
Nice... et, à la suite de votre décès, il a vendu tout et
est revenu s'établir en France...

— Mais, qui est madame ? demanda M. Jeandry.

— Vous l'entendez... madame est la femme légitime
de ce Martial...

— Ah ! mon Dieu !... et vous venez, madame ?... interrogea le chef de la sûreté.

— Je viens vous demander vengeance et protection.

— Vous pouvez compter sur nous... mais dites-nous
ce qui s'est passé.

On donna un siège à la malheureuse femme, qui raconta aussitôt son étrange histoire.

Quatre ans après son mariage, quatre ans seulement
après, elle sut avec quel homme elle était liée... Des
papiers trouvés dans la chambre de son mari lui avaient
appris qu'il avait été au bagne pour vol, et qu'il l'avait
épousée sous un faux nom... A la suite d'une explication qui dégénéra en dispute, elle dit qu'elle allait faire
casser son mariage. Martial l'avait alors frappée à ce
point qu'elle était restée quelques heures sans connaissance... Quand elle revint à elle... elle n'avait plus sa
raison... La malheureuse femme supposait que cette alié-
nation mentale était le fait du misérable, qui lui avait,
pendant sa syncope, fait prendre un breuvage terrible...
A la suite de constatation des médecins, il fut décidé que

Mme Martial serait enfermée dans une maison de santé du côté de Menton... Le lendemain son mari l'emmenait... il ne revenait de ce voyage qu'au bout de trois mois, ayant envoyé dix jours avant la nouvelle de la mort de la malheureuse... Elle resta six ans dans une maison de fous ; la raison lui revint cependant après cinq années de traitement. Elle sut alors qu'elle avait été inscrite dans la maison sous un nom qui n'était pas le sien et passait pour une parente de M. Martial rentier à Balan... Elle se tut, craignant qu'une indiscrétion n'amenât de nouvelle rigueurs. On écrivit à M. Martial de venir la chercher. Au bout de d'un an, personne ne se présentant, on allait, après un dernier avis, la rendre à la liberté ; c'est alors que le misérable vint. Au lieu d'être, ainsi qu'il l'avait dit, dans le Midi, elle était dans une maison des Ardennes. Elle refusait de partir avec lui, mais on n'écoute pas les malades. Le soir, il l'emmena ; elle tremblait près de lui, et non sans raison... Sur la route d'Autry à Grandpré, vers huit heures du soir, après avoir regardé si la route était déserte, il se précipita sur elle ; elle voulut se sauver, mais il la rejoignit dans un champ et la frappa de son bâton ; elle tomba, et il la laissa pour morte... recueillie par des paysans d'Autry, mais craignant que Martial ne revînt le le lendemain, malgré ses blessures, elle se sauva le matin et entra à l'hospice de Vouziers, d'où elle sortait le matin de ce jour.

On juge de l'effet que produisit sur le chef de la sûreté cette affreuse histoire. Il s'était levé, et il dit à la malheureuse :

— Alors, vous êtes sans ressources ?

— Absolument, fit-elle en rougissant.

— Je vais vous donner quelque argent, . mais comme

il faut que tout ceci reste secret, afin de ne point donner
l'éveil au misérable que nous voulons prendre, vous
vous rendrez à Sedan, dans un hôtel que je vais vous
indiquer, cette nuit, et vous vous tiendrez à notre disposition... Surtout, ne sortez pas... ne craignez rien, mes
gens auront des ordres ce soir, ils veilleront pour vous
protéger... et, dans quelques jours, vous aurez retrouvé
votre position et vous serez vengée.

M. Jeandry reconduisit la pauvre femme, après lui
avoir donné une centaine de francs.

Misère restait dans le coin de la fenêtre, comprenant
que sa vue n'était guère agréable à Mme Martial, et par
cela même très embarrassé de sa contenance devant
elle.

Quand M. Jeandry revint, il dit à Misère :

— Voyez votre œuvre... et ne vous sentez-vous pas
bien coupable ?

Le vieux forçat ne répondit pas.

Le chef reprit :

— Je vois qu'il faut en finir avec cette affaire. Cet
homme est redoutable, et si nous ne nous pressons, il
peut nous échaper, lui et les siens, pour recommencer
ailleurs.

— C'est mon avis, monsieur Jeandry ; il faut en finir
vite.

— Nous partons ce soir, et demain matin, nous com-
mençons... Ja vais écrire quelques ordres... faites préparer
les bagages... nous partons pour Sedan.

Pendant que M. Jeandry écrivait, Misère s'occupa du
départ.

VI

A SEDAN

Nous arrivons à la fin de cette longue histoire...
En quelques lignes nous résumerons les incidents sur-
venus.

Jean-Baptiste avait été porter le testament à la comtesse ; celle-ci l'avait immédiatement reconnu apocryphe.
Or, comme Aumoy était convaincu qu'il existait véritablement, il était désespéré de s'être laissé duper et jurait
qu'il se vengerait du tour que le coquin venait de lui
jouer. Il allait quitter la comtesse pour aviser au moyen
de reprendre le papier qu'il voulait, lorsque Orphise
fut informée que le capitaine de Braux avait reçu une
lettre anonyme, lui demandant un entretien, le lendemain, dans un cabaret de Sedan, pour faire une révélation importante sur la famille dans laquelle allait entrer
sa fille.

L'on juge des craintes et de l'anxiété de la malheureuse mère... Jean-Baptiste eut une idée superbe d'audace
et, pour éviter que la comtesse ne l'empêchât de l'exécuter, il alla bravement au comte Jean, qui venait d'entrer,
ennuyé de la façon froide dont le capitaine l'avait reçu et
lui dit :

— Monsieur mon cousin, avant de vous marier, il faut
que vous sachiez une chose grave.

— Laquelle?

— Un secret de famille que nous savons à trois...

Orphise avait levé la tête et se précipitait sur Jean-Baptiste pour l'empêcher de parler; mais celui-ci, se hâtant, ajouta :

— Monsieur mon cousin, votre père, mon oncle, est mort assassiné par son garde...

Orphise, effrayée, tremblante, ne pouvant parler, ne comprenant pas ce que Jean-Baptiste voulait faire, se laissa tomber défaillante dans un fauteuil. Le comte Jean, étourdi de ce qu'il apprenait, regardait sa mère comme pour l'interroger : la malheureuse femme acquiesça de la tête.

— Mon père est mort assassiné par ce Martial?

— Oui! fit Orphise.

— Et cet homme vit, monsieur le comte, reprit le paysan, et je viens vous chercher pour que vous m'aidiez à le poursuivre, afin de venger l'oncle Michel...

Revenu de sa stupeur, le jeune homme embrassa sa mère et obligea Jean-Baptiste à être plus explicite. Celui-ci cligna de l'œil à la comtesse pour la rassurer et il conta immédiatement l'assassinat dans tous ses détails, et termina en disant :

— Ce coquin était, vous le savez, frère de lait de Mᵐᵉ la comtesse; comme alors vous n'étiez pas né, il voulait, par le poison peut-être, se débarrasser de ma tante, et il héritait, car il faut vous dire qu'il a entre les mains un testament le faisant héritier si la famille s'éteint, et aujourd'hui, c'est lui qui, par des lettres anonymes, indispose M. de Braux contre vous...

— Mais il faut faire arrêter cet homme, fit le jeune homme pâle de rage et de colère.

— D'abord, il y a prescription; ensuite, nous n'avons pas

de preuve, et puis c'est un scandale qu'il faut éviter en s'en emparant et en le tuant comme un chien qu'il est... En êtes-vous?

— Oui, cousin, j'en suis, je pars avec vous.

Pendant que Jean d'Aumoy faisait ses apprêts pour suivre son cousin, Orphise inquiète disait à celui-ci :

— Etes-vous fou?... Vous allez l'exposer à être la victime de ce misérable qui d'un mot...

— Ne craignez rien, ma tante, j'en réponds; je l'emmène pour éviter le bavardage d'ici; seule, sans lui, vous pouvez faire face à tout... en invitant, pendant son absence, le capitaine et sa fille à vous tenir compagnie... moi, je réponds de lui.

Orphise comprit et accepta.

Le jour même, les deux hommes partaient pour Sedan, où Jean-Baptiste savait devoir trouver Jeandry qui voulait traquer Martial...

La comtesse priait, car elle savait bien que si Martial échappait à ces poursuites, il reparaîtrait ennemi implacable et achèverait l'œuvre indigne déjà commencée, leur déshonneur.

Nous conduirons donc le lecteur à Sedan; c'est la qu'allait se jouer la dernière partie de cette histoire.

Avant de terminer ce livre, nous ne pouvons nous dispenser de nous arrêter un instant sur ce nom que le malheur a buriné dans notre histoire. Notre armée, que le sort a trahi, n'a pas besoin de nos éloges; elle a vaillamment fait son devoir. Ceux dont on n'a pas parlé, ce sont les Sedanais, qui, pendant et après le combat, se sont élevés à la hauteur des malheurs qui frappaient la patrie, prêts à tous les sacrifices, fortune et vie, n'écoutant que leur patriotisme et aux risques des plus grands périls, s'épuisant à soigner nos blessés et à sauver nos pauvres soldats de l'exil, subissant sans se plaindre, depuis les premiers jours jusqu'à la dernière heure, les douleurs de l'invasion... Dignes fils du pays de Turenne, observant jusqu'au bout la grande devise qui fit la France : *Tout pour la patrie.*

Le cadre de ce livre ne nous permet pas de nous étendre autant que nous le voudrions sur Sedan, et cependant nous savons des histoires qui honorent trop ceux qui en sont les héros pour qu'il ne soit pas utile de les faire connaître. Nous parlerons ailleurs de ce que nous conta, lors de notre dernière excursion, notre bon ami Brun.

VII

BUISSON CREUX

Le soir même de ce jour, Jeandry, ayant posté des agents autour de la maison de Balan frappait à la porte qui donnait sur la route.

La vieille Bavet venait ouvrir aussitôt.

— M. Martial?

— C'est ici, mais il n'est pas là... Vous n'allez pas pousser comme ça, je pense.

Ces derniers mots étaient dits, parce que Misère et un autre agent avaient poussé la porte afin d'entrer.

— On n'entre pas, criait la vieille Bavet, repoussée dans la cour et obligée de laisser faire.

— Ne criez pas, dit Jeandry, ou je vous fais bâillonner.

— Ah! Seigneur Dieu! fit la vieille femme épouvantée,
qu'est-ce que c'est que ces gens-là!

Etant entrés, les trois hommes avaient repoussé la
porte derrière eux, et Jeandry disait :

— Allons vite, conduisez-nous où est ce Martial.

— Mais, monsieur, fit la vieille Bavet tremblante, je
vous jure, sur ma part de paradis, que M. Martial n'est
pas ici.

— A quelle heure revient-il?

— Il ne doit pas revenir de longtemps.

— Allons, vous voulez nous tromper; dirigez-nous vers
le logement de M. Martial...

— Mais, monsieur, je ne demande pas mieux.

Et la vieille femme craintive monta devant les
agents. Elle ouvrit la porte et, voyant la pièce vide,
elle s'écria :

— Ah! bon Dieu!... on a tout déménagé...

Les trois hommes se regardèrent stupéfaits; l'accent
et l'allure de la mère Bavet ne laissaient pas de doute :
il était évident qu'elle ne savait rien.

Misère, en hochant la tête :

— Je vous l'avais dit... c'est un malin; la chose a été
éventée... nous sommes joués.

— Faites monter des hommes, dit Jeandry, nous
n'avons plus besoin ici; allons immédiatement aux renseignements, pendant qu'une minutieuse perquisition
sera faite...

Puis, s'adressant à l'homme qui les accompagnait, il
lui dit :

— Vous, mon cher, vous allez interroger tout le voisinage pour savoir comment il est parti.

Des hommes montèrent et la perquisition commença, sous les yeux épouvantés de la vieille femme, pendant que Misère et Jeandry regagnaient Sedan.

La perquisition et l'enquête ne donnèrent pas de résultats intéressants. On apprit que, depuis la veille au soir, tout avait été déménagé : les marchandises expédiées à l'intérieur et les pièces du mobilier vers la Belgique.

Le soir même, les agents se présentaient devant Jeandry, dans un cabaret où il leur avait donné rendez-vous. En recevant celui qui était chargé d'interroger les voisins, Jeandry lui dit :

— Eh bien! avez-vous quelques indices?

— Rien, fit l'agent; des renseignements, voilà tout... Ils ont déménagé toute la nuit; les marchandises ont été expédiées vers la France, les meubles vers la Belgique.

— C'est tout. Vous ne savez pas la route?

— Si; j'ai dirigé des hommes de ce côté; ils sont partis par Saint-Menges et les bois de Floing, semblant se rendre à Sugny.

— C'est tout?

— C'est tout, mais c'est beaucoup, fit Misère; je sais où ils vont.

— Où vont-ils?

— C'est Bois-Sec qui les dirige; ils vont aller se mettre à l'abri au château des Myrtilles.

— Le château des Myrtilles, où est cela?

— C'est entre Sugny et Mambre, en plein bois, sur le plateau de Chamée.

— Mais c'est en Belgique?

— Oui.

— Diable! c'est que là notre action cesse,

— C'est vrai; oh! mais c'est un malin!

— Alors s'ils sont partis, nous sommes joués...

Au même moment, Jean-Baptiste entra.

— Ah! fit Misère, nous apportez-vous du nouveau?

— Oui, répondit le paysan haletant.

— Mais qu'avez-vous, demanda M. Jeandry, vous êtes en nage?

Et, en effet, Jean-Baptiste, presque suffoquant, cherchait à reprendre haleine. En essuyant la sueur qui coulait sur son front, il dit :

— J'ai couru depuis le chemin de fer jusqu'ici pour vous trouver.

— Qui vous a dit que nous étions ici?

— Vos agents; j'ai déjà été à Balan.

— Une jolie course, fit Misère.

— Je voulais vous dire que le coquin doit se trouver, à dix heures, près de Nouzon, dans les bois de la Havetière; il veut tenter un nouveau coup.

— Comment savez-vous cela?

— Une lettre adressée au capitaine de Braux, que nous avons saisie. Je ne puis vous dire le motif de cela ; ce que je vous affirme, c'est que ça est.

— Mais, mon cher, vous êtes encore un naïf, vous, vous croyez aux lettres anonymes. Quelle plaisanterie... Voulez-vous que je vous dise où ils sont?... dit Misère. Eh bien! depuis ce matin, ils sont en fête au château des Myrtilles, se moquant de nous... ayant tout sauvé...

— Comment! tout sauvé.

— Mais oui, ils ont tout enlevé cette nuit à Balan, et ils sont maintenant de l'autre côté de la frontière; assurément nous avons été trahis.

Jean-Baptiste se mordit les lèvres ; c'est lui qui avait

été assez niais pour parler. Il n'en dit rien et demanda vivement :

— Vous avez fait une perquisition ?

— Oui, et on n'a rien trouvé...

— Mais moi, je connaissais la maison ; si vous le vouliez, j'irais fouiller un peu.

— Oh! fit négligemment M. Jeandry, faites ce que vous voudrez maintenant, c'est une affaire manquée ; par acquit de conscience, mes hommes resteront là jusqu'à demain, mais nous ne l'aurons pas... Nous allons nous faire servir à dîner ici.

— Vous avez raison, dit Misère.

— Alors, reprit Jean-Baptiste, vous me permettez d'aller chercher à mon tour ?

— Allez...

Et, s'adressant à l'agent :

— Accompagnez monsieur pour l'aider... Monsieur Aumoy, vous nous retrouverez ici.

Aumoy remercia et partit vivement ; il craignait bien de caresser un fol espoir, mais enfin, à tout hasard, il tentait... Peut-être le testament était-il encore dans la cachette, et s'il l'avait, tout était sauvé.

A peine était-il sorti qu'un agent entra et remit un rapport à Jeandry... Misère l'observait pendant qu'il lisait... Tout à coup, il exclama :

— Oh! c'est trop fort!

— Qu'y a-t-il ? demanda Misère.

— Vous avez deviné leur retraite...

— Le château des Myrtilles... pardié !

— Mais ce n'est pas tout...

Et, se penchant à son oreille, M. Jeandry lui dit :

— On m'apprend qu'ils ont pris des passes pour les

18.

chevaux et les voitures, et ces chevaux et ces voitures
rentrent en ce moment. Chacune des voitures a un double
fond. Ils font une expédition ce soir... Ils sont quatre...
et doivent passer par Pussemange, Gespunsart, Neufmanil
et Nouzon...

— C'est ça... il va au bois de la Havetière... le *Cro-
quant* était bien renseigné.

— Debout alors, fit aussitôt Jeandry ; allez où vous
savez, qu'on exécute ce que nous avons convenu, toute
la douane sur pied...

— J'y cours, dit Misère en se levant.

Il sortit et M. Jeandry, seul, regarda sur une carte
l'endroit où se trouvaient les différents pays que lui
signalait le rapport... Il envoya l'homme qui avait
apporté la nouvelle à Balan avec un ordre. Moins d'une
heure après, il se trouvait avec ses hommes au chemin
de fer. Vers dix heures, ils débarquaient à Nouzon.

Jean-Baptiste avait été fouiller la maison de Balan ;
en sondant la cachette il trouva la grande lettre destinée
au comte de Braux. Sans scrupule, le paysan ouvrit ; on
se figure aisément sa joie en constatant qu'il avait enfin
entre les mains le véritable testament... Il revenait plus
tranquille avec les hommes de M. Jeandry ; en arrivant
au chemin de fer, ce dernier lui apprit la nouvelle. Jean-
Baptiste dit aussitôt :

— Vous savez que je fais partie de l'expédition... et
j'ai avec moi un compagnon qui veut en être de cette
chasse à l'homme.

— Qui donc ?

— Le comte Jean d'Aumoy... il veut voir de près ce
que c'est que cette guerre de contrebandiers.

— C'est permis ; au reste, voici ce que je fais : mes
hommes sont incapables de faire une chasse sous bois ;

ils vont donc simplement se porter dans les environs de la maison que vous nous avez signalée...

— Très bien !

— Tous les douaniers sont maintenant sur pied, la dépêche doit être arrivée... Nous, nous allons former un petit corps composé de vous et de votre compagnon, Misère et moi ; c'est vous qui nous dirigez... Je veux repartir demain, et il faut que ma mission soit remplie, c'est-à-dire que j'aie purgé votre pays de cette bande de coquins.

Quand on arriva à Nouzon, Jean-Baptiste amena le jeune comte d'Aumoy, sanglé et guêtré pour la chasse à la grosse bête... Le rendez-vous était sur le bord de la Meuse, près du pont. A dix heures et demie, tout le monde était prêt.

M. Jeandry arriva et dit :

— Mettons-nous en marche, la douane est postée depuis une heure, on les a déjà signalés dans les bois.

— En route, dit Misère.

Ils partirent ; prenant la main de son cousin, le comte lui disait tout bas :

— Cousin, vous me jurez que vous me laisserez venger mon père ?

— C'est entendu, ça ! fit Jean-Baptiste.

Et comme on entrait sous bois, l'Ardennais se plaça devant la petite bande pour la diriger.

Il faisait cette nuit un temps plein d'orage ; le vent gémissait en effeuillant les arbres ; les ronces et les liserons se tordaient, échevelés en se heurtant ; les feuilles sèches craquaient sous les pas des chasseurs d'homme. Jean-Baptiste marchait, ayant près de lui le jeune comte : Jeandry et Misère étaient déjà las, mais les deux cousins voulaient leur gibier.

Chaque fois qu'ils rencontraient les douaniers, ceux-ci leur recommandaient de se glisser sous bois, sans bruit... Le temps était pour eux, le vent hurlait et les arbres se ployaient; on ne pouvait les entendre, tandis que ceux qu'ils cherchaient, ramenant les voitures, ne pouvaient se dispenser de suivre les routes.

Vers onze heures, on signala les trois voitures; les douaniers se placèrent sur la route en leur disant d'arrêter, ils furent obéis. Et c'est Marcassin qui montra son nez pour dire :

— Nous rentrons à Nouzon à vide, monsieur le douanier; nous avons nos passes.

— Descendez...

— C'est que nous sommes pressés...

De chaque voiture, la tête du conducteur paraissait, écoutant... A la lueur d'un éclair, ils virent briller de chaque côté les canons des fusils. Comprenant qu'ils étaient tombés dans une embuscade, un signal fut donné par l'un des Loups; aussitôt les chevaux prirent le galop et les gens qui les conduisaient sautèrent à terre et se sauvèrent en arrière. Ils espéraient ainsi échapper aux douaniers, croyant qu'on ne s'occuperait pas d'eux pour courir vers les voitures... Ils se trompaient, le cas avait été prévu; quelques coups de revolver ayant été tirés par les bandits avaient indiqué l'endroit où ils étaient, et une véritable fusillade avait répondu.

— Oh! nous les aurons, disait Jean-Baptiste.

Pendant deux grandes heures, au milieu de la pluie et du fracas d'un épouvantable orage, la chasse continua; vers une heure du matin les douaniers s'arrêtèrent en disant :

— Nous sommes à la frontière. .

Ils entendirent la voix gouailleuse de Marcassin qui criait :

— Bonsoir, mes petits pères, à une autre fois, et trois coups de revolver partirent en même temps ; les balles sifflèrent aux oreilles de la petite troupe.

— Il faut aussi leur donner notre adieu, dit un des douaniers.

Un éclair illumina la clairière dans laquelle ils se trouvaient, ils purent voir, à moins de trente pas, les trois coquins qui se sauvaient.

— Les voilà... feu ! feu ! cria Jean-Baptiste.

Tout le monde tira... On entendit aussitôt un cri de douleur.

— Nous avons touché !... fit Jean-Baptiste en courant.

Effectivement, ils trouvèrent mortellement frappé Marcassin, qui dit quand on le releva :

— Ne vous occupez pas de moi, j'ai mon affaire... Voilà ce que c'est d'avoir fait le malin... Si j'avais clos mon bec, je passais... Seulement, pas d'injustice... Faites-en autant aux camarades : ça m'ennuierait d'aller seul là-haut... Oh ! là ! là !...

— Et le misérable se raidit et tomba : il était mort.

Les douaniers enlevèrent le corps et retournèrent vers le plus proche village.

Jean-Baptiste dit :

— Nous, c'est une question personnelle qui nous fait agir ; nous continuons la chasse.

A votre aise, fit M. Jeandry.

— Et moi, j'en suis, dit Misère ; et comme je sais où il est, c'est moi qui vais vous guider.

— Bonne chance ! dit M. Jeandry, qui suivit les douaniers.

Quand ils furent tous les trois, glissant des cartouches dans leurs fusils, le comte Jean demanda :

— Mais où allons-nous les retrouver ?

— Je le sais, dit Misère. Maintenant, ce n'est plus la force, c'est l'adresse qu'il faut employer. Je sais où il est. Parvenu à passer la frontière, il doit être absolument tranquille, convaincu qu'il est sauvé... Il est au château des Myrtilles, et c'est là où nous allons le surprendre.

— Le château des Myrtilles, sur le plateau de Chamée? demanda Jean-Baptiste.

— Oui.

— Mais ce n'est pas habité ; c'est une vieille ruine abandonnée par le propriétaire.

— C'est justement ça. Depuis dix ans, dit Misère, c'est le repaire de la bande des Loups.

— Oh ! mais alors, je connais le chemin. Nous ne pouvons pas prendre la petite sente ; par ce temps, ce doit être un torrent.

Le jeune comte était pensif; depuis le matin il était poursuivi par cette idée que son père était mort assassiné, que le misérable vivait et menaçait aujourd'hui la grande affection de sa vie, sa mère; il avait hâte de se trouver en face du criminel impuni pour se venger.

Il était sombre et décidé ; aussi dit-il :

— Allons, messieurs, marchons vite, il faut trouver ce bandit.

— Vous avez raison, hâtons-nous.

Et, dirigés par Jean-Baptiste, ils passèrent par Bagimont pour gagner la route.

La pluie tombait à torrents, le tonnerre grondait, mais les trois hommes étaient décidés; ils marchèrent

sans souci du temps, ayant hâte d'écraser enfin le misérable sous le châtiment.

VIII

UN JUGEMENT, UNE EXÉCUTION ET UNE ÉPITAPHE

Lorsqu'ils atteignirent le plateau de Chaméc, la pluie
cessait, mais le temps menaçait encore, les grosses
nuées brunes glissaient dans le ciel sombre, le vent gémissait dans les arbres, et à cet endroit, c'était bien le
plus épouvantable fracas qu'on pût entendre, avec le
grincement aigu d'une girouette rouillée qui ne cessait
de tourner sur sa tringle comme une crécelle.

Au premier étage, ils virent, par les interstices des
contrevents fermés, quelques petites flèches de lumière.

— Il y est, dit à mi-voix Misère en désignant la fenêtre, nous allons trouver le loup au gîte. Je vous préviens, tenez-vous sur vos gardes...

— Nous avons chacun un revolver.

— Oui... heureusement, le fusil ne serait plus utile.

Et tous les trois ils passèrent leur fusil en bandoulière et retirèrent la baguette de sûreté de leur
revolver.

— Maintenant, organisons-nous; il faut que quelqu'un

veille en bas, le revolver à la main, le fusil près de lui pour éviter la fuite... tandis que les deux autres monteront.

— Je tiens à le voir en face, dit le jeune comte ; je monte seul, si vous le voulez.

— Non pas, fit Jean-Baptiste, qui ne voulait pas, ainsi qu'il l'avait promis, quitter le jeune comte ; je monte avec vous, cousin... Monsieur, qui a l'habitude de l'œil, restera ici...

— Oh ! je veux bien, fit Misère, mais quand vous l'aurez, vous me ferez signe, je veux le voir vivant... j'ai un compte à régler avec lui.

— C'est entendu... Maintenant, il s'agit de trouver un moyen d'entrer.

Ils firent alors le tour du mur ; trouvant une brèche, en s'aidant mutuellement, ils s'introduisirent dans le parc. Ils se dirigèrent vers l'habitation ; la porte n'était pas fermée.

— Vous voyez, dit alors Misère à mi-voix, il est tranquille, il se dit « en Belgique, je suis sauvé ».

— Placez-vous près de cette porte, commanda le jeune comte sur le même ton.

— Nenni ! de là, je ne vois que cette porte ; je me mets en faction ici, en face, et le premier qui sort à droite, à gauche ou au milieu sans dire « c'est moi », je lui envoie un peu de plomb dans l'estomac pour son souper.

— Non pas, fit le jeune homme. Quiconque sortira, arrêtez-le, garrottez-le... criez, si vous n'êtes pas assez fort... mais ne tuez pas... Moi aussi, je veux avoir cet homme vivant.

— C'est entendu, allez-y.

— Du sile ce, dit Jean-Baptiste. Excusez-moi, cousin, je passe devant.

Ils entrèrent, et Misère se plaça dans l'ombre tendant l'oreille, le doigt sur la détente en se disant :

— Je commencerai d'abord par une bonne balle... et je sauterai dessus après... la prudence est la mère de la sûreté...

Les deux hommes montèrent l'escalier, marchant sur la pointe des pieds, évitant de donner l'éveil à celui qu'ils voulaient surprendre.

Arrivés en face de la porte, Jean-Baptiste regarda par l'interstice des panneaux disjoints ; il tenait le bras du jeune comte, et sa pression lui indiqua que Martial étai là et seul.

En effet, le misérable avait retiré son paletot mouillé, il s'était jeté dans un fauteuil, las, épuisé, mais non découragé, car un méchant sourire errait sur ses lèvres.

D'une voix étouffée, Jean-Baptiste dit au comte Jean :

— Attention, il écoute... Entrons... je vais sauter dessus, mettez-le en joue.

En effet, Martial penchait la tête, écoutant. Ils entrèrent.

Quand la porte s'ouvrit, sans prendre le temps de regarder celui qui entrait, Martial se leva pour saisir un revolver placé sur la cheminée ; mais voyant le mouvement, Jean-Baptiste se précipita et saisit le bandit par les poignets. Martial allait lutter, mais en voyant le revolver du comte Jean dirigé sur lui, il se dégagea et se sauva dans l'angle de la chambre.

— Qui êtes-vous ? que me voulez-vous ? cria-t-il.

Jean-Baptiste alors s'avança et se plaçant dans la lumière des chandelles qui brûlaient sur la table, il dit :

— Tu me reconnais, Martial Caulot...

— Oui, je vous reconnais, fit celui-ci, se tenant sur la défensive dans son coin et ne quittant pas de l'œil les armes que tenaient les deux cousins. Oui, que me voulez-vous ?

— Je viens me venger...

— Vous venger de quoi ?

— Tu m'as dupé, mais j'ai fait chez toi une perquisition; j'ai trouvé dans ta cachette le testament que tu m'avais vendu... pour te convaincre que de ce côté tu ne peux plus rien... regarde...

Et en disant ces mots, Jean-Baptiste tira la lettre qu'il avait trouvée dans la maison de Balan et la brûla à la chandelle; quand le papier fut consumé, Martial, qui s'était redressé et cherchait à fuir, dit :

— Puisque vous avez ce que vous vouliez... qu'avez-vous à me demander ?...

Jean-Baptiste, voyant le mouvement de retraite du misérable, se plaça devant lui en disant :

— Si tu fais un pas, je te brise le crâne.

— Les sourcils de Martial se froncèrent, mais il se tut et ne bougea pas.

Jean-Baptiste reprit :

— Martial Caulot, je t'ai dit : Je viens me venger. Écoute-moi... Tu es un forçat évadé, tu as voulu assassiner une femme qui n'avait commis d'autre crime que de t'aimer, tu l'as laissée pour morte à Sedan, derrière la citadelle. Cette femme, Martial, je l'aime, et pour la venger, je demande ta vie !

Martial fit un mouvement, mais ne répondit pas.

Le jeune comte s'avança alors. En le voyant, Caulot releva la tête; l'œil fixé sur lui, il recula en disant avec effroi :

— Oh ! mais c'est lui !... c'est lui !...

Le comte d'Aumoy, droit, hautain, se plaça à deux pas du misérable et lui dit :

— Martial Caulot, tu ne me connais pas, moi... Je
suis le fils de celui que tu as assassiné, je suis le
fils de celle que tu veux calomnier... Martial Caulot,
je vais te tuer comme on tue les fauves... tu as tué
mon père, je veux ta vie... recommande ton âme à
Dieu !

Martial était livide, mais ses yeux brillaient d'une lueur
étrange.

— Je suis coupable. c'est vrai, dit-il ; je saurai mourir... mais laissez-moi quelques minutes pour prier...

Jean-Baptiste s'était placé devant la porte : en voyant
le calme avec lequel l'assassin acceptait son châtiment, il
échangea un regard étonné avec le comte.

Martial se glissait le long de la muraille. Tout à coup,
il éclata de rire et disparut par une porte dérobée qui
se referma aussitôt.

Les deux hommes déchargèrent leurs revolvers, mais
les balles se perdirent dans le mur.

— Le gueux !... vociféra Jean-Baptiste, il nous échappe !...
En chasse ! en chasse, cousin !

Et il se précipita dans l'escalier, suivi par le comte. Ils
étaient au rez-de-chaussée, lorsqu'ils entendirent deux
coups de feu suivis d'un grand cri. Ils sortirent précipi-
tamment et virent Misère penché sur un corps étendu à
terre. .

Misère disait d'un ton goguenard :

— Mon petit père, voilà comment je me venge, moi...
c'est ton mot, tu sais : « Quand on me chasse par la
porte, moi je chasse par la tombe... » Ainsi soit-il !...

Les deux cousins, ayant constaté la mort du misérable,
dirent à Misère qu'ils désiraient retourner chez eux au
plus tôt.

— Oh ! moi, messieurs, je reste. Je lui dois bien ça, à

cet ami... Et puis ça ferait des ennuis, des démarches, tandis qu'en l'enterrant avant le jour, plus de tracas...

— Adieu, monsieur, fit d'Aumoy, qui avait hâte de s'éloigner.

Et Jean-Baptiste et le comte Jean partirent.

Au même moment, un grand gaillard, vêtu d'un simple caleçon et tenant à la main un bougeoir, sortit du vieux château.

— Tiens ! s'écria Misère, c'est Bois-Sec !

— Ah ! c'est vous, monsieur, qui faites tout ce tapage-là ! Sais-tu. monsieur, qu'il est heureux qu'il n'y ait pas de voisins !... Ah ! Godferdum ! il est tué, savez-vous ?...

— C'est mon ouvrage, dit Misère, se tenant sur ses gardes et caressant son revolver.

— Ah ! bien, c'est pas trop tôt, sais-tu... il était désagréable comme tout... il voulait rester ici, sais-tu ? et notre monsieur qui revient dans deux jours... Tu as bien fait, là, pour une fois... C'était un fameux coquin !... et puis je ne pouvais pas le garder ici.

— Qu'est-ce que nous allons en faire ?...

— Oh ! bien ça. c'est simple, c'est pas l'affaire des gendarmes. sais-tu ? et puis c'est une créature de Dieu comme un autre ; nous allons l'enterrer et nous boirons un coup après...

— C'est une idée, ça.

— Et en buvant tu me diras pourquoi que tu l'as tué... Pour lui. ça m'est bien égal... c'est ce pauvre Marcassin-là... et par sa faute, à ce gueux-là... car c'en était un de coquin. hein ?

— Oh ! oui, quel coquin !...

Au matin, les deux anciens collègues trinquaient ensemble, en se reposant du travail de la nuit. Martial

Caulot était couché à deux pieds de terre sur le plateau de Chamée...

. . . .

Un mois après ces événements, Jean-Baptiste Aumoy, accompagné de sa femme de confiance, venait assister à la noce du comte Jean avec la belle Rose. Au dessert, le vieux capitaine de Braux disait à Jean-Baptiste, en clignant de l'œil pour lui désigner Fraîchotte, placée au bout de la table :

— Ce sera bientôt votre tour ; on ne me le cache pas à moi... la petite mère là-bas... hé ! hé !

— Capitaine, dit Jean-Baptiste, je ne peux pas ; si j'en fais ma femme, je ne pourrai jamais la remplacer comme gouvernante.

— Farceur, va !... et le capitaine, riant, allait se fendre sur Jean-Baptiste ; un regard de sa fille l'arrêta à temps ; il toussa, trinqua et but sec.

FIN

TABLE DES MATIERES

DEUXIÈME PARTIE

Une Femme de bien

FIN DE LA TABLE

PARIS. — IMP. P. MOUILLOT, 13-15, QUAI VOLTAIRE.

Bibliothèque JULES ROUFF et Cie
PARIS, 14, Cloître Saint-Honoré, 14, PARIS

EXTRAIT DU CATALOGUE

Collection à **3** francs le volume

Odysse BAROT
Les Amours de la Duchesse Jeanne.
John Marcy
Le Procureur ⎰ Le Clocher de Chartres.
impérial. ⎱ Le Condamné.
Le Casier judiciaire.

Alexis BOUVIER
La Grande Iza.
Iza Lolotte et Cie.
La Femme du Mort.
Le Mouchard.
La Belle Grêlée.
Malheur aux Pauvres.
Mademoiselle Olympe.
Le Mariage d'un forçat.
Les Créanciers de l'Échafaud.
Mademoiselle Beau-Sourire.
La Princesse Saltimbanque.
Les Soldats du Désespoir.
Le Fils d'Antony.
Bayonnette, histoire d'une jolie fille.
Auguste Manette.
La Bouginotte.
Le Domino rose. 1 v.— Les Pauvres. 1 v.
Amour, Misère et Cie.
Etienne Marcel ou la grande Commune.
Les Drames de la Forêt.

Constant GUÉROULT
L'Affaire de la rue du Temple.
La Bande à Fifi-Vollard.

Jules LERMINA
Les Mariages maudits.
La Haute canaille.

Jules MARY
La Faute du Docteur Madelor.
Les Nuits rouges.

Henri ROCHEFORT
Mademoiselle Bismark.
De Nouméa en Europe.
Les Naufrageurs.
Les Dépravés.

Paul SAUNIÈRE
Monseigneur.
Le Secret d'or.

VAST-RICOUARD
La Danseuse de corde.

YVES GUYOT
L'Enfer social.

Alf. SIRVEN et H. LEVERDIER
Un Drame au Couvent.

Pierre ZACCONE
Une Haine au bagne.

Collection à **3** fr. **50** le volume

Mémoires de M. CLAUDE, chef de la police de sûreté sous le second Empire.
(10 volumes.)

Odysse BAROT
Le Fort de la Halle. 2 v.

Alexis CLERC
L'Amour qui fait manger.

Oscar COMETTANT
Histoires de Bonne Humeur.

Henri DEMESSE
Gant de Fer.

Faits divers de l'année 1881.
Faits divers de l'année 1882.

Carle DES PERRIÈRES
Rien ne va plus.
Paris-Joyeux.

Jules GROS
Les 773 millions de Jean-François Jolli
Les Secrets de la Mer.
Les Trésors de la Montagne.

Jules MARY
Le Boucher de Meudon.

Henri ROCHEFORT
Les petits Mystères de l'Hôtel des ven

Auguste SAULIÈRE
L'Amour terrible.
Morte d'amour.

VAST-RICOUARD
La Belle Héritière.

Paris. — Imprimerie Vᵗᵉ P. Larousse et Cie, rue Montparnasse, 19.

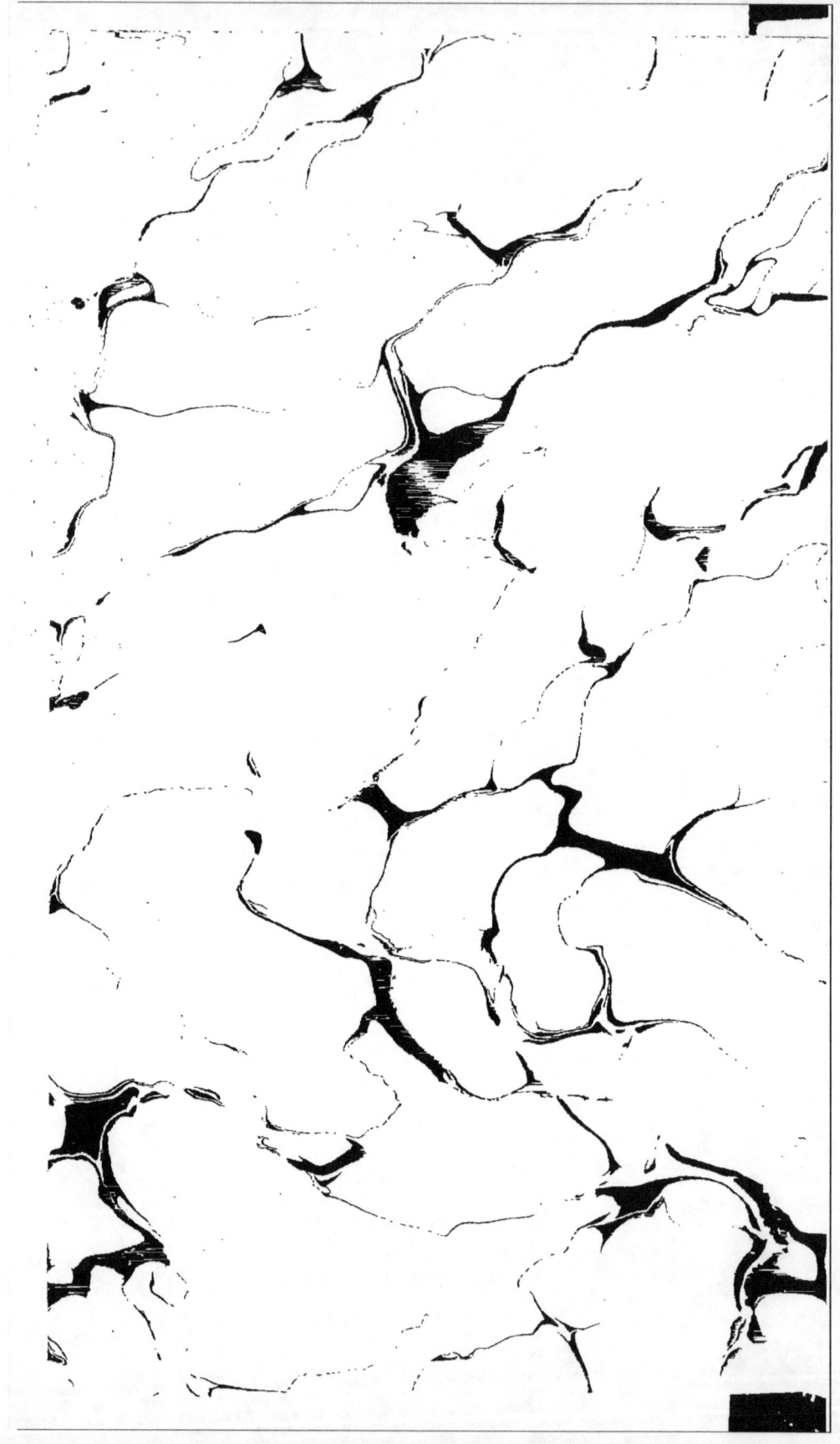

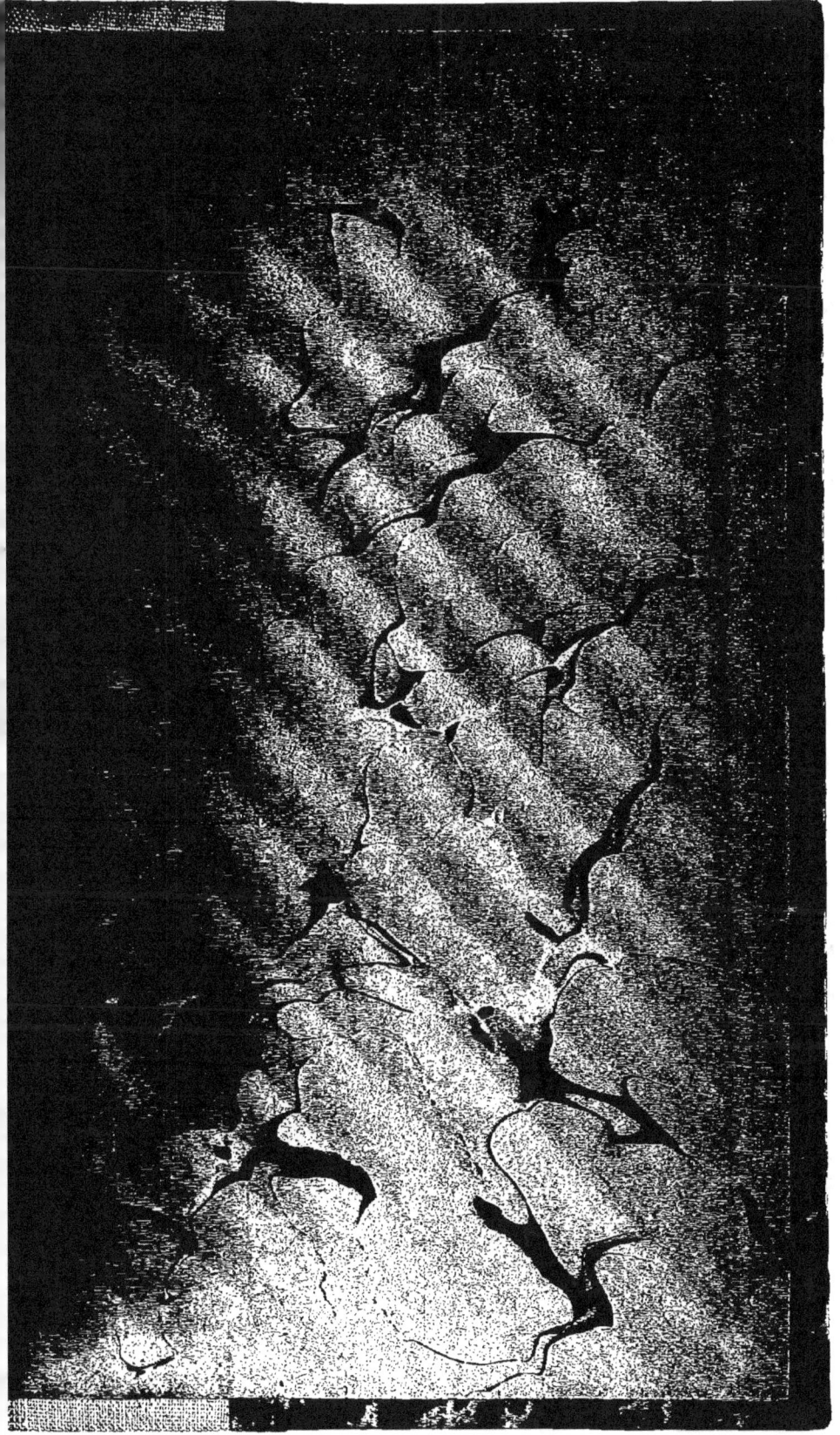

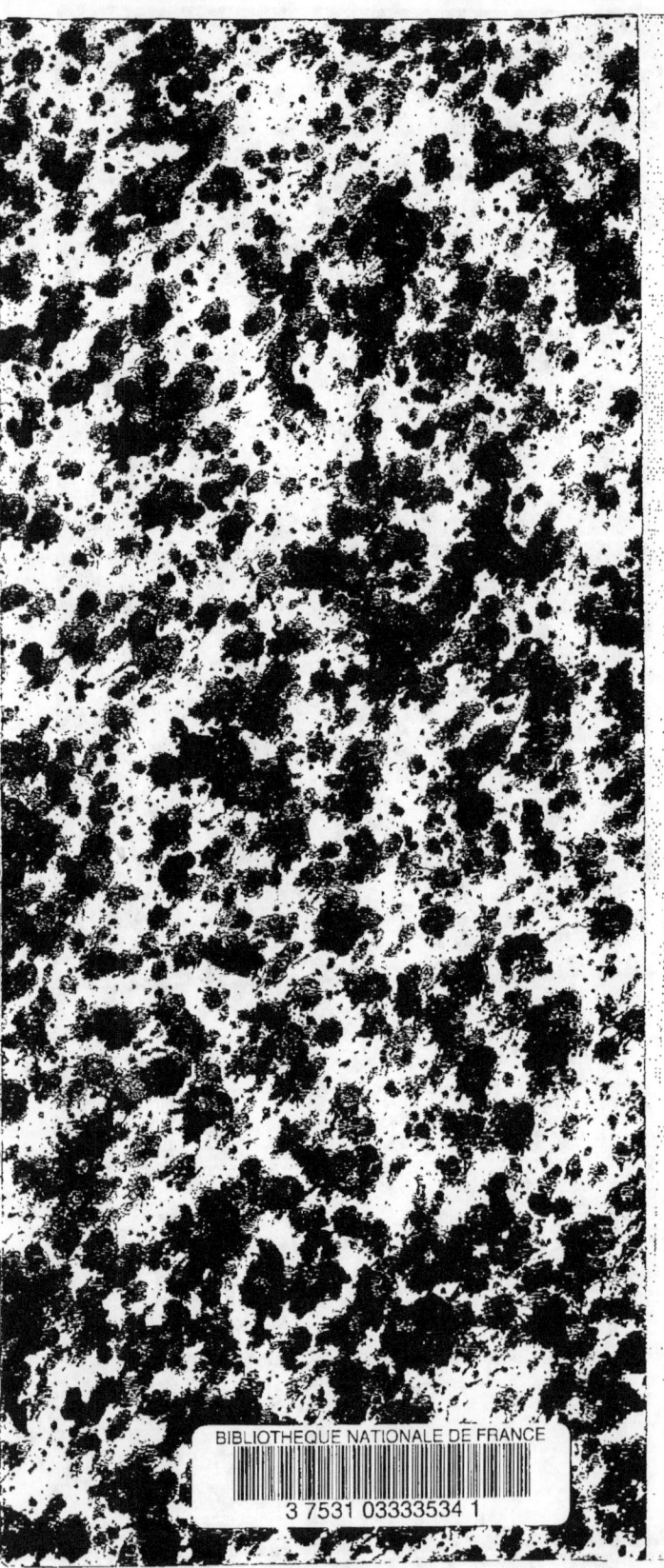

www.ingramcontent.com/pod-product-compliance
Lightning Source LLC
Chambersburg PA
CBHW070333030726
47505CB00004B/1183